ヒロイン？聖女？
いいえ、
オールワークスメイドです（誇）！
3
あてきち
illust. 雪子
TOブックス

もくじ

イラスト✦雪子
デザイン✦AFTERGLOW

人物紹介

メロディ（セレスティ）

乙女ゲーム「銀の聖女と五つの誓い」の世界へ転生した元日本人。ヒロインの聖女とは露知らず、ルトルバーグ家でメイドとして働いている。

ルシアナ

ルトルバーグ家のご令嬢。貧乏貴族と呼ばれていたが、メロディのお陰で舞踏会で「妖精姫」と称されるまで成り上がる。武器はハリセン。

マイカ

元日本人の転生者。前世ではクリストファーの妹。メロディがヒロインだと気付いているが、転生者とは気付いていない。

セレーナ

メロディが生み出した魔法の人形メイド。なぜか母セレナにそっくり。王都のルトルバーグ邸の管理を任されている。

レクティアス

乙女ゲーム「銀の聖女と五つの誓い」の
第三攻略対象者でメロディに片想い中。
メロディが伯爵令嬢であることを知っている。

マクスウェル

乙女ゲーム「銀の聖女と五つの誓い」の
第二攻略対象者。侯爵家嫡男にして
未来の宰相候補で、メロディとは友人関係にある。

クリストファー

乙女ゲーム「銀の聖女と五つの誓い」の
筆頭攻略対象者。元日本人の転生者でもあり、
王太子としてゲームの行方を見守っている。

アンネマリー

乙女ゲーム「銀の聖女と五つの誓い」の悪役令嬢。
元日本人の転生者でもあり、ゲーム知識で
ハッピーエンドを目指しているが……？

リューク（ビューク）

乙女ゲーム「銀の聖女と五つの誓い」の
第四攻略対象者。記憶を失い、
ルトルバーグ家で執事見習いとして働いている。

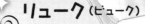

プロローグ

季節は夏。八月五日。

テオラス王国中央北部に位置する小さな領地、ルトルバーグ伯爵領。

先々代の領主の失態によってその領地の大半を失うこととなり、今となっては爵位に見合わぬ小さな領地しか持ち合わせていない。

その結果、貴族社会では『貧乏貴族』などという何の捻りもない、単なる悪口としか捉えられない不名誉な通り名まで頂いている。最近になってようやく先々代が残した借金の返済も完済しこれからというところだったが、昨年は領地で不作が広がり領民救済を優先したため税収はギリギリであった。

そのおかげで善政が王城に認められ、宰相府への任官が決まったのだから現代日本人なら『人間万事塞翁が馬』という言葉が思い浮かぶことだろう。何が幸運に、何が不幸に繋がるかはその時が来るまで分からないという意味だが、実際のところ本当に分からないものだ。

まさか王都に屋敷を所有していたことが判明し、意気揚々と娘を送り出したらそれが幽霊屋敷だったなんて、誰が想像できるだろうか。

ましてや、そんな幽霊屋敷を見てやる気を漲らせるメイドジャンキーを雇うことになるなんて、神様だって想像しなかったことだろう。ブラック企業もびっくりな仕事を余裕で美味しくいただいてしまうメイドが存在するなんて、誰にも予想できるはずもなかった。

そしてそんなメイドジャンキーのことなど欠片も知らないルトルバーグ領の者達は、今日も今日とてせっせと真面目に働いていた。

「ダイラル、ちょっといいかな」

「はい、何でしょうか、ヒューバート様」

ルトルバーグ領伯爵邸。その執務室の机に座っているのは伯爵ヒューズの弟にして領地の代官を務める男、ヒューバート・ルトルバーグである。御年三十二歳。

顔立ちは伯爵ヒューズに似ているが、その体格は彼よりも一回り大きい。優男風のヒューズとはまるで対照的な鍛え上げられた筋肉が眩しい。襟付きのシャツにオーバーオールのような服を着ている彼は、ともすれば田舎の農家のお兄さんのようだ。

執務室にはヒューバート以外に二人の人物がいた。執事のライアンと護衛のダイラルだ。二人は執務室に持ち込んだ机に向かって書類仕事をしていた。

ルトルバーグ伯爵領は三つの村を預かるだけの小さな領地だが、だからとて代官一人で執務を賄いきれるものでもなく、ライアンとダイラルにも手伝ってもらっているのだ。

ヒューバートは書類の束をダイラルへ差し出す。

「悪いんだけど、この書類を南西のダナン村の村長に渡してきてくれないかな」

「……私、ヒューバート様の護衛なんですが」

「そう言わないで。まさかこんな炎天下でライアンに行かせるわけにもいかないだろう。暑さにやられて倒れてしまうよ」

「何を言いますか、ヒューバート様。年老いたとはいえまだまだ現役ですよ、私は」

確かに、ライアンはもう五十九歳という年齢だが、年の割には体格がよく健康的に見える。とはいえ高齢であることに変わりはなく、選択肢はダイラル一択なのであった。もちろん彼もそれは承知しているので、文句を言いつつも受け入れるしかないのである。

「承知しました。一応言っておきますが、私が戻るまで屋敷からは出ないでくださいね」

「この書類の山を見れば分かるだろう？　今日はすぐには出掛けられないさ」

「今から行けば昼食の頃合いには戻れると思いますので」

「ああ、分かったよ。それじゃあ、よろしく頼むね」

嘆息しつつダイラルは執務室を出た。ルトルバーグ家は馬を所有していないのでダイラルは徒歩で村へ向かうことになる。歩いて二時間だが、走れば一時間ほどで着く。用事を済ませて帰ってくるとして、大体三時間弱といったところか。

窓から見えるダイラルの後姿を見送ると、ヒューバートは執務を再開した。

執務室にカリカリとペンが走る音が響く。ダイラルが屋敷を出て二時間もするとさすがに二人の集中力も切れ始めた。

「あー、もうこんな書類仕事なんてほったらかして畑に行きたいなぁ」

その格好からも分かるようにヒューバートは完全にアウトドア派の人間である。優秀なので執務仕事もこなせるが、彼が一番好きなことは農業であった。

十五年前。兄を支え領地を守《も》り立てようと考えたヒューバートが行き着いた答えが農業だった。ルトルバーグ伯爵家にはこれといった特産はなく、基本的には小麦や野菜を育てて生計を立てている。ならば伯爵家として何をすべきか。ヒューバートは奇抜な特産品を考えるのではなく、今あるものを発展させる――つまり、農業に力を入れようと考えたのだ。

夏の暑い日差しの下、麦わら帽子を被り、タオルで汗を拭いながら畑に鍬を振り下ろす。ああ、なんて至福の時間だろうか。書類仕事が終わると、ヒューバートは畑仕事に精を出す。屋敷の裏手に作った畑の手入れをして、時には領地の村を回って農作業を手伝う日々。

（はぁ、土をいじりたい……）

ヒューバートは机に突っ伏しながら理想の光景を夢想するのだった。

「午前中に仕事を終わらせて午後からなさればよろしいでしょう」

「うう、終わるかな、これ……」

漫画やアニメのように書類が堆く積まれているわけではないが、二人でこなすにはなかなか多い枚数の書類がまだ残っている。管理しているのはたった三つの小さな村だけだというのにこの仕事量だ。昔のルトルバーグ伯爵はさぞ忙しかったに違いないと、ヒューバートは嘆息する。

そこへ扉をノックする音がした。

「アーシャです。お茶をお持ちしました」

「ああ、ありがとう。入っていいよ」

「失礼します」

執務室にやってきたのはルトルバーグ伯爵家に仕える三人のメイドの一人。赤い髪を後ろで一本に三つ編みにした儚げな印象の女性、アーシャだ。年齢は二十八歳。独身。

アーシャはワゴンに載せたお茶を部屋に入れるとあたりをキョロキョロ見回した。そして目的の人物がいないことに気が付くと不思議そうに首を傾げる。

「ダイラルはいないのですか？」

「彼にはちょっとダナン村へお遣いに行ってもらっているんだよ」

「そうだったのですね。ではお淹れするお茶は二人分でよろしいですか」

「ああ、それで頼むよ」

三つ用意してあったカップのうち二つにだけ紅茶を注ぐアーシャ。紅茶を淹れ終えるとアーシャは部屋を去って行った。そのお茶を一口飲む。

「うーん、アーシャが技術でカバーしてくれてはいるけど、うちもいずれはもう少し質の高いお茶を買いたいものだね」

ルトルバーグ伯爵家で仕入れている紅茶の銘柄はベルシュイートといい、貴族が嗜む紅茶の中で最も品質の低い茶葉である。下級貴族でも購入を躊躇う最低品質最低価格の紅茶だ。

正直いってまずい紅茶なのだが、ルトルバーグ伯爵家が長年の研鑽の末に編み出したベルシュイート専用の淹れ方によって、どうにか飲める味にすることができていた。

「これを美味しく淹れられるメイドがいれば即雇いたいところですな」

「全くだね。あははは」

王都の伯爵邸でとっくの昔に雇われていることを、二人はまだ知らない。

休憩を終えたヒューバート達は執務を再開し、さらに一時間が経過した。

「ふぅ、まだ終わらないけど終わりが見えてきたね」

「はい。あと二時間もあれば終わるのではないでしょうか」

「そっかぁ。ちょっとギリギリかもしれないね」

「おや、今日は何かありましたかな……ああ、ルシアナお嬢様がお戻りになるのは今日でしたね」

「できれば仕事を終えて自由な状態で出迎えたいところなんだけどね……畑も行きたいけど」

ルシアナ・ルトルバーグ伯爵令嬢。ヒューバートの姪にあたる伯爵の一人娘だ。現在は王立学園に通っているが、八月から夏季休暇に入るので帰省する予定だと先日手紙が送られてきた。

王都から領地までおよそ五日間の旅。今日は八月五日。何事もなければ今日の午後あたりに帰ってくるはずであった。

「ふふふ、ルシアナが帰ってきたら何をしようかな。一緒に畑仕事とか」

「絶対におやめください」

絶対零度の視線がヒューバートに突き刺さる。

「……わ、分かってるよ。ちょっとした冗談なのに」

顔を引き攣らせるヒューバートにライアンが嘆息した時だった。

「ヒューバート様、ライアンさん。リュリアさんがそろそろ昼食ができるから食堂に来てほしいらしいっすよー」

執務室の扉を開けながら入室する者がいた。

「シュウ、入室前にノックをして許可を得てから入りなさいといつも言っているだろう」

「え？　あ、すみません！」

マナーを忘れて入室したのは使用人見習いのシュウである。よく日に焼けた小麦色の肌に、短めの濃い金髪と同じく金色の瞳を持つ少年。年齢は十五歳。

その顔立ちは控えめに言ってもイケメンで、全てのパーツが整っている。体のスタイルも完璧で、細身でありながらほどよく鍛えられている。女性受けしそうな体躯だ。

顔も体も整っていて誰もが認めるイケメン……のはずなのだが。

ニヘラッ。

「今日はミラさんが冷製パスタを作ってくれたんすよ。夏の暑い日は冷たいものに限りますね！氷はないけど井戸の水で麺を冷やしてくれたんで喉越しサイコーっすよ、たぶん！」

その軽い言動と締まりのない笑い方が、最高のイケメンをアホっぽい少年に貶めてしまっていた。

（致命的なまでにあの笑い方が顔の造形と合ってないんだよな。彼の場合、多分もっとこう、キリッと澄ました感じにした方が女性受けしそうな気がするんだけど……）

以前そのようにアドバイスしたところ、シュウは『そんなの自分のキャラじゃないっす！』と言って受け入れてはくれなかった。

（まあ、あれはあれで愛嬌があっていいんだけどさ……モテなさそうだけど）

あれだけ最高のパーツが揃っていながらイケメンに見えないというのはある意味才能なのかもしれない。それにイケメンでなくとも、人懐っこい性格の彼をヒューバートは気に入っていた。

(やっぱり若い子がいると屋敷の中が明るくていいね。彼を保護してよかったよかった)

今年の四月頃、領地の北にあるテノン村を視察した際に行き倒れているのをヒューバートが発見し、保護したのだ。実家を出奔し、行くところがないということだったので使用人見習いとして雇うことにしたのが始まりである。

先程のようにマナーを覚えるのは苦手のようだが、手先は器用で物覚えも悪くない。ヒューバートと一緒に畑仕事にも精を出してくれる頼もしい使用人見習いである。

ただ一つ難点を上げるとしたら――。

「そういえば今日ってお嬢様がお帰りになる日っすよね？　ヒューバート様が散々可愛い可愛いって言ってたんでメッチャ気になってるんすよ。ああ、早く会ってみたいな！」

使用人見習いシュウは、無類の女好きなのである。

女性に無体を働くような人間ではないが、自分が可愛いと思った女性には条件反射のように告白する変な癖があった。そして振られても女友達として仲良くなっていくという摩訶不思議。

この四ヶ月で全ての村の年頃の娘に告白して全敗という結果を叩き出しているが、それでもへこたれない精神力は賞賛してもいいとヒューバートは思っている。無差別告白はどうかと思うが。

「ところでシュウ、今日練習するよう指示した銀食器はどうなりましたか」

「もちろん終わってるっす！　後で確認してください」

「よろしい。昼食後、出来を見ることにしましょう」

借金返済のために過去色々な物を売り払った伯爵家だが、それでも一応ほんの少しだけ銀食器が残っていた。とはいえ、普段使いするためではなく専ら銀食器を磨く練習用になっているのが実情だ。ライアン曰く『執事たる者、銀食器一つ磨けなくてどうします』とのことらしく、男性使用人見習いとして色々な雑用を覚えたシュウは、ついに今日執事を目指す第一歩に差し掛かったのである。本人にその気があるかは不明だが。

「やあ、いい匂いだね、リュリア」

「あら、ヒューバート様。もうすぐ準備できますので席に着いてお待ちくださいませ。ミラ、ヒューバート様にお水をお出しして」

「はいはーい」

厨房で料理をしているのは、茶色の髪をしっかり後ろで丸めた恰幅のいい女性。メイド長のリュリアである。淡い緑色の髪を後ろで結んでひとまとめにしているスレンダーな女性。ヒューバートに水を持ってきたのがメイドのミラだ。ちなみにリュリアが四十九歳、ミラが四十四歳である。アーシャも食器の準備をしており、昼食前の食堂はとても慌ただしい。料理に関わらない男性陣は邪魔にならないように先に座って静かにしていることが平穏のコツである。

「いやぁ、お待たせしてしまいましたね。シュウに言われて初めて作ったから少し手間取りまして」

「へぇ、シュウが？」

「そうなんですよ。シュウが暑いから冷たいものが食べたいって言いだして。だったら麺もスープも冷たくして食べてみようってことになったんですけど、温かいのと冷たいのでは味付けも変わるでしょう？　それを合わせるのにちょっとばかり苦労しました」

だが、満足いくものができたらしい。リュリアは満足そうにパスタを皿に盛りつけていた。

ルトルバーグ家の食卓は、普段は主人も使用人も同じテーブルについて食事をする。これは皆仲良くやりましょう、という意味ではなく単純にオペレーションの問題である。使用人の人数が少ないため余計な手間を省き、仕事の負担を減らそうという試みなのだ。

王都の伯爵邸ではマナーの観点とメロディという最強のワンオペメイドがいることから、一般的な慣習通り主人と使用人の食事は別々に取るようにしている。

全員の前に美味しそうな冷製パスタが並んだ。発案者のシュウはとても嬉しそうだ。

「おおおおっ！　美味そうっすね、リュリアさん！」

「ふふふ。なかなかの出来だと思うわ。さあ、ヒューバート様」

「あの、ダイラルは待たなくていいんですか？」

「帰ってくるのがいつになるか分からないからね。せっかくの冷たいパスタが温《ぬる》くなってしまっては元も子もない。先に食べてしまおう。では皆、今日も美味しくいただこう。いただきます」

「「「「いただきま――」」」」

いつもの昼食が始まろうとしていた。皆、そう思っていた。

だがしかし『人間万事塞翁が馬』。何が幸運となり何が不幸となるのか人間に知るすべはなく、まさにこの直後、彼らの命が唐突に脅かされようとしているとは、この時の彼らには全く思いもよらなかったのである。

マイカ、魔法使いＴａｉ！

それは『嫉妬の魔女事件』が収束して、数日が経ったある日の出来事だった。

三日後に期末試験を控えていたルシアナは、学園寮の自室にて期末試験の勉強をしていた。

「ふぅ、今日はこのくらいにしておこうかな」

焦った様子は見られない。毎日しっかり予習復習を行ってきた結果だろう。キリのいいところで勉強を終えたルシアナは、大きく背伸びをしようとして――。

「いやあああああああああああああああああああああああ！」

「えっ!?　何っ!?」

どこからか大きな叫び声を聞いた。

（さっきの声は……調理場の方だわ！）

今の時間ならおそらく、メロディとマイカが夕食の準備をしているはずだ。

（あの声は多分マイカね。メロディがいるから絶対安全だと思っていたけど、あの悲鳴。何か尋常ではない事態が起きたに違いないわ！）

メロディに対する絶対的な信頼ゆえに異常事態を確信するルシアナは調理場へ駆け出した。

「うそ、うそよおおおおお……」

まるで世界中の全ての絶望を背負い込んでしまったかのような悲痛な声。走りながらルシアナの表情がこわばる。

「二人とも大丈夫⁉　一体何があっ……て？」

緊迫した雰囲気で調理場に足を踏み入れたルシアナは、目を点にした。

「うそ、うそそうそおおおおぉぉぉぉ」

「えっと、だから、その……」

なぜなら、調理台に顔を突っ伏してイヤイヤと頭を振るマイカと、それを宥めようとしてオロオロと困り果てるメロディという、緊迫感からほど遠い光景が広がっていたからだ。

侵入者が現れたとか、事故が発生したような形跡はなし。調理場は至って平穏である。

「えーと、メロディ？　何があったの？」

「あ、お嬢様。大したことではないんですが……」

「大したことですよ、メロディ先輩！」

涙目のマイカが勢いよく顔を上げて抗議する。メロディは困ったように眉尻を下げた。

「……それで、本当に何があったの？」

「実は……」

「私の、私の魔法の才能がゼロだなんて、うそだよおおおおおおおお！」

「……えっと、ということなんです」

「いや、どういうことよ？」

◆◆◆

時間は少し前に遡る――。

「マイカちゃん、竈に火をつけてくれる？」

「はーい」

夕食の準備をしていた二人。マイカはお湯を沸かすべく竈に火を入れようとしていた。

この世界の火起こしの方法は、火打石？　それとも摩擦法？　……なんてことはなく、普通にマッチが流通している。ルトルバーグ家でも仕入れ可能なお安い品である。

ありがたや、ありがたや、なのだが……。

「えーと、マッチ、マッチ……あれ？　メロディ先輩、マッチが切れてるみたいなんですけど」

「そうなの？　後で仕入れておかなくちゃ」

「でも今日はどうします？　今からマッチを買いに行きますか？」

「それだと遅くなるから今日は私がやっておくね。火種よ灯れ『点火《アーチェ》』」

メロディの指先に小さな火が生まれた。優雅な手指の動きで火の行き先を指し示し、火種が竈の中へと導かれていく。そして積まれた薪の隙間から煙が立ち、やがて竈に火が付いた。

その光景を目にしたマイカは――。

「はぁ……魔法使いのおばあさんみたい」

「お、おばあさん……私、そんなに老けて見える？」

「あああ、そういう意味じゃないんです！　いい意味で、いい意味なんです！」

「そ、そうなの？」

（いい意味でおばあさんってどういう意味なんだろう？）

「はい！　本当に、いい意味で！」

この時マイカの脳裏に浮かんでいたのは、彼女が日本人の頃、世界的に大人気だったアニメ映画に登場する数々の魔法使い達の姿であった。

義母・義姉に虐げられる少女に手を差し伸べる魔法使いのおばあさん。魔女の呪いによって深い眠りにつくお姫様を助けるために行動する妖精、魔法使いのランプの精などなど……。

マイカにはメロディが彼らに重なって見えたのだ。何が言いたいかと言うと、先程のメロディは大変アニメ映えする姿だったのである。……あらかじめポーズを決めていたわけでもなく、素でやってしまうところが何とも空恐ろしい少女である。メロディ、恐ろしい子！

（いいなぁ、私もあんな風に魔法が使えたら――って、できるじゃん！　ここ異世界だった！）

異世界転生して既に三ヶ月以上。慣れない生活、メイドに勤しむヒロインに遭遇するといった衝撃的展開に翻弄されていたマイカは、ここに来てようやく彼女自身が魔法を使うというファンタジーな体験に思い至った。

「メロディ先輩！」

「な、何、マイカちゃん？」

詰め寄るようにズズイッと近づくマイカに、メロディはちょっと引き気味だ。

「私も魔法が使えるようになりたいです！」

「マイカちゃんが魔法を？」

「はい。そうすれば今日みたいなことがあっても私自身で対応できますし！」

「まあ、普段は私もマッチを使って火起こしをしているけど、確かに一理あるわね」

「え？　メロディ先輩もマッチを使っているんですか？」

「ええ。普段から魔法に頼りきりじゃ、せっかく身に付けたメイド技能が錆びついちゃうもの。本当に必要な時だけ魔法の助けがあれば十分なのよ」

メロディの説明に、マイカは感心したように首を縦に振った。言われてみれば、メロディが仕事中に魔法をドカンと行使したのはマイカとの初仕事の日くらいであった。他は時々サッと使うくらいで、普段は持ち前のメイドスキルでドカンとやっているだけである……ドカンと。

（ちゃんと一般常識はあるのに使う魔法が常識外れなのはなんでなのかな？）

マイカの口元がちょっとだけ引き攣ったが、すぐに内心で気持ちを切り替える。

「というわけで、私も魔法を使えるようになりたいんです！」

「そうね……」

しばらく考え込むメロディだったがチラリと竈の様子を見ると、軽く頷いて了承してくれた。

「分かったわ。どのみち竈のお湯が沸くまで次の作業もできないし、今のうちにマイカちゃんの魔力量を測定してみましょうか」

「やったー！　ありがとうございます、メロディ先輩！」

そして二人は向かい合うように椅子に腰かけ、互いの手を取った。メロディはルシアナにしたのと同じ方法でマイカの体内の魔力を探っていく。

（こんなに間近で生ヒロインちゃんを誰はばからず凝視できる日が来るなんて、アンナお姉ちゃんが知ったらきっとメチャクチャ羨ましがられるだろうなぁ）

瞳を閉じて魔力感知に集中しているメロディを見つめながら、マイカはニコニコ笑顔で結果が出るのを待っていた。もうすぐ自分も魔法が使えるのだと思うと、どうしても浮足立ってしまう。

（ルシアナちゃんみたいに水を出すだけでも楽しいけど、どうせならメロディ先輩みたいにドカンと魔法が使えるのも気持ちよさそう……うん、あそこまでじゃなくてもいいよ、うん、うん）

思い出されるのは、大人バージョンに成長してしまったビュークとリュークのことだ。ゲームと同じように体内の魔王の魔力を浄化しただけなのに、なぜゲームとは異なる結果になってしまったのか、今でも全く理解できない。

（ゲームではヤンデレ合法ショタキャラとして人気だったのに、今となっては寡黙系イケメンキャラになっちゃって……どっちの方が人気でるかな？）

マイカの思考もちょっと理解不能な方向へ脱線している。軌道修正をしよう。

（まあ、結果的にいい方向で収まったからいいんだけど……あそこまでの力はさすがに困るけど、ゲームっぽく『ファイヤボール』とかできたらカッコイイよね！）

期待に胸が膨らむマイカ。何せ自分は異世界転生者。

ひょっとして、ひょっとすると……？

（神様には会ってないけど、もしかしたら物語みたいなチート能力とか与えられている可能性も無きにしも非ずかもしれないような気がしないでもないような！　そんでもって、モブでしかない私がこれを機にうっかりヒロイン街道まっしぐらに進んじゃったりしてしてして！）

還暦おばあちゃん、はしゃぐの図……今の精神年齢は中学生相当なのでご了承ください。精神年齢が元に戻った時に黒歴史として深々と刻まれるかもしれませんが、その辺はもう自己責任ということで。

などと内心で大忙しのマイカであったが、唐突にメロディがカッと目を見開いた。

「そんな、これって……」

思わずといった感じで声を漏らすメロディ。その様子にマイカはドキリと緊張してしまう。

（何、この驚きよう。え？　まさか？　本当に？）

——私、チート無双しちゃうの？

マイカから手を放すと、メロディは小さく息を吐いた。そしてマイカと視線が合う。

「マイカちゃん、驚かないでよく聞いて」

「は、はい……」

（こ、この真剣な雰囲気。まさか、本当に私、メロディ先輩級の大魔法使いになる素質が——）

「マイカちゃんの魔力は……ゼロよ」

「……ゼロ？」

マイカは思った――ゼロって何だっけ？　ゼロ、ゼロ、ゼロ、ゼ……ロ……。

「え？　ゼロ？　ゼロって、え？　魔力が……」

「残念だけど、マイカちゃんは魔力ゼロ……魔法の才能は、ないわ」

「………」

「マ、マイカちゃん……？」

口をポカンと開けて、目を点にしたままマイカは固まってしまった。

そして……冒頭の悲鳴に戻るのである。

「しょうも……いえ、とても残念だったわね、マイカ」

「ううう、おじょうさまぁぁぁぁぁ……」

余程ショックだったのか今も泣きじゃくるマイカを、ルシアナはそっと抱き寄せた。マイカに胸を貸し、よしよしと優しく頭を撫でてやる。妹を慰める素敵なお姉さんのようである。

……決して、思わず『しょうもない』と言おうとしたことへの罪悪感からではない。

「だ、大丈夫よ、マイカちゃん。魔法が使えなくたってメイドの仕事は十分やれるわ。魔法の代わりに私がきっちりメイド技術を教えてあげるから元気出して！」

「メロディ先輩ぃ……それ、全然慰めになってないですぅ」

「メロディ、さすがにそれは……」

「ええっ!?　どうしてですか!?」

◆◆◆

翌日の夜。明日は学園が休日のため、メロディ達は授業が終わると屋敷に帰っていた。既に夕食の時間を過ぎ、そろそろ就寝の時間になりそうな頃、メロディは調理場の掃除をしていた。調理場に小さなため息が零れる。

「お姉様、何か悩み事ですか？」

そんなメロディに、一緒に掃除をしていたセレーナが尋ねる。

「うん、昨日のマイカちゃんのことでちょっとね……」

「昨日というと、彼女の魔力がゼロだったという話ですか？」

「ええ。マイカちゃん、想像以上にショックだったみたいで、今日一日落ち込んでいたのよ。屋敷に帰ってからは姿を見てないし。きっと私と顔を合わせたくないんだわ」

思い起こされる昨夜のマイカの姿。随分と肩を落としながら食事をしていた。おかわりはしていたけど……いやいやとメロディは首を振る。マイカはとても悲しんでいた、そう、悲しんでいた！

「お姉様。マイカさんなら今は孤児院に行っていますよ」

「え？」

「今日のマイカさんは屋敷に戻ったら明日いっぱいまでお休みというシフトです。ですので、夕方にリュークと一緒に孤児院に行きました。今日は向こうに泊まるそうですよ」

「……そうなの？　な、なんだ、そうだったんだ」

顔を赤らめながら恥ずかしそうに頬をかくメロディ。どうやらマイカの落ち込みようにメロディ自身もかなり動揺していたようだ。まさか『世界一素敵なメイド』を目指す自分が、後輩のシフトをど忘れしてしまうとは。

誤魔化すように照れるメロディ。対するセレーナはアルカイックスマイルを浮かべているのだが、何だろう、なぜか目が笑っていない。

「セレーナ？」

「そもそも、お姉様も今日は夕方からお休みのはずなのですけれど、なぜこちらにいらっしゃるのでしょう？」

「あ、あれぇ？　そうだったかなぁ？」

セレーナからそっと視線を外して遠くを見つめるメロディ。セレーナの冷たい視線が突き刺さる。

「お仕事を趣味になさるのも結構ですが、あまり度が過ぎますと下の者も休みづらくなってしまいます。ですからそろそろ、加減を覚えてくださいね」

「ご、ごめんなさい。気を付けます……」

（セレーナ、笑顔が怖いわ……何だかとっても既視感があるんだけど……）

メロディは思い出す。母セレナも、メロディを叱る時はいつもこんな笑顔だったなぁ、と。

魔法の人形メイド・セレーナは、なぜかメロディの母セレナそっくりな姿で生まれてきた。それはメロディの記憶と想いが原因なのか、時折セレナを思わせる仕草を見せる。

（こんなところは似てほしくなかったんだけど……）

六歳の頃に前世の記憶を思い出したメロディは、世が世なら人類史に名を残しかねない才能を秘めた天才だったが、母親に全く叱られないように過ごせたかというとそうは問屋が卸さない。

メイド修行に明け暮れて、気が付けば帰宅が夜になっていたこと数え切れず。素敵なメイドさんの姿に見惚れてうっかり転びそうになり、誤魔化すためにムーンサルトよろしく街中をクルリクルリと華麗に跳びはねて拍手喝采を受けたのはいつの事だったか。

（あの時は街の人達から凄く褒められたけど、お母さんは……それはもう菩薩様みたいな柔和な笑みを浮かべながらカンカンで……そう、今のセレーナみたいに）

今のセレーナは大変優しい笑みを浮かべているのに、なぜかとても圧を感じるのだ。普通に怖い。

「……本当に、これから気を付けるんですよ、メロディ？」

「は、はい！　ごめんなさい！　前向きに検討させていただきます！」

セレーナの微妙な言葉遣いの違いに気が付くことなく、メロディは反射的にバッと頭を下げるのだった。そして、やはり反射的に出た言葉だからだろうか、現代日本人が聞けば反省していないことが丸わかりな謝罪の言葉であった。

「……本当に、気を付けてくださいね、お姉様」

悩ましいとでも言いたげに首を左右に振ると、セレーナは話題を切り替えた。

「ところでマイカさんの件ですけど、魔法が使えないのであればお姉様が何か魔法の道具でも用意してあげればよいのではありませんか？」

「うーん、それは私も考えたんだけど……」

再び作業に戻り、世間話をしつつも早送り再生よろしくテキパキ掃除を行いながら、二人はマイカの件を話し合う。

「何か問題でも？」

「問題というか、それじゃあ趣旨が違うというか何というか」

「趣旨ですか？　どういう意味でしょう？」

「えっとね、例えば普段の火起こしにマッチを使っているマイカちゃんに、火を起こす魔法道具を用意して使ってもらったとして……それって、ライターと何が違うのかなって」

「それは……」

この世界には特定の魔法を込めたいわゆる魔法道具と呼ばれるものは存在している。例えばこの世界の水洗トイレなどがそうだ。下水道はなく、各トイレで直接浄化処理されるという謎仕様の大変便利な魔法道具だ。だが、これで毎回水を流したからといって魔法を体感できるかというと、まあ、聞くまでもないだろう。

現代日本人の記憶を持つメロディにとって魔法道具とは、百円ショップの便利グッズとか、家電量販店の高級便利家電とか、そんな認識なのであった。

「魔法って、自分の魔力と精神力によって普通では起こらないような現象を発現できるところが醍醐味だと思うの。私も初めて魔法が発動した時は凄く驚いたし、そこから試行錯誤して色々なメイド魔法を開発したり、訓練したりした時はとても楽しかったもの。魔法道具ではその感動がないのよね」

「言われてみると確かにそうですね。最初から魔法が使えた私には思いつかない観点です」

「まあ、セレーナは魔法が使えて当然の仕様になって――」

プツリと、メロディの言葉が途切れた。

「お姉様？」

「セレーナ、人工知能、魔法……」

ブツブツと何か呟いているが、セレーナにはよく聞き取れない。

「お姉様、どうかされましたか？」

「……セレーナは、自分の意思で魔法を使えるのよね？」

「え？　ええ、お姉様がそう設計されましたから」

「ということは、体内を巡る魔力を感知できるし、それを制御することができる」

「もちろんです。そうでなければ魔法は使えませんから」

（なぜそんなことを聞くのかしら？）

セレーナは不思議に思うが、そんな彼女の様子に気付かないメロディは質問を続けた。

「……セレーナも魔法道具の一種よね？」

「そうですね。人格を与えられている点で他の魔法道具とは一線を画しているとは思いますが、魔法道具であることに間違いはありません……けど、それがどうかしたんですか？」

「うん、やっぱりそう。セレーナは魔法道具なのに人間と同じ感覚で魔法を使うことができる。ということは……そうよね、そうだよね！」

ブツブツから一転、何やら嬉しそうに声を張り上げたメロディに、セレーナは驚いてしまう。

「急にどうしたんですか、お姉様？」

「こうしちゃいられないわ。セレーナ、ちゃっちゃと掃除を終わらせて作業に入るわよ！」

「え？　あ、お姉様！」

背中のぜんまいを回して解き放ったかのように、メロディはさらに速度を上げてチャッチャカチャッチャカと掃除を再開させた。これで魔法を使ったわけではないのだから恐ろしい。

「……今度は何を思いついてしまったのかしら？　何事もなければいいのだけど」

セレーナは『フラグ』という言葉を知らなかった。

掃除を終えると、メロディはメイド魔法『通用口《オヴンクエポータ》』でどこかへ行ったかと思うと、しばらくしてセレーナの元へ戻ってきた。

「ただいま、セレーナ。他の作業を任せちゃってごめんね」

「いいえ、そもそも全て私の仕事ですから。それで、どこで何をしてきたのですか？」

「ふふふ、これを取りに行ってきたの」

メロディは両手に持っていたバスケットを調理台の上に置くと、その中身を転がした。

その中身とは――。

「これは……たくさんの石？　いえ、くすんでいて見栄えは悪いですが、これは全て銀ですか？」

こぶし大の銀の塊が十個ほど。くすんでいるとはいえ、結構な量の銀塊である。

「どこからこんな物を？」

「ほら、セレーナが初めてリュークに会った場所よ。覚えてない？」

「というと、いつもお姉様が通っているあの森のことですね。そこにこんな銀塊が？」

この銀塊、要するに魔王を封印していた剣を刺してあった銀の台座の残骸である。セレーナの動力とするために、台座に残されていた先代聖女の魔力をメロディが根こそぎ吸い取ってしまったせいで、無残にも崩壊してしまったのである。

「全く気付きませんでしたが……これで何をするんですか？」

セレーナはメロディの意図が読めず、不思議そうに首を傾げた。

メロディはふふふと不敵な笑みを浮かべると、銀塊の一つを手にしてこう言った。

「これを使って、マイカちゃんが魔法を使うための魔法道具を作るのよ！」

◆◆◆

その日の深夜。時間は午前二時。いわゆる丑三つ時という頃合い。

月の光が降り注ぐ中、メロディはお屋敷の庭園に足を運んでいた。

庭園の中心に立つメロディの周りには、彼女を囲うように十個の銀塊が転がっている。セレーナに見守られる中、メロディは瞳を閉じて言葉を紡ぐ。

「……『黒染《アンネリーレ》』解除」

メロディがキャップを外すと、ふわりと風が吹いた。艶やかな黒髪がなびき、髪の端からみるみるうちに白銀へ染まっていく。いや、戻ったのだ。

閉じていた瞼がそっと開かれる。黒かったはずの瞳は、美しい瑠璃色の光を灯していた。

（精密な作業だから、余計な魔法は外しておかないとね……）

「お姉様、ご存分にどうぞ」

「……ええ」

メロディは再び瞳を閉じて意識を集中させた。同時に、彼女の体から白銀の魔力が溢れ出す。

そして天上の月へ贈り物を差し出すように両手を上げる。

すると、十個の銀塊がふわりと宙に浮かび上がった。メロディと同じ白銀の光を宿して。

やがて銀塊はゆっくりとメロディの周囲を回り始める。

掲げていた両手を優雅に下ろし、ゆっくりと両腕を広げると、メロディは歌い、踊り始めた。

美しい歌声が庭園に響き渡る。歌詞のない、煌めく音階の旋律が庭園を満たしていく。

ヒラリ、フワリと、激しさからは程遠い優雅な手振りに足運び。

月の光の下で舞う白銀の髪の乙女の姿は、メイド服姿であってもまるで神聖なる儀式のよう。

メロディの舞いに合わせるように、十個の銀塊が彼女の周囲を優雅に漂う。やがて銀塊は仄かに明滅しながら定形を失い、水あめのように溶け始めた。それでも銀塊はメロディとともに踊り続け、やがてそれらは互いに混ざり合い、少しずつひとつになっていく……。

その光景を、セレーナは恍惚の表情で見つめていた。

（……凄いです、お姉様。魔力量以外はお姉様と同じ能力を持っているはずの私でも、ここまでのことはできそうにありません）

庭園にて行われるメロディの歌と舞い。もちろんこれは歴《れっき》とした魔法である。詠唱だけでは埋められない複雑な魔法式を、歌声と踊りという抽象的な表現によって立体的に構築しているのだ。声の強弱や音域、細やかな音階に息遣い、それらに加えて踊りによる立体的な身振り手振り。魔法の命令文をその表現方法によって暗号化することで、細やかで繊細な命令を構築することに成功したのである。

だが、この魔法はメロディにとっても簡単なものではなかった。髪と瞳の偽装の魔法まで解かなければならないほどに繊細で精密な集中を求められるからだ。

おかげで庭園は自重ゼロの白銀の魔力に満たされており、夜空の星々が舞い降りてきたかのような煌めき溢れる幻想的空間になっている。

それが屋敷の遥か高くにまで立ち上っているのだから、誰かに見られてもおかしくない。ましてや、メロディは声量を加減していないので真夜中に響かせるにはかなり大きな歌声だ。

ルシアナあたりが目を覚まして様子を見に来てもおかしくない。しかし、既にメロディの舞いが始まって十分以上経過しているが、そんな兆候は見られない。

当然である。そのためのセレーナなのだから。

(お姉様、周囲への隠ぺいは完璧です。思う存分魔法を使ってください)

庭園にはセレーナによって音と光を偽装する魔法が施されているのだ。だからこそ、メロディは本来の姿に戻っても安心して魔法を行使し続けることができた。

そして、とうとうその時がやってくる――歌声が、やんだ。

庭園に静けさが戻ってくる。

メロディは再び月へ贈り物を差し出すように両手を上げるポーズで立ち止まった。

手の先には、いつの間にかひとつにまとまった銀塊が月光を背にして浮かんでいる。

銀塊は今も液体金属のようにゆらゆらと揺らめき、あるべき形が定まっていない。だがそれも、メロディの最後の言の葉によって決められることだろう。

「……魔法よ、生まれいでよ『想像による創造《クレア・イマジナ》』」

瞬間、銀塊は白銀の閃光を放った。

◆◆◆

休日を孤児院で過ごしていたマイカがルトルバーグ伯爵邸へ帰ってきた。

マイカの後ろにはリュークが立っている。彼も本日は休暇だったので、マイカについていっていたのだ。というか、マイカが伯爵邸にいる時、リュークは大体彼女のそばにいたりする。

魔王から解放されると同時にすべての記憶を失ってしまったリュークは、何気にマイカに一番懐いていた。まあ、基本的に無口なのでひっそりとではあるが。

リュークという名前を命名したのがマイカだからか、それとも、本当は何かしらマイカに対して覚えていることがあるのか、それはリュークの心の中だけの秘密である。

「ただいま帰りました」

「……ただいま」

「お帰りなさい、二人とも。ゆっくり休めましたか？　……リュークはむしろ疲れた顔ですね？」

夕食の準備に取り掛かっていたセレーナが二人を出迎えた。

一昨日、魔法の才能なしと断じられショックを受けたマイカだが、この世界での実家ともいうべき孤児院で一日を過ごしたおかげである程度気持ちを切り替えることができた。

（魔法が使えないこと自体は今でも残念ではあるけど）

とりあえずリフレッシュできたマイカとは対照的に、リュークの顔つきはぐったりしている。

ビューク・キッシェル改めリューク。メロディのおかげ（？）で幼かった顔立ちはすっかり大人っぽくなり、大変美しい青年がそこにいた。

ビュークだった頃ボサボサだった髪は今では短く刈られ、その均整の取れた相貌をはっきりと窺うことができる。銀色にも見えそうな灰色の瞳はどこか神秘的で、ため息が零れそうになる。

身長はクリストファーと同じくらいだろうか。スラリと細くありつつも、鍛えるべきところは鍛えられた頼もしい体躯。服の上からでもはっきりと分かるくびれた腰は、すれ違う女性たちの憧れと嫉妬の対象になるだろう。

疲れから肩を落としているが、それでもその美しさに陰りは見えない。

「孤児院の子供達に遊ばれて疲れたみたいです」

「まぁ。孤児院の子供達と遊んで、ではないのね……」

「ええ、それはもう。一日中付き合わされていましたからね。ふふふ」

「笑いごとではないのだが……」

クスクスと笑い合うマイカとセレーナの反応に、リュークは大きなため息をついた。

マイカが孤児院にリュークを連れて行くと、当然のように「マイカが彼氏を連れてきた！」と騒がれてしまった。突然の美青年の登場に少年少女は興味津々になったわけだ。

それに対するリュークの反応は――無言であった。……これがいけなかったのだと、後にリュークは後悔することとなる。否定しないということは肯定であると判断した少年少女は、リュークを身内扱いした。つまり、いくらでも甘えてよい大人と判断したのだ。

記憶喪失中のリュークは、あっても同じかもしれないが、子供の扱い方など全く分からない。その手を引かれるまま、自重を知らない少年少女の遊び相手をする羽目になったのである。

ちなみに、マイカは彼氏発言を即行で否定しているが、少年少女の耳はとても都合よくできていたとだけ伝えておこう。……子供は無垢で無邪気であると同時に、あざとく強かなのである。

「……しばらく孤児院には行かない」

「もうすぐ学園が夏季休暇に入ったらお嬢様の里帰りについていくことになるから、どのみち孤児院にはしばらく行けなくなるけどね。王都を出る前にもう一回だけ挨拶しに行こうよ」

「……挨拶だけだぞ」

「ふふ、挨拶だけで終わらない未来が容易に想像できてしまいますね」

「やめてくれ」

リュークは再度大きくため息を吐いた。だが、マイカもセレーナも分かっている。彼はただ初めてのことに戸惑っているだけで、別に嫌がっているわけではないのだということを。

（子供達と遊んでいる時も終始無表情だったけど、真剣にやってたもんなぁ）

今の彼に記憶はないが、かつてのリュークは幸せな子供時代を奪われた人生であった。孤児院の子供達と過ごして、少しでも失った過去が慰められればいいと、マイカは思う。

「休みは十分に堪能したので、私も夕食の準備を手伝います――て、メロディ先輩は？」

マイカは不思議そうに首を傾げた。いつもならこっちが注意しても聞かないくらいメイド業務に勤しんでいるはずのメロディが、夕食の準備時間に調理場にいないとはどういうことだろうか。

「お姉様には今日一日休んでいただいているの」

「休み⁉　メロディ先輩が⁉」

「……それを本人が受け入れたのか？」

マイカだけでなく新入りのリュークでさえ驚きを隠しきれない。まだ出会って数日だというのにどんなメイドジャンキーぶりを見せつけたのだろうか。そっちの方に驚きである。

「いつも休みの日には趣味と称してメイドをやめようとしなかったメロディ先輩をよく休ませられましたね、セレーナさん」

「ふふふ、さすがに今日は疲れが出たみたいね。今朝から一日中部屋で休んでいるわ」

「一日中ですか？　それは、大丈夫なんですか？　風邪を引いたとかじゃ……」

「ああ、いえ。そうではないのだけど」

その時だった。調理場の扉が開かれた。

「ふぁ～。おはよう、セレーナ。ごめんなさい、お仕事手伝うわ」

あくびをする口元を手で隠しながら、メロディが調理場へ入ってきた。

「おはようございます、お姉様。やっと目が覚めたんですか？」

「うん、起きたら夕方でびっくりしちゃった」

「昨夜からずっと眠ってたんですか、メロディ先輩？」

前日の夕方から休みをもらっていたマイカは、昨夜の時点で既に孤児院にいたため、メロディが今朝から姿を見せていないことを今初めて知った。

「マイカちゃん。帰っていたのね、おかえりなさい」

「ただいまです。でも、本当に大丈夫なんですか、メロディ先輩？　体調が悪いなら、今日はきちんと休んだ方がいいですよ」

「ああ、大丈夫よ。昨夜はちょっと魔力を使い過ぎて疲れちゃっただけだから。ぐっすり眠ってもう十分に回復したわ」

メロディは安心させるように優しい笑みを浮かべた。だが、マイカはむしろ驚きに目を見張る。

（ステータスカンストどころか限界突破していてもおかしくないメロディ先輩が、魔力を使い過ぎた疲労でダウン⁉　まーた今度は何やらかしたの⁉）

伯爵邸で唯一メロディのゲーム設定を知るマイカからしてみれば信じがたい話であった。だが、驚くマイカに気付かないメロディは、ハッと思い出す。

「帰ってきたのならちょうどよかったわ。マイカちゃんにプレゼントがあるの」

「へ？　私にプレゼント？」

「ええ、これよ」

ニコニコと嬉しそうに微笑むメロディは、それをマイカに手渡した。

「……ペンダント？」

それは、銀製のペンダントであった。銀の鎖の先には、うずらの卵のような飾りがついている。

その両端には小さな翼のオブジェが生えており、中央にはハートに象られた瑠璃色の石が埋め込まれていた。

「可愛いペンダントですね。でも、どうしてこれを私に？」

「それは、マイカちゃんが魔法を使えるようになるための魔法道具よ。昨夜作ってみたの」

「……はい？」

疑問の声を上げながら、マイカはピタリと動きを止める。

そして、大体の疑問は氷解したのであった。

（カンスト魔力を大量消費した原因って……聞くまでもなくこれですよね！）

メロディはサプライズプレゼントに成功したように、とても嬉しそうな笑顔を浮かべていたのであった。……まあ、サプライズは成功しているので間違ってはいないのだが。

シナリオブレイク臭がプンプン匂ってきそうな代物をもらってしまったマイカ。ペンダントを見つめる瞳には驚きと困惑の色が浮かんでいたが、その奥から次第に期待の光が煌めいていく。

（……でも、これがあれば、魔力なしの私でも魔法が使えるように、なる？）

「メロディ先輩、ありがとうございます！　これを身に着ければ私も魔法が使えるようになるんですね！」

嬉しそうな笑顔を浮かべて、マイカはペンダントを首に下げた。

おそらくこのペンダントには、メロディの魔法があらかじめいくつか登録されているのだろう。ペンダントを身に着けた者が呪文を唱えることで、指定された魔法が発現する仕組みになっているに違いないと、マイカは推測した。

（さすがに本物の魔法使いとまではいかないけど、魔法使い『気分』を味わうには十分だわ！）

ドキドキワクワクと胸の鼓動が高鳴るマイカ。しかし、メロディは不思議そうに首を傾げた。

「いいえ、そのペンダントを身に着けても魔法は使えないけど？」

マイカはズッコケた。

彼女の出身は大阪ではないのだが、どこかの新喜劇を彷彿とさせる大変見事なズッコケ具合であったと、誰かが言ったとか言わなかったとか……。

「あの、マイカちゃん？　えっと……大丈夫？」

「なんでやねん！」

何というコテコテのツッコミ！　今時そんなツッコミをする芸人なんて見たこともない！　そんなことではツッコミ転生メイド見習い少女としての名に傷がついてしまうぞ！　芸人としてももっと多種多様なツッコミの技法を学ばなければ、今後のお笑い界を生き残っては……げふんげふん。

……繰り返すが、マイカは大阪出身ではない。だが、ツッコまずにはいられなかった。

「メロディ先輩、これは私が魔法を使えるようにするための魔法道具って言ったじゃないですか！」

「ええ、それはマイカちゃんが魔法を使えるようになるための魔法道具よ。ただし、それを身に着けただけで魔法が使えるようになんてならないわ」

「……それって、どういう意味ですか？」

「その魔法道具の名前は『魔法使いの卵《ウォーヴァデルマーゴ》』。文字通りそれは、マイカちゃんが魔法を使う手助けをしてくれる存在が生まれるための卵なのよ」

「えっ⁉　まさかこれ、本当に何かが孵るんですか⁉」

胸元で光る銀の卵を凝視するマイカ。

「……小鳥でも生まれるのか？」

マイカの隣に立っていたリュークも、訝しげにマイカの胸元へ視線を向けた。セレーナは事情を把握しているのでにこやかに彼らを見守るだけである。

「何が生まれるかはマイカちゃん次第ね」

「私次第？」

「犬や猫、兎かもしれないし、それこそ小鳥かもしれないわ。もしかすると箒とか、杖とか、指輪なんて可能性も……」

「生き物ですらないんですか⁉」

「ええ。マイカちゃんと最も相性の良い、最適なパートナーが生まれる設定だから」

「私と相性の良いパートナー。何のためにそんなもの……」

「マイカちゃんが魔法を使えるようにするためよ。『魔法使いの卵』はそれをコンセプトとして設計した魔法道具だもの」

そして、メロディは詳しい説明を始めた。

「『魔法使いの卵』はセレーナから着想を得て作った魔法道具なの」

「セレーナさんの？」

マイカはセレーナを見た。彼女は笑顔を浮かべてメロディの後ろに控えている。そして、つい忘れてしまいがちだが、彼女は人間ではなくメロディ謹製の歴とした魔法の人形メイドなのだ。

「魔法道具でありながらセレーナは魔力を認識し、魔法を行使できる。それは体内に魔力と、魔法行使に必要な情報処理能力が備わっているから。残念ながら、魔力を持たないマイカちゃんにはどちらもない力だけど……ないなら外付けしちゃえばいいと思ったの」

「外付け……？」

「マイカちゃんの代わりに魔力の充填と魔法発動の情報処理をしてくれる存在がいれば、マイカちゃんは魔法を行使可能になるわ」

マイカの視線が再びペンダントへ向けられる。

「それをしてくれる存在が、この卵から生まれるってことですか？　でも……」

（それって、魔法使いというよりは魔物使いとか召喚士っていうんじゃ……？）

要するにこの卵から生まれてくるものは、セレーナ二号ということだろう。しかし、それでは結局マイカの代わりに魔法を行使するだけで、マイカ自身が魔法を使えるわけではない。

だが、メロディは得意げな笑みを浮かべた。

「マイカちゃんが危惧していることはよく分かるわ。自分で魔法が使えないなら、結局便利な道具を持たされているのと変わらないものね。私も最初はどうしようかと考えたけど、その問題を解決するために作ったのが、この『魔法使いの卵』なのよ」

……どういう意味？　マイカは首を傾げる。

「この『魔法使いの卵』には、セレーナを作る時と同じく『分身』を使って人格の基礎を構築してあるの。でも、彼女と違うのは、私の記憶も知識もすべてが完全に消去されているところよ。魔法に関する知識だけはある程度残してあるけど」

「メロディ先輩の記憶と知識を？」

「ええ。今『魔法使いの卵』の人格は完全にまっさらな状態というわけ。だから、マイカちゃんには卵をしばらく身に着けていてほしいの。そうすることで、卵はマイカちゃんの記憶と知識を吸収し、あなたの精神と同調するようになるわ。そして、その情報をもとに『魔法使いの卵』はマイカちゃんに最適なパートナーを生み出すというわけ」

「私の記憶と知識を……えっと、それって、私と同じ人格になるってことですか？」

「あくまでマイカちゃんと同調するための下地として使われるだけで、生まれてくる存在の人格は全く別のものよ。……人格と言えるものになるかも分からないけど」

「なんだかとっても不安になるセリフなんですけど⁉」

「そのあたりは正直未知数なの。もちろんマイカちゃんを害するような存在が生まれたりはしないけど、人語を解するほどの知性を持った存在が生まれるかどうかは分からないわ。もしかしたら単なるペットみたいな子が生まれるかもしれないし、それこそ杖や指輪だったりしたら、もっと機械的で人間っぽくない存在が生まれる可能性もある」

「……ああ、だからマイカ次第なんだな」

ポカンとするマイカの隣でリュークが納得したように頷いた。

「え、リューク、どういうこと？」

「……卵はマイカに同調することで肉体や精神を形作っていく。つまり、卵から生まれる存在がどんな姿や性格をしているかは、マイカに依存するということだ。だから、どんな結果になるかは製作者のメロディにも分からない」

「……えー」

何それめっちゃ不親切と思うマイカ……ついでに、本当に蛇足だが、リュークはメロディのことを呼び捨てにしているらしい。

「そんなに心配しなくても大丈夫よ。だって、生まれてくるのはマイカちゃんが魔法を使うのに最適なパートナーなんだから。どんな子が生まれてきてもきっと仲良くなれるわ」

（生き物以外が生まれてきたらどうやって仲良くなればいいんだろう……？）

ちょっと遠い目をしてしまうマイカ。メロディのことだからさすがに悪い結果にはならないだろうが、そのプロセスには大いに不安を感じざるを得ない。だが、それとは別に疑問が浮かんだ。

「あの、メロディ先輩。卵から私のパートナーが生まれることは分かったんですが、それで私はどうやって魔法が使えるようになるんですか？」

卵から生まれてくる存在はいわばマイカの分身ともいえる存在である。しかし、それでもやはり魔法が使えるのはそのパートナーの方であり、マイカではない。どうするのだろうか？

メロディは、やはり得意げに笑った。

「マイカちゃん、同調というのは一方通行ではないのよ。同調するということは、マイカちゃんとパートナーの感覚がひとつになるということ。つまりマイカちゃんは、魔力と魔法処理能力を持つあなたのパートナーの感覚を共有できるということよ」

マイカはハッとした。パートナーの魔法感覚を共有できるということは……。

「ぎ、疑似的に私も魔力を認識できるようになる？　ううん、それだけじゃない。私とパートナーが同調しているなら私の考えも相手に伝わるわけで……私の意思とパートナーの魔法能力がひとつになるんだから、それはつまり……」

マイカの視線がセレーナに向いた。魔法を行使するために必要な魔力と処理能力と、魔法を行使する意思を併せ持つ、魔法の人形メイドの姿を。

そう、パートナーが一緒ならマイカの条件はセレーナと同じ。つまり――。

(私も魔法が使えるように……なるっ！)

――瞬間、『魔法使いの卵』から銀の光が弾けた。

「きゃっ！　な、何？」

「……卵が同調処理を始めたんだわ。マイカちゃんの何かの気持ちに反応したみたい」

「私の気持ちに……」

直前の自分の感情を思い出すマイカ。魔法が使えるかもしれないという喜びに、『魔法使いの卵』が反応したのだろうか。もしそうだとしたら、それは……。

（なんかちょっと、嬉しいかも……）

何だかこの卵も一緒に喜んでくれたみたいで、気恥ずかしいマイカだった。

「ところでお姉様。この卵、魔力供給はどうなさるのですか？」

卵を見つめるマイカをよそにセレーナが尋ねた。その疑問にマイカもハッとして視線を戻す。

「素材がよかったおかげで魔力を十分貯められたから、少なくとも卵が孵るまでは必要ないわ」

「……素材。銀だな」

リュークはしげしげと卵を見た。卵だけでなく鎖にいたるまで全てが銀でできたペンダントだ。魔法道具のインパクトのせいで失念していたが、純銀製のペンダントなんて、なかなか高価な品になるのではないだろうか？　魔法道具としての価値は間違いなくそれ以上だが……。

「基本的に金属や鉱物は魔力を溜め込みやすい性質があって、なぜかは分からないけど私、銀とはとても相性がいいみたいで予想以上に魔力を籠めることができたの」

（でしょうね！）

ゲーム設定を知るがゆえに内心のツッコミを止められないマイカである。

「とはいえ、残念ながらセレーナ程の魔力ではないからそこまで多くはないんだけど」

ちょっと申し訳なさそうにメロディは頬を指でかいた。リュークはふーんと納得したように頷いたが、マイカは内心不安でいっぱいである。

（『そこまで多くはない』ってそれ、いわゆる『当社比』ですよね！）

メロディの『多くない』＝世間一般の『めっちゃ多い』の方程式がマイカの脳裏に浮かぶ。

だが――。

「というわけで、魔法道具の説明は大体終わったんだけど。マイカちゃん、もらってくれる？」

「はい！　ありがとうございます、メロディ先輩！」

やはり魔法の魅力には抗えない。マイカは即答した。

（これで私も魔法使いになれるー！　大丈夫、大丈夫。『嫉妬の魔女事件』だって色々あったけど最終的には上手く解決したし、この魔法道具のこともきっと丸く収まるはずだよー！）

……人間は、自分が見たいものだけを見る生き物であることの典型例がそこにいた。

「……ところで、このペンダントの銀はどこから仕入れたんだ」

リュークが素直な疑問を口にした。純銀製のペンダント、素材の値段はいかほどか？

メロディは笑顔で答えた。

「リュークは覚えていないかもしれないけど、私がいつも通っている森からよ。そこには崩れた銀の台座があって、いくらか拝借してきたの」

「なんて物を使ってるんですかあああああああああああ！」

「急にどうしたの、マイカちゃん？」

先程までの喜びなどサイクロンのように吹き飛んでしまったマイカの叫びが調理場に木霊《こだま》した。

リュークを救ったことで既に役割を終えたとはいえ、ゲームシナリオにガッツリ関わってきていた銀の台座。それを素材にして作られた魔法道具『魔法使いの卵』。

性能以前に素材の段階でシナリオブレイク臭がプンプン匂って来る魔法道具を手に入れてしまったマイカ。彼女の明日は……どっちだ！　……本当にどっちなんだろう？

今日から夏休み！

新しい朝、希望の朝が来た……などと言いたくなるほどに早朝から太陽の光が眩しい季節、夏。八月一日。今日から王立学園は夏季休暇――いわゆる夏休みである。

今日はルシアナが夏季休暇を利用してルトルバーグ領へ帰省する日。手早く屋敷の清掃を終え、自室にて清掃服からいつものメイド服に着替えたメロディは、ふとあることを思いついた。

「……今日から夏服にしようかな」

メイドジャンキーとしてスカートの丈にはこだわりのあるメロディだが、袖の長さまでどうこう言うつもりはない。むしろメイド服にも季節感は必要であろうとさえ思える。

「本当は衣替えの季節、六月にするべきだったんだろうけど、あの時はお嬢様の学園入学とかでバタバタしていて全然気が付かなかったものね。うん、いい機会だしやっちゃおう」

思い立ったが吉日。メロディは両腕を前に突き出しながら呪文を唱えた。

「我が身に相応しき衣を『再縫製《リクチトゥーラ》』」

メイド服の長袖の生地が軽やかに解け、宙を舞い始める。糸を操作するために両腕をクロスさせながら上に掲げ、半円を描くようにふわりと両手を開いていく。やがて糸は両肩の袖に集約し編み込まれ、袖口に白いカフスをあしらった可愛い半袖メイド服が誕生した。

「うん、なかなかいい感じ。替えは今度自分で仕立てよっと」

笑顔で通路を出ると、ほぼ同じタイミングでセレーナが姿を現す。先程《ほど》一緒に屋敷の掃除をしていたので、彼女もまたメイド服に着替えて出てきたようだ。

「セレーナ、見てこれ……あら？」

なんということだろうか。セレーナのメイド服も半袖になっているではないか。

「まあ、お姉様も服の袖を直したのですか？　ふふふ、私達本当に姉妹のようですね」

魔法の人形メイド、セレーナはメロディの魔法『分身《アルテレーゴ》』をもとに生み出された存在だ。自由度を持たせるために人格形成要素を乱数化させ、メロディ自身のエピソード記憶は消去されているはずだが、どこかしら似た感性を残しているのかもしれない。

「お姉様、よくお似合いですわ」

「ありがとう。セレーナもよく似合ってるわ」

二人がニコリと笑い合っていると、別の使用人部屋の扉がガチャリと音を立てて開く。

「ふわぁ、おはようございます。メロディ先輩、セレーナ先輩」

あくびをしながら現れたのはメイド見習いのマイカだ。本名・栗田舞花。死んだ記憶は一切ないが、気が付いたら十歳くらいの少女として異世界に転生したと思われる還暦の元日本人。

転生して以来、中学生以降の記憶が曖昧になってしまったせいでほとんど子供なマイカである。

そんな彼女は今朝の清掃はお休みで、今し方目を覚ましたところだった。

「マイカさん、あなたまた先輩って……その言葉遣いだけはなかなか直りませんね」

頬に手を添えながらため息をつくセレーナ。メロディは先輩呼びを好んでいるので気にした様子はない。やがて目が冴えてきたマイカは二人の姿を見て、大きな声を上げた。

「ああっ！　二人だけ夏服になってるじゃないですか！」

「そうなの。さっき思い立って袖を直してみたの」

「二人だけずるいですよ。私もお願いします！」

「あら、暑かった？　着心地は悪くないように作ったはずだけど」

メロディ謹製のメイド服には耐熱・耐寒の魔法が付与されており、夏でも冬でも常に快適仕様のまさにエアコンスーツ。通販番組に登場したらジャンジャンバリバリ売れそうな逸品である。

「確かに、真夏なのに全然暑くなくてむしろ快適でしたけど、そういう問題じゃないんですっ！」

ぷくりと頬を膨らませてピョンピョン跳びはねて抗議するマイカ。推定十歳なので大変可愛らしいが、メイドの所作としては完全にアウトである。だが可愛い。メロディも思わず苦笑いだ。

「じゃあマイカちゃん、両手を前に突き出してちょうだい。彼の者に相応しき衣を『再縫製』」

「わぁ、きれい！」

両腕から解き放たれた無数の糸が宙を舞う光景に思わず感嘆の声を漏らすマイカ。何気に『再縫製』を見るのは初めてだったりする。

「マイカちゃん、仕上げをするからちょっとその場でクルッと一回転してくれる？」

「はーい」

言われるがまま、マイカはクルリとワンターン。黒いスカートがふわりと広がり、小さな桃色のツインテールが軽やかに跳ねた。回転するマイカを追うように糸が踊り、彼女が正面へ向き直った瞬間に『再縫製』は終わりを告げた。マイカのメイド服も夏仕様に大変身である。

「ありがとうございます、メロディ先輩！」

「よく似合ってるわよ、マイカちゃん。それじゃあ皆、そろそろお仕事に行きましょうか」

「はいっ！」

「承知しました、お姉様」

三人が調理場へ向かうと、執事見習いのリュークがいた。マイカが挨拶の声をかける。

「あっ、おはよう、リューク」

「……おはよう」

執事見習いリューク。正体は、乙女ゲーム『銀の聖女と五つの誓い』に登場する第四攻略対象者ビューク・キッシェルである。だが、記憶を失い、現在はルトルバーグ伯爵家の執事見習いとして働いている。どこかのメイドの魔法の影響か、小柄で子供のようだった体は急成長し、長身で引き締まった体躯を持つイケメンへと大変身を遂げていた。

ちなみに、成長時に彼の紫の髪はとても長く伸びていたが、使用人として働くには不向きということで、今は短くカットされている。既にゲームの面影は皆無と言ってよい。

最早、ゲームを知る者が彼を見てもまさかビューク・キッシェルだとは思いもしないだろう。

そんなビューク改めリュークは、早朝から調理場で食器の手入れをしていた。

「おはよう、リューク。食器を磨いてくれてありがとう。といっても、ほとんど木製食器ばかりだから磨き甲斐はないかもしれないけど……銀食器があればよかったんだけどね」

「……気にしない」

一応、執事見習いという立場のリュークだが、使用人としての知識も技術も持たない彼に執事としての仕事などまだまだできるはずもなく、現在は男性使用人全般の見習いのような扱いだ。

ちなみに、銀食器の管理は男性使用人『従僕《フットマン》』の仕事である。執事直属の使用人で、フットマンとしての経験を重ねてようやく執事に至るというのが一般的なキャリアコースだ。

現在のリュークは、木製食器でフットマンの真似事、雰囲気を体験している最中なのである。

「それじゃあ、セレーナとマイカちゃんは朝食の準備を。リュークは旦那様と奥様の朝のお茶の準備をお願いね。私はお嬢様のお茶の準備をします。リューク、いつも通り準備するまでお願い。あなたはまだ上手にお茶を淹れられないから、旦那様方を起こしに行くのは私が同行するわ」

メロディが指示を出すと三人が了承の返事をする。正直、すべての仕事を自分でやりたい欲求は今でも変わらずたっぷり満杯にあるのだが、こうやって同僚と仕事を分担して業務に勤しむ環境もメイド仕事の醍醐味のように感じられ、何か言い知れない喜びを感じるメロディなのであった。

「それでは本日もよろしくお願いします！」

「「「畏まりました」」」

調理場に食器がカチャカチャと揺れる音や、お湯を沸かす熱気が広がる。メロディがその雰囲気を楽しんでいると、セレーナがポツリと呟いた。

「……明日からは私一人になってしまうんですね。寂しくなりますわ」

そう、明日からしばらく屋敷の使用人はセレーナただ一人となってしまう。彼女以外の三人はルシアナの帰省に同行するからだ。メロディはルシアナ付きのメイドとして、マイカはその補佐として、リュークは領地に仕える執事に男性使用人としての心得を師事するために。

伯爵夫妻は仕事や社交が忙しくて、今王都を離れることは大変難しい。そのため、王都の屋敷に使用人はどうしても必要だ。セレーナはこの屋敷の使用人不足を解消するために生み出された存在であるため、王都に残るならば役割的にも能力的にも彼女が適任であった。

おかげでメロディとは離れ離れに……魔法の人形メイドというパワーワードな存在であるにもかかわらず、意外と出番が少ない少女。それがセレーナである。

「寂しくなるといっても三週間くらいのことよ？　月末までには戻らなくちゃいけないし」

「夏季休暇って八月いっぱいでしたっけ？　メロディ先輩」

「そうよ、マイカちゃん。夏季休暇の最終日に王城で夏の舞踏会が開催されるから、お嬢様はその準備のためにも一週間前には王都に戻らなければならないの」

「となると、確か王都から領地まで馬車で五日。往復十日。八月は三十一日間で、一週間前には王都に戻るとなると実質滞在期間は……」

「……十四日。約二週間だな」

「あぅ、リュークに先に答えられちゃった。でも、二週間かぁ。長いような短いような」

「二週間なんて気が付けばあっという間ですものね」

「長いようであっという間に帰ってくるから、またすぐに賑やかになるわ。お土産も買ってくるから楽しみにしていてね」

「ふふふ、そうですね、お姉様。期待していますわ」

楽しそうに微笑むセレーナに見送られて、メロディは紅茶を乗せたワゴンを押した。

「おはようございます、お嬢様」

「うーん、おはよぅ……あっ、メロディの服装が変わってる！」

朝のお茶を用意してルシアナの部屋を訪れると、彼女はまだ寝ぼけまなこだった。しかし、夏服姿のメロディを目にした瞬間、一気に覚醒する。

「半袖のメイド服も可愛いわね、メロディ！」

「ありがとうございます、お嬢様。さあ、今朝も美味しいロイヤルミルクティーをどうぞ」

差し出された紅茶をベッドの上で優雅にいただく姿はとても『貧乏貴族』などと揶揄される家の娘とは思えない。メロディはお嬢様に紅茶をお出しできるという喜びを噛みしめる。

「美味しかったわ。ありがとう、メロディ」

「恐れ入ります。ところでお嬢様、せっかくですからお嬢様のドレスも今日から夏仕様に変更しようかと思うのですが、いかがでしょう？」

「本当？　だったらお願いしようかな。メロディのドレスを着てると全然暑くないから長袖でも気にならなかったけど、やっぱり夏は半袖の方が爽快よね！」

というわけでこの後、ルトルバーグ家の全員の服が一気に夏服へと変わるのであった。

「お嬢様、いかがでしょうか」

「わぁ、素敵！　涼しくなっただけじゃなくて、ドレス全体が軽くなった気がするわ」

普段よく着る青色のドレスを『再縫製』でノースリーブのサマードレス風デザインに仕立て直した。生地全体を薄くしつつ、貴族として飾り立てることを忘れない最低限のラインを意識しながら、ルシアナに似合う素敵なドレスにできたのではないだろうか。

「とても楽しいドレスになったわね。ありがとう、メロディ！」

「恐れ入ります」

「そうだ、メロディ。せっかく今日から夏季休暇だし、ついでに髪型も変えてみたいんだけど」

「そうですね……だったら、ポニーテールにしてみましょうか。鏡台の前に座ってください」

「はーい♪」

椅子に腰掛けるルシアナ。その頭は音楽に乗るようにリズミカルに揺れ動いていた。

まるでフラワーロッ……今日の彼女は朝からハイテンションだ。

「お嬢様、今日はとても楽しそうですね」

「だって今日から皆で旅行なんですもの。昨夜はなかなか寝付けなくて大変だったんだから！」

要するに遠足前の子供の心境らしい。無邪気なお嬢様の様子に、ルシアナの髪を整えながらメロディも思わず和んでしまう。

「でも、ご両親も同行できませんし、行先もご実家ですよ？」

「それでもよ。新しく知り合った皆と一緒に旅をするんですもの。きっと楽しいことになるわ」

「ふふふ、そうですね……はい、できました」

「わぁ、可愛い！　ありがとう、メロディ！」

結び目は高めのハイポニーテール。ぴっちりまとめず、もみあげ等の後れ毛を残すことで少女らしく若々しい髪型に仕上げてみた。結び目にはドレスと同じ色のリボンをあしらってある。

「これ、私の誕生日もこの髪型にしてもらえる？」

「八月七日ですね。ええ、畏まりました」

なんと八月七日はルシアナの誕生日。例年は実家で家族に祝ってもらっていたが、今年はそれができない。しかし、それは以前から分かっていたことなので、既に王都で軽くお祝いを済ませてあったりする。そのため、ルシアナは特に気にしてはいない。

鏡台の前を片付けながら、メロディはあることを思い出した。

「そういえばお嬢様。誕生日といえば、先日お願いされたプレゼントの件なんですが」

「え？　ああ、誕生日プレゼントのこと。もしかして……できたの!?」

「はい。実は昨夜完成しまして」

「わぁ、嬉しいっ！　早速もらってもいい？」

「え、でも、誕生日プレゼントですし八月七日にお渡しした方が……」

「お願い！　こっちでのお祝いはもうやったんだからいいでしょ？　ね？」

一生のお願い！　と、両手を合わせて懇願するルシアナに、メロディは眉尻を下げて苦笑する。

「仕方ないですね。畏まりました、出発前にお渡しします」

「やったー！　ありがとう！」

ルシアナがメロディに向かってダッと飛び出した。しかし、メロディはヒラリと躱《かわ》す。

「メイドに抱き着いてはいけませんよ、お嬢様」

「やるわね、メロディ。それはともかく、メロディには我儘言っちゃったからお返ししないとね」

「お気になさらなくて大丈夫ですよ？」

「ううん、私がそうしたいの。だからメロディの誕生日には素敵なプレゼントを用意するわ！」

ルシアナは笑顔で言った。だが――。

「ふふふ、では来年の誕生日を楽しみにしていますね」

「だから、メロディの誕生日――」

「――がいつか教……え？」

ルシアナの笑顔が凍り付いた。

「お嬢様？」

「メ、メロディ……あなたの誕生日って……」

「私の誕生日ですか？　六月十五日ですけど」

「……ろくがつじゅうごにち？」

「ええ、六月十五日」

「「……」」

二人の間に沈黙が流れる。小首を傾げながら頭にクエスチョンマークを浮かべているのほほんとしたメロディとは対照的に、ルシアナの沈黙はまさに――絶句。

そして――。

――いやあああああああああああああああああああああああ！

伯爵家に少女の絶叫が木霊するのであった。

……いつものことである。

「お、お嬢様。その、元気を出してください」

「……無理。私は今、絶望の淵に立っているのよ」

「えーと……ベッドでふて寝しているようにしか見えないんですが。というか、ドレスにしわがついちゃうのでむしろ立っていただけると助かるんですけど」

メロディの誕生日がとっくに過ぎていたという事実を知ったルシアナは、叫びとともにベッドへダイブした。「何それ信じられなーい！」などと宣《のたま》いながらジタバタすること数分。

ルシアナの突然の奇行に、メロディは訳も分からずオロオロすることしかできない。

「もうもう！　なんでもっと早く教えてくれなかったのよ！」

「そう言われましても、メイドの誕生日は報告事項に含まれないと思うんですが」

「最優先事項に決まってるでしょ、もう！」

メイドの誕生日を祝ってあげられなかったことに対する不満を我儘と断じてよいかは定かでない

が、枕に顔を埋めて駄々をこねる姿はまるで幼女である。さすがに若干の呆れを覚えるメロディであったが、このままルシアナを放置するわけにもいかず、対応策を考える。

（ど、どうしよう。こんな時はどうすれば……あ、そうだ！）

何かに気が付いたメロディはエプロンのポケットに手を差し入れ、そこから包装された細長い小箱を取り出した。明らかにポケットのサイズよりも大きい……最早説明の必要もないだろう。

「お嬢様、そろそろ機嫌を直してください」

「……」

ルシアナは枕に顔を埋めたまま沈黙している。

「お嬢様？」

「……」

再度呼び掛けても、ルシアナは黙ったままだ。

「……仕方ありません。では、この誕生日プレゼントは領地に着いてからお渡しするということで」

「誕生日プレゼント！」

さっきまでの不機嫌はどこへ行ってしまったのか、ルシアナは勢いよくベッドから起き上がるとメロディのもとへ駆け出すのだった。何とも現金な娘である。

「わぁ！　これが例のものね！　ありがとう、メロディ！」

「ふふふ、喜んでもらえて私も嬉しいです」

椅子に座り、ベッドにダイブしたことで乱れた髪を整え直してもらいながら、ルシアナは嬉々とした表情で誕生日プレゼントを見つめていた。

メロディが贈った誕生日プレゼント。それは扇子であった。木製の骨を開くと、淡い水色の扇面が姿を現し、その上に流れるような金色の波模様が描かれている。

「綺麗……」

「お嬢様の美しい御髪をイメージしてみました」

ルシアナの波打つ金の髪をブラシで優しく梳かしながら、メロディがそんなことを言うものだから、ルシアナの耳や頬が思わず真っ赤に染まってしまう。

「は、恥ずかしくて扇子を開けられないじゃない！　もうもう！」

余程照れくさいのか、勢いよく扇子を閉じるルシアナ。メロディは「申し訳ございません」と、申し訳なさなど微塵も感じられない微笑ましい口調で謝罪をするのだった。

「そ、それはそうと、なんで誕生日のこと教えてくれなかったの？　水臭いじゃない」

恥ずかしさの余韻を消すためか、ルシアナは話題を変えた、というか戻した。

「まあ、さっさと私が聞いておけばよかったことではあるけど、早めに教えてくれれば私だって色々準備してお祝いとかしてあげられたのに」

ルシアナの髪を梳くメロディの目に、令嬢にあるまじきプックリ膨れた頬が映る。注意しようかとも思ったが、メロディは眉尻を下げるに留めた。

「申し訳ございません、お嬢様。あの頃はお嬢様の学園入学や入寮が重なって慌ただしい時期でしたので、お邪魔になってもいけませんし、あえてお伝えする必要はないと思ったものですから」

「……ぐぬぬ、反論しづらーい」

メロディの誕生日、六月十五日の頃といえば、まだまだ学園生活が始まったばかりで、慣れるのに忙しかった時期である。確かに、あの頃に誕生日を教えられていたとしても、大したことはできなかったかもしれない……が、それはそれ、これはこれというやつだ。

「でもやっぱり、ささやかでも当日にメロディの誕生日をお祝いしたかったわ」

「お嬢様……」

ルシアナの言葉に思わず、メロディの手が止まった。その隙を逃さず、ルシアナはメロディへと振り返り、少しだけ頬を赤く染めてニッコリと微笑んだ。

「メロディ、ちょっと遅いけどお誕生日おめでとう！　これからもよろしくね！」

「……はい。ありがとうございます、お嬢様。こちらこそよろしくお願いします」

――誕生日おめでとう。母を亡くして以来、メロディにその言葉を贈ってくれたのはルシアナが初めてだったことに気が付く。少し久しぶりのことで、何だか照れ臭い気持ちになって、知らないうちに頬を赤くしてしまうメロディなのであった。

「メロディの誕生日プレゼントは後日何か考えるとして……私の誕生日プレゼントの扇子だけど、お願いしてあった機能はついているのよね」

身だしなみを整え終え、立ち上がったルシアナが再び扇子を広げながらメロディに尋ねる。

「ええ、ご所望の通りにしてあります。使い方は――」

どうやらこの扇子は普通の扇子ではないらしい。何か魔法が掛けられているようだ。メロディが一通り使い方を教えるとルシアナはそれを実践し、満足げにコクリと頷いた。

「素晴らしいわ、完璧ね！」

「ご満足いただけてよかったです。でも、そんなもの、何に使うんですか？」

頼まれた通りの機能を扇子に搭載したものの、メロディにはちょっと理解しがたいリクエストであったため、彼女は不思議そうに首を傾げる。

そんなメロディを前に、ルシアナは扇子を広げてニコリではなく、ニヤリと微笑んで――。

「バカと悪い虫が現れた時に使うのよ」

そう、答えるのであった。アンネマリーやマイカが見たらきっとこう言っていただろう。

――悪役令嬢みたい、と。

マクスウェルの来訪

「まあ、ルシアナ！　何その髪型、可愛いじゃない！」

「いいでしょ、ベアトリス。それにうなじに風が当たって涼しいのよね」

「肩まで見せるドレスだなんて。よく似合ってますが大胆ですわ、ルシアナさん」

「大丈夫よ、ミリアリア。もちろん外に出る時はショールを掛けるから」

「ふふふ、とっても素敵よ、ルシアナ」

「えへへ。ありがとう、ルーナ」

朝食を終えた伯爵家。あとはメロディ達の馬車の準備が完了すれば出発という頃、ルシアナの親友の三人が彼女の出立を見送りにやってきた。

ベアトリス・リリルトクルス子爵令嬢と、ミリアリア・ファランカルト男爵令嬢。元ルトルバーグ伯爵領の一部を領地とする新興貴族で、ルシアナとは幼馴染であり大の親友でもある。

ルーナ・インヴィディア伯爵令嬢。領地を持たない王都暮らしの法服貴族で、王立学園では寮と教室の席でお隣さんとなっている、ルシアナの新たな親友である。

四人はルシアナの部屋でテーブルを囲んで、出発前の小さなお茶会を開いていた。

「それにしても今さらだけど、私達は王都に残るんだからルシアナも残ればよかったのに」

「皆で王都巡りとかしたかったですわね」

ベアトリスとミリアリアは今回、帰省せずに王都に残る予定だ。何せ春の舞踏会以来、二人の家族はずっと王都で暮らしており、帰省の必要性があまり感じられないからである。

そういう意味ではルシアナも両親がこちらにいるので帰省の必要性はないように思われるが、彼女にはきちんとした理由があった。

「お父様から領地に持っていってほしい書類を預かってるのよ……領地の皆にも会いたいし」

最後の方をポソッと小さな声で呟くルシアナだったが、ベアトリス達は聞き逃さなかった。

「まったく。ご両親がこっちにいるのにホームシックにかかっちゃうなんて、ルシアナらしいわ」

「ち、違うわよ！　そんなんじゃないもん！」

「伯爵様もわざわざ帰省の口実なんてご用意なさって……愛されてますわね、ルシアナさん」

「本当に、本当にお仕事だってば！」

「別に恥ずかしいことじゃないんだから素直になっていいのよ、ルシアナ」

「もう！　ルーナまで！　別に私、久しぶりに叔父様に会いたいとか思ってないんだからね！」

「……ミリアリア。あれで語るに落ちてると思ってないところがルシアナよね」

「ふふふ、とても可愛らしいではありませんか」

「聞こえてるわよ、そこの二人！」

まるで内緒話でもするようなポーズのベアトリスとミリアリアだが、声量を落とす気は全くないようでルシアナに筒抜けであった。

「ルシアナ、肉親に会いたいという気持ちは隠すようなことではないのだから、恥ずかしがる必要なんてないわ。堂々としていればいいのよ」

「別に叔父様だけじゃなくて村の皆にだって会いたいんだからね！　そんなんじゃないんだから！」

「……ルシアナ。さすがにもう気が付くべきというか、本当に隠す気があるのか疑わしいのだけど」

テンパるルシアナを前に、ルーナは困った顔で首を傾げることしかできなかった。

女三人寄れば姦《かしま》しいとはいうが、四人も集まればそれ以上。出立を考慮してまだ早い時間だというのに、朝から元気な声がルシアナの部屋からは溢れ出していた。

どうにか落ち着きを取り戻したルシアナは、ここにはいない同級生のことを思い出す。

「もう挨拶は済ませてあるけど、ルキフやペリアンも来れたらよかったのにな」

「仕方ないわ。二人は平民だもの。貴族区画に入るのは気後れするものよ」

仲の良い平民の同級生二人がここにいないことを残念に思うルシアナ。ルーナは苦笑を浮かべた。

「ルキフさんは男性ですし、同級生とはいえさすがにこの部屋に招くことはできませんわ」

「あら、そうとも限らないわよ、ミリアリア」

「まあ、どういう意味ですか、ベアトリスさん」

「ルシアナは一人娘だから婿取りしなきゃいけないでしょ？　ルキフ君を伯爵家の婿として迎えるっていうなら、ルシアナの部屋に入ってもいいんじゃない？」

「え、ルシアナ。ルキフとそんな仲だったの？」

ベアトリスの予想外な言葉に目を瞬かせるルーナ。思わずルシアナに尋ねてしまう。

「何言ってるのよ、ルーナ。私とルキフは同級生で友人。それ以上でもそれ以下でもないわよ。ベアトリスも変なこと言わないで。我が家の中とはいえどこで何が広まるか分からないんだから」

「ごめんごめん。ちょっと妄想が過ぎたわね」

「それはともかく、ルシアナさんの将来の旦那様はどんな方なんでしょうね」

「急に何を言い出すのよ、ミリアリア」

唐突な話題転換に困惑するルシアナ。ミリアリアは両手を組んで視線は天上を見上げていた。

「幼馴染として普通に興味がありますけど、それ以上にかの妖精姫を射止める殿方が現れるのかとか、やはり気になるではありませんか」

「妖精姫って、その呼び名、まだ残ってるの？」

ゲンナリするルシアナ。何とも恥ずかしい名前を付けられてしまったものだと辟易する。

「あら、うちのクラスでは英雄姫の通り名もきちんと広まってるわよ。舞踏会でのルシアナの行動は参加者全員が見ていたんだからそうそう忘れられないと思うわ」

「忘れてくれていいのに……」

テーブルに突っ伏すルシアナの姿に、他三人はクスクスと笑いを零す。そしてふと、ルーナは疑問を口にした。

「そういえば、妖精姫は舞踏会の間に気が付いたら広まっていたけど、英雄姫はどこから広まったんだったかしら」

「……確かお父様が、宰相様が仰ってたって言ってた気がする」

テーブルに突っ伏したまま、記憶を辿ったルシアナが答えた。確か、襲撃事件の翌日、帰りの馬車で父ヒューズがそんな話をしていたはずだ。

これにはルーナが驚きに目を瞠《みは》った。

「あの無駄を嫌う効率主義の宰相様が、わざわざルシアナに英雄姫なんて通り名を作って広めた？それって……」

その時――コンコンと、部屋の扉をノックする音が。

「お嬢様、よろしいでしょうか」

「セレーナ？　何？　入っていいわよ」

やって来たのはセレーナだった。扉を開けるとセレーナは一礼し、用件を告げる。

「リクレントス侯爵家のマクスウェル様がお嬢様にお会いしたいと、今いらっしゃっておりますが如何いたしましょうか」

「「「……え？」」」

ルシアナ達がセレーナの言葉を理解するのにしばし時間が必要となった。

◆◆◆

ルシアナのもとにセレーナがやってくる少し前。メロディ、マイカ、リュークの三人は、屋敷の正面玄関の脇で馬車の荷造りを行っていた。

メロディ達が乗るのは王都で借りた箱馬車で、小さな柵付きの天井を荷台として使う四人乗りの一頭立て馬車だ。リュークが御者兼護衛を務め、ルシアナとメロディ、マイカが車内に乗り込む予定となっている。

ビューク・キッシェルとしての記憶を失ったリュークだが、肉体の記憶は残っていたようで試しに剣を持たせたらなかなかの腕前を見せた。同じく馬の扱いもできるようだったので今回の運びとなっている。……メロディがいれば御者も護衛も必要ないとか言ってはいけない。成人男性の護衛がいるという事実は、旅の安全を図るうえで必要なことなので。

「はぁ、はぁ。リュークこれお願い」

「ああ」

小柄なマイカが重そうに差し出した鞄を、リュークは片手で受け取ると軽々と馬車の天井まで上り、荷物を縄で括り付けた。

「ふえー、やっぱり男の人は違うなぁ」

「ふふふ、本当ね。力仕事を任せられる男性がいると作業が捗って助かるわ」

リュークを見上げるマイカの隣で、メロディは荷物のチェックリストを確認する。片道五日間の旅は、この世界ではそれほど長期とは言えないものの、それでも五日間の旅はやはり長旅だ。忘れ物が発覚してからでは遅いのできちんと出発前に確認しなければならない。

もちろんメロディにはメイド魔法『通用口』があるので、最悪忘れ物をしても取りに帰ることはできるのだが、そこはメロディにもメイドの矜持というものがある。忘れ物など許されないのだ。

（お嬢様との旅で忘れ物だなんて、『世界一素敵なメイド』とは言えないものね）

『世界一素敵なメイド』になるという母セレナへの誓い。メイド魔法が生まれるきっかけとなった大切な約束。一学期に起きたルシアナへの疑惑事件を経て、主であるルシアナの笑顔を守ることが『世界一素敵なメイド』へ至る道へ通じていると感じたメロディは、今日も張り切ってメイド業に勤しんでいる。

「……完了した」

「ありがとうリューク。これで荷物は全部載せ終わったわ」

チェックリストの全ての項目が埋まり、メロディは荷造りの完了を告げる。リュークは馬車の天井から小さく頷くと、軽やかに地上に降り立った。

「お疲れ様、リューク」

「……ああ」

マイカからの労いの言葉に、一拍おいてリュークは首肯した。彼の態度にメロディとマイカは苦笑する。元の性格をメロディは知らないが、現在のリュークはあまり感情を表に出さない性格だ。自分から話しかけることも少なく、返事をしても「ああ」とか「分かった」など一言で済ませることが多い。もちろん仕事の上で必要なことはしゃべるのだが、やはり寡黙な印象が強かった。

だがそれでも、メロディやマイカの言葉に少ないながらもきちんと言葉と態度を返してくれる。おそらく記憶がないせいで感情表現の方法がまだ分かっていないだけなのだろうと、メロディは考えている。だからちょっとばかり素っ気なくても、メロディ達は特に気にしていなかった。

「それじゃあ、あとは出発するだけですか、メロディ先輩？」

「そうね、マイカちゃん。お嬢様のお茶会が終わったらすぐにでも出発できるわ」

「……終わりますかね、お茶会。なんか出発が遅れそうな気がします」

「あー、準備が完了したってこちらからお伝えした方がいいかもしれないわね」

「ですねー。女の身で言うのも何ですけど、女子の話は長くなりがちですから」

「そうね。私もメイド談義を始めたら気が付くと夕方になってしまうことがよくあったもの」

「……」

マイカは「それはちょっと違うんじゃないかな？　あと、付き合わされた人ご愁傷様です」などと思ったが、彼女は作り笑顔で無言を貫いた。その隣でリュークは不思議そうに首を傾げているが、うんうん頷くメロディは気付いていない。

「……メロディ、次の指示は？」

「え？　ああ、そうね。それじゃあ――」

うっかりメイド談義に思いを馳せてしまったメロディ。リュークに尋ねられてハッと気が付き、次の指示を出そうとした時だった。屋敷の正門の方から馬の嘶きと蹄の音が鳴った。三人がそちらへ振り返ると、正面玄関に向かって進む一台の馬車が目に映る。

「またお客様ですか？　お嬢様のご友人は揃ってましたよね？」

「ええ、今日はお嬢様のご友人以外にお客様の予定はなかったはずだけど……」

馬車を見ながら首を傾げるマイカ。その隣で、メロディもまた戸惑った様子で言葉を返した。

「とりあえず、今は正面玄関に行ってお客様をお出迎えしましょう」

洗練された鮮やかな装飾が施された、高級そうな二頭立ての馬車が玄関の前で止まった。

出迎えたメロディ達の前に現れたのは――。

「やあ、メロディ。久しぶりだね」

後ろでまとめられた艶やかなハニーブロンドの髪と輝くエメラルドグリーンの瞳を持つ美少年。

乙女ゲーム『銀の聖女と五つの誓い』の第二攻略対象者。マクスウェル・リクレントスであった。

御者に開けられた扉から降り立つと、マクスウェルは爽やかな笑みを浮かべる。対するメロディもまたメイドの微笑で以って礼を返した。

「いらっしゃいませ、リクレントス様」

それは、マクスウェルの御者が思わず見とれてしまうような完璧な礼であった。

（なんでマックスさんが⁉　何しに来たの⁉）

内心では予定外な事態に慌てていたのだが、メロディのメイドスマイルは完璧なのだ！

「先触れも出さず申し訳ない。今日ルシアナ嬢が帰省するとついさっき知って、急いで来たんだ」

「畏まりました。お嬢様へお伝えいたします。応接室へご案内いたしますのでそちらでお待ちいただいてよろしいでしょうか」

「ああ、お願いするよ。用件を済ませたらすぐにお暇《いとま》するから、馬車はこのままここに置かせてもらっても構わないかい？」

「承知いたしました。では、応接室へご案内いたします。リューク、お客様の来訪を旦那様へお伝えしてちょうだい。マイカはセレーナにこのことをお伝えしてお嬢様に来ていただいて。私はリクレントス様を応接室へお連れするから、お茶の用意もお願いします」

「「畏まりました」」

いつもは「マイカちゃん」と呼ぶメロディも、お客様の前では呼び捨てで「マイカ」と呼んだ。だが、彼女のお客様対応モードに当てられたのか、マイカとリュークはそんなこと一切気にせず、まるでデキる使用人のように美しく一礼すると、サッとこの場を後にした。

御者は馬車に残り、メロディの先導のもとマクスウェルだけがルトルバーグ邸へ足を踏み入れた。

静々と歩を進めるメロディの背中を、マクスウェルは微笑のままじっと見つめる。

応接室へ案内されたマクスウェルは、メロディに勧められてソファーへ腰を下ろした。

「ただいまお茶を準備しておりますので、しばしこちらでお寛ぎください。お嬢様もすぐにいらっしゃると思います」

優しい微笑みを浮かべてそう告げるメロディに、マクスウェルは苦笑を浮かべるしかない。

「……二人きりの間くらいは、友人として接してくれると嬉しいのだけどね、メロディ?」

マクスウェルから貴公子然とした雰囲気が解かれた。それを目にしたメロディもまた、そっと目を閉じて小さく息を吐くと、メイドオーラ増し増しの笑顔から友人へ向ける笑顔に切り替える。

「急にいらして本当にびっくりしましたよ、マックスさん」

「うん、それは本当に申し訳なく思っているよ、メロディ」

メロディが故郷から王都へ向かう馬車の中で知り合った二人は、貴族とメイドでありながら友人の間柄でもある。マクスウェルにとってメロディは、自分の美貌に惑わされずに言葉を交わすことのできる数少ない存在だった。マクスウェルを愛称で呼べる人間は本当に希少なのである。

「よかったらメロディも座って少し話をしようよ」

「ふふふ、お気遣いありがとうございます。でもダメですよ。メイドたる者、お客様の前で席に着くなんて無礼を働くわけにはいきませんから」

どこか誇らしげに語るメロディに、マクスウェルは「相変わらずだね」と言って微笑む。

「分かったよ。じゃあ、このままでいいから誰か来るまで少し話をしようよ。こうやって気兼ねなくメロディと話せる機会はあまりないからね」

「……そう、ですね。じゃあ、少しだけ」

扉の向こうの気配を確認すると、メロディは嬉しそうな笑みを浮かべて互いの近況を語り合うのであった……これでこの二人、本当に恋心の欠片もなく友人関係だというから不思議である。

そうしてしばしの談笑をする二人のもとへ、お茶を用意したマイカがやってきた。マイカから道具を受け取ると、メロディは手際よく紅茶を淹れてマクスウェルに差し出す。

「どうぞ」

「ありがとう」

そう告げるメロディは再びメイドモードな笑みを浮かべていた。残念と、内心で苦笑しつつもマクスウェルもまた貴公子の笑顔になって紅茶を受け取る。

メロディとマイカは扉のそばに立ってルシアナ達が来るのを待った。それからしばらくして、ノックとともにリュークの声がした。

「伯爵夫妻をお連れしました」

メロディが扉を開け、伯爵夫妻が入ってくる。心なしかルトルバーグ伯爵ヒューズの表情が引き攣っているように見えた。

「よ、ようこそいらっしゃいました、リクレントス殿」

「ご来訪を歓迎いたしますわ、リクレントス様」

緊張気味のヒューズに比べて、伯爵の妻、マリアンナは割と落ち着いているようだ。淑女の微笑みで以ってマクスウェルを歓迎していた。

マクスウェルもそれに応え、立ち上がって一礼する。

「急な来訪にもかかわらず歓迎していただきありがとうございます」

「そ、それで今日はどういったご用件でいらっしゃったのでしょうか」

「実は、ルシアナ嬢にお願いしたいことがありまして」

「まあ、ルシアナに。どのようなご用件なのでしょうか？」

「それはルシアナ嬢も揃った時にお伝えしたいと思います」

「とても気になりますわね、あなた」

「あ、ああ……」

席に着き、話し合う三人。微笑み合うマクスウェルとマリアンナ。対してヒューズは、自らが王都で勤める宰相府の最高責任者、つまりは宰相の嫡男であるマクスウェルを前に緊張を隠せないでいた。もうガッチガチである。

（大丈夫かしら、旦那様……）

メロディがそんな彼らの様子を窺っていると、扉の奥から慌ただしい足音が響いた。

トトトトトトトトト、ズルッ！

「きゃあっ⁉」

「お嬢様、慌てすぎでございます」

響くルシアナの悲鳴とセレーナの小声。どうやらルシアナは小走りでやってきたらしい。そしてうっかり扉の前で転んでしまったようだ。

「ご、ごめんなさい」

「お嬢様、お入りになる前に御髪を少し直します」

「はわわわ」

転んだ拍子に髪が乱れたようだ。小声であっても、さすがに扉の前からでは室内にいる全員に伝わってしまっていた。苦笑するマクスウェルに、微妙な表情を浮かべる伯爵夫妻。メロディも思わず額に手を押さえたくなったが、メイドのプライドに懸けて微笑に徹するのであった。


行ってらっしゃい！


セレーナが来訪を告げ、ルシアナが応接室へと入る。先程のやり取りなどなかったかのように、ルシアナは淑女の微笑みを浮かべながら入室した。そして美しい所作でカーテシーをする。

「お待たせいたしました、マクスウェル様。本日のご来訪、歓迎いたし――」

「……可憐だ」

「――ますわ。え？」

今、彼は何と言ったのだろうか？　挨拶の途中でポツリと呟くようなマクスウェルの声が聞こえた気がして、カーテシーを解くとルシアナはマクスウェルの方を見た。

「あの、今、何か仰いましたか？」

「あ、いや、何でもない。気にしないでくれ」

何かを誤魔化すように、マクスウェルはわざとらしく咳ばらいをした。心なしか頬が赤いような気もするが、気のせいだろうか。ルシアナは首を傾げるが、メロディを含めた周りの者達もマクスウェルの声は聞こえていなかったようで、訝しげな表情をしていた。

「えっと、それで、今日はどういったご用件なのでしょうか」

マクスウェルの対面、両親に挟まれるかたちで腰を下ろしたルシアナが尋ねると、マクスウェルはようやく普段の雰囲気に戻り本題に入る。胸元から封蝋を押した封筒を取り出すと、それをルシアナの前に差し出した。

「お手紙……？」

封筒を受け取り、不思議そうにそれを見つめるルシアナと伯爵夫妻。リクレントス家の封蝋が押されているということは、正式な書状ということだ。内容は一体……？

「それは私からの打診になります」

「打診？」

キョトンとした表情のルシアナに、マクスウェルはニコリと微笑んで告げた。

「月末に行われる夏の舞踏会に、パートナーとして一緒に出席してもらえませんか。ルシアナ嬢」

「夏の舞踏会に……？」

ルシアナと同じような表情でマリアンナが呟く。

「パートナーとして出席……？」

釣られてヒューズも言葉が漏れる。

「……私が、マクスウェル様の？　……夏の舞踏会のパートナー？」

キョトンとした表情のままルシアナはそう口にして、やがて内容を理解したのか目をパチクリさせると――。

「えええええええええええええええええええええっ⁉」

ルシアナは今日二回目の絶叫を上げるのであった。

（ええええええええええええええええええええええっ⁉）

メロディも内心で驚きの絶叫を上げるのであった。ただしメイドスマイルは完璧である！

（はわわわわわ、どういうこと？　どういうこと？）

ルシアナは混乱した、逃げられな――ではなく、封筒とマクスウェルを何度も見比べながらどうしていいか分からなくなっていた。それは伯爵夫妻も同じで、ルシアナ同様の動きを見せる。

（ここまで似た者親子も珍しい）

感情表現豊かなルトルバーグ親子の姿にマクスウェルは図らずも和んでしまう。王都の貴族社会ではまずもって見られない光景だ。何とも純粋な一家である。

「あ、あの、これはその、どういう……」

何とか少し気持ちが落ち着いてきたのか、ルシアナはマクスウェルの意図を尋ねた。

現宰相であるジオラック・リクレントス侯爵の嫡男であり、王太子クリストファーの親友にして、未来の宰相と目されているエリート中のエリートな貴族子息。それがマクスウェルである。

そして、彼がこれまで舞踏会にパートナーを連れて参加したことがなかったことは、王都ではよく知られたことであり、社交界デビューの付き添いとはいえ、マクスウェルのパートナーを務めたのはルシアナが初めてのことだった。

春の舞踏会ではメロディの友人だったからこそ実現した奇跡的な出来事であり、再びルシアナが舞踏会のパートナーになるなど考えてもいなかったのだが……。

(なんでっ⁉)

ルシアナの思考はそれに集約されてしまうのだった。

「……またあなたと一緒に踊ってみたくなった。という理由ではいけませんか？」

「はわ、はわわわわわっ」

困ったように微笑むマクスウェルを前に、ルシアナは顔を真っ赤にして上手く言葉が出せない。

マクスウェルは混乱する伯爵一家を前にゆっくり立ち上がる。

「返事は今日でなくとも構いません。帰省を終えて王都へ戻ってきた際にまた伺わせていただきますので、答えはその時に教えてください。それでは、今日は失礼いたします」

「え？　あ、はい。お見送りをきゃあっ！」

今すぐ返事をしなくてもよいと聞かされたおかげか、ルシアナの混乱は少し落ち着いたようだ。しかし、立ち上がろうとした瞬間、勢いをつけすぎたのかバランスを崩して倒れそうになる。それでやっと正気を取り戻した夫妻が慌ててルシアナを支えたので事なきを得たが、ルシアナの気持ちは自分で思っているほどには全く落ち着いていないようだ。

「大丈夫ですか、ルシアナ嬢」

「は、はい。申し訳ありません」

両親に支えられながら、ルシアナは再びソファーに腰を下ろした。

「私のせいで困らせてしまったようです。見送りはお気持ちだけで結構ですよ」

「で、でも……」

「お嬢様、リクレントス様は私がお見送りして参りますので今は気持ちが落ち着くまでそちらでお休みください」

「あ、あうう、ごめんね。お願い、メロディ……」

「畏まりました、お嬢様。では参りましょう、リクレントス様」

「ああ。皆さん、今日は急な来訪にもかかわらず時間をとっていただきありがとうございました」

マクスウェルは一礼し、応接室を後にした。

「……」

「……」

正面玄関へ向かう道すがら。メロディとマクスウェルは無言で歩く。前を歩きながら、メロディの視線はチラチラと後方のマクスウェルへ向けられていた。

（マックスさん、どうして急にあんなことを……）

舞踏会のパートナーの打診。一般的には好意を前提としたものであり、人によっては結婚のためのアプローチと捉える場合もある。もちろん、舞踏会のパートナー＝人生のパートナーという公式が必ずしも成り立つわけではないが、ルシアナの両親がそうであったように舞踏会のパートナー同士で結婚した例も少なくない。

（でも、マックスさんは婚約については話してない。というか、そんな話なら家同士で協議するはずだから今日みたいな訪問になるはずないし……本当、どういうつもりなのかな？）

短い付き合いとはいえ、マックスの人柄からいって軽い気持ちでこんな打診をするとも思えないのだが、メロディにはその理由が全く思い至らなかった。

「……気になるかい？」

「はい。え？　あ、ち、違いますよ⁉」

少し考え込みすぎていたらしい。マクスウェルの問いに思わず答えてしまったメロディ。振り返り慌てて否定したが、マクスウェルは苦笑していた――友人の顔で。

「……マックスさん、どうしてお嬢様をパートナーに誘ったんですか？」

「……彼女と一緒にまた踊ってみたかった、というのは本当だよ」

（つまり、他にも理由があるということ……？）

しかし、困り顔の友人はその理由を告げるつもりはないようだ。玄関扉の前でしばし見つめ合う二人。やがてメロディは友人としての表情で大きなため息をつく。

「分かりました。深くは尋ねません。私、友人としてマックスさんのことを信じていますから」

「……ありがとう、メロディ」

「でも――」

メロディの表情がメイドモードに切り替わり、何だかそれはちょっと怖い笑顔に見えた。

「メ、メロディ？」

「もし、お嬢様の笑顔が曇るようなことをなさったら、お嬢様のメイドとして色々対応させていただきますのでどうぞ心に留め置いてくださいませ、リクレントス様」

「ははは、分かったよ」

「ふふふふ」

（……目が笑ってないね、メロディ）

「またのお越しをお待ちしております」

笑顔のメロディに見送られて、マクスウェルはルトルバーグ邸を後にした。

◆◆◆

「ルシアナ、帰ってきたらきっちり説明してちょうだいよ？」

「ベアトリスさんの言う通りですよ、ルシアナさん。隠しごとは許しませんからね！」

「ちょ、ちょっと落ち着いてよ、二人とも。私だって何が何だかよく分からないんだから！」

マクスウェルが帰ってしばらくした後、ようやく落ち着きを取り戻したルシアナ達は予定より三時間ほど遅れて出立する運びとなった。

気持ちを落ち着かせるだけならもう少し早かったのだが、ベアトリス達からの詰問が激しく、旅立ちは遅れに遅れてしまったのである。

「ふふふ、ルシアナ。帰ってきたらマクスウェル様を悩殺する方法を一緒に考えましょうね」

「ま、まだパートナーになるって決めたわけじゃないんだからね、ルーナ！　……というか、ルーナはいいの？」

「いいって、何が？」

「私が、その、舞踏会でマクスウェル様のパートナーになっても、いいの？」

遠慮がちに窺うルシアナの様子にルーナは首を傾げた。

「ルシアナがいいなら構わないんじゃない？」

「……だってルーナ、マクスウェル様のこと素敵だって前に言ってたじゃない」

「私が？　……いつ言ったかしら？」

（やっぱり、これも覚えてないんだ……なんでだろう？）

それは、ルーナが魔王の残滓に魅入られ、教室でルシアナと対峙した時のこと。ルシアナへの羨望が嫉妬に変質し、彼女は妬ましそうにこう言ったのだ。

『マクスウェル様って本当に素敵な方ね。でも、生徒会役員に誘われたのはルシアナ、あなた』

なぜかルーナはあの時のことをすっかり忘れてしまったが、ルシアナはきちんと覚えていた。だから、ルーナの前でマクスウェルから舞踏会のパートナーに誘われたことを話題に上げるのは気まずいものがあったのだが――。

「確かにマクスウェル様のことは素敵な方だと思うけど別に恋愛感情ってわけでもないし、ルシアナにその気があるなら私は応援するわよ」

「わ、私だって別に恋愛感情とかはないよ！　たぶん」

「たぶんなんだ」

「だって、恋愛感情って言われてもよく分かんないし……」

「ふふふ、そうね。まあ、旅の間にゆっくり考えてから結論を出せばいいと思うわよ？　王都に帰ってきたらどうするか教えてね」

「う、うん。分かった」

「あ、私にもちゃんと教えてね、ルシアナ！」

「私もですよ。お願いしますね、ルシアナさん！」

「はいはい、分かったわよもう！」

四人の姦しいやり取りを生暖かい瞳で見つめながら、メロディは馬車の最終確認を行う。

（馬の体調は問題なし。馬車の車輪、車軸、座席、扉の蝶番、馬との連結、手綱も大丈夫。あとは……あ、あの魔法を掛けておかないと）

「揺れることなかれ『大地水平《オリゾンターレ》』」

馬車の内部に伝わる全ての衝撃を吸収することによって荷台を水平に保つ魔法『大地水平』。サスペンションがないこの世界の馬車は揺れが酷い。王都へ向かう定期馬車便の道すがら、メロディはこの魔法なしでは乙女の尊厳を保てないと理解していた。

「お嬢様、馬車の準備が完了しました」

「分かった、今行くわ！」

メロディにエスコートされて、ルシアナは馬車に乗り込んだ。続いてマイカとメロディも席に着き、腰に剣を佩《は》いたリュークが御者台に座ると手綱を持った。

箱馬車の小窓を開けて、ルシアナが顔を出す。

「お父様、お母様、行ってきます！」

「気を付けて行ってくるんだぞ、ルシアナ」

「領地の皆によろしくね、ルシアナ」

「任せてちょうだい！　ベアトリスとミリアリア、それにルーナも今日は来てくれてありがとう。帰ったらまた会いましょう。セレーナ、お父様とお母様をよろしくね！」

「畏まりました、お嬢様。行ってらっしゃいませ」

セレーナが美しい所作で一礼すると、リュークは手綱を鳴らした。馬車が動き出す。

「行ってきまーす！」

「「「「行ってらっしゃーい！」」」」

家族と友人に見送られて、ルシアナ達はルトルバーグ領へ向けて旅立つ。

馬車が屋敷を離れると、ルシアナはホッと息をついた。そんな彼女をメロディは気遣う。

「大丈夫ですか、お嬢様」

「うん。朝から色々ありすぎてちょっと疲れただけだから」

「まだ出発したばかりなのに一日が濃すぎましたねー。お嬢様、実際のところ舞踏会はどうするんですか？」

好奇心からマイカはつい尋ねてしまう。ゲーム知識を持つ身としては、本来ならばありえないカップリングの行く末が気になって仕方ないのだ。そんなマイカの野次馬根性など知らないルシアナは質問されてまた顔が赤くなってしまった。

「うーん、どうしよう。どうしたらいいと思う、メロディ？」

自分の隣に腰掛けるメロディに救いを求めるような視線を送るが、そんな瞳を向けられてもメロディだって困ってしまう。前世も今世もメイドジャンキーなメロディは恋愛成分ゼロ人生だったのだから。

だから、こう答えるしかないのである。

「ご友人方も仰られていたように、旅の道中でゆっくり考えてみましょう、お嬢様」

悩ましい三人

メロディ達が王都を出発した頃、王城のクリストファーの私室では侯爵令嬢アンネマリーと王太子クリストファーが今後のシナリオ対策について協議を重ねていた。朝からご苦労様である。

テーブルに向かい合う二人。卓上に用意された資料を読みながらクリストファーは考える。

「うーん、やっぱ目下の問題はこいつだよな。アンネマリーはどう思う？　……アンナ？」

直近で一番問題になりそうな案件について尋ねるが、アンネマリーの返事がない。彼女へ視線を向けると、アンネマリーは資料を手にしたままバルコニーの方をぼーっと見ていた。

「……はぁ。マクスウェル様は上手くやったかしら？」

「どしたー？　何か今日は心ここにあらずって感じだな」

普段とは違うアンネマリーの様子にクリストファーは訝しげな視線を送る。

「え？　あ、ごめんなさい。今日から八月だと思ったらつい……」

「ん？　八月だとなんで気が抜けるんだ……？」

クリストファーは不思議そうに首を傾げるが、アンネマリーは「え？」と驚き目を瞬いた。

「だって、八月よ八月」

「いや、だからなんで八月だとそうなるんだよ？」

「……あんた、全然覚えてないの？」

「はぁ？　何が？」

ダンッ！　と、アンネマリーはテーブルを叩いて立ち上がった。突然のことにクリストファーは思わず仰け反り、ビクリと肩を震わせてアンネマリーを見上げる。

「信じらんない、なんで覚えてないわけ！　八月といったら、メインシナリオが一切動かない『真夏のアバンチュール月間』でしょうが！」

「は？　真夏のアバンチュール？」

乙女ゲーム『銀の聖女と五つの誓い』において、ユーザーの間では八月のことを『真夏のアバンチュール月間』と呼んでいた。三年間で三回ある八月の夏休みの期間中は、聖女と魔王を巡るメインシナリオが一切動かず、攻略対象者との親密度を向上させるボーナス的な恋愛イベント目白押しの季節なのである。

「え？　何それ、八月ってそんなだったの？」

「ゲーム攻略に行き詰ったユーザーに対する救済月間みたいなもので、夏休み中に気になるあの子と急接近しちゃいなよって感じのシーズンなの。八月は恋愛イベントが主役で、メインシナリオは一時停止状態になっちゃうってわけ」

「ほう、それでお前、今日から夏休みだからって油断しまくってたわけだな」

「べ、別に油断してたわけじゃ……」

「嘘つけ。俺が真剣に資料読み込んでる時にぼーっとしやがって。バタフライ効果の件、もう忘れちまったのかよ。ここはゲームによく似ていても現実世界なんだぜ。アバンチュールはともかく、メインシナリオが動かない保証なんてどこにもないんだからな」

「ぐぅ、正論過ぎて反論できない」

テーブルに手をついて項垂れるアンネマリー。乙女ゲージャンキーだったがゆえに、ゲームの設定に流されやすいのかもしれない。

「クリストファーに諭されるなんて、一生の不覚！」

「お前、俺のことどんだけ下に見てるわけ？」

両手で顔を覆いながら天を仰ぐアンネマリーに、さすがのクリストファーも額に青筋が立ってしまうのであった。……それ以上は危険なので何もしないんだけどね！　反撃怖いっス！

数分後……。

「ごめんなさい。やっと落ち着いたわ」

「ようござんした。とりあえず話し合いを再開しようぜ。確認なんだが、ゲームだと八月はメインシナリオが動かないんだよな？」

「その通りよ。ヒロインちゃんは毎日のように恋愛フラグが立ってイベント盛りだくさん。本編に構っている暇なんて一切ないの」

「何それ、毎日恋愛フラグ立つとか現実世界で考えたらメッチャこえーな。まあ、ヒロインちゃん不在な今、あんまり意味はないんだが」

「そうなのよぉ、ヒロインちゃんがいないんじゃ八月の恋愛イベント総スルーじゃないのよぉ」

アンネマリーはテーブルに突っ伏した。ショックを受けているようだがクリストファーは呆れている。メッチャ呆れている。こいつ本当に世界を救う気があるのだろうかと本気で疑っていた。

「代理ヒロイン候補のルシアナちゃんも帰省するから、攻略対象者との交流もない以上恋愛イベントなんて発生しないでしょうし……はぁ、もう、やってらんない！　話し合いを再開するわよ！」

「……今日のお前のテンション全然ついていけねーわぁ」

そうして二人はこれまでに集めたゲームに関連すると思われる資料を読み漁った。それからしばらくして、二人のもとへマクスウェルがやってきた。

「やあ、朝から勤勉なことだね二人とも」

「おう、待ってたぞマックス」

「首尾はいかがでしたか、マクスウェル様」

「とりあえず打診だけはしてきたよ。あまりに急な話だったからかなり困らせてしまったみたいだ。

返事はルシアナ嬢が王都へ帰ってきた時にもらう予定だね」

苦笑しながら答えるとマクスウェルは空いている椅子に腰かけ、大きくため息を零した。

「まあ。お疲れなのですか？」

「ほれ、紅茶でも飲め飲め」

「ありがとう。まあ、精神的に少し疲れてしまったかな。あんな打算的な打診をした後だと、意外と罪悪感を覚えるみたいでちょっとね……」

「それは……申し訳ありません。私達のせいですわね」

「いや、君達の提案を受け入れたのは俺だからね。君達だけの責任ではないよ」

マクスウェルによるルシアナへの夏の舞踏会のパートナーの打診。それは、彼自身の私的なものではなかった。代理ヒロインの可能性が高いルシアナに対する監視兼護衛という目的で、アンネマリー達から提案を受けたものだったのだ。

八月は基本、恋愛イベント月間であるが最終日の夏の舞踏会ではまたメインシナリオに関係するイベントが発生する。その時のヒロインのパートナーがマクスウェルであったこともあり、アンネマリー達は彼に今回の件を提案したのである。

「ルシアナ嬢が引き受けてくれればいいんだけど。君達が見た夢では結果は分からないんだよね」

「……ええ。残念ながら。そもそも私達が見た夢ではルシアナさんではなく聖女がマクスウェル様のパートナーとして舞踏会に参加するはずだったので、今後どうなるのかは何とも言い難く」

「まあ、最初からそう聞いていたからいいんだけどね」

アンネマリー達は魔王や聖女について『夢で見た』という予知夢的なものとしてマクスウェルに伝えていた。地球やゲームのことを教えたところで理解してもらえるとは思えなかったからだ。

しかし、夢と現実には様々なところで乖離が見られ、どこまで信じてよいのか分からないというのが現状だ。そんな中で聖女の代理のような立ち位置にいるルシアナをイベント当日に監視兼護衛することで状況を見守ってほしい、とマクスウェルは頼まれたのである。

少しの間悩んだものの、マクスウェルは結局それを了承した。「監視のためなら仕方がない」と。

もう少し悩むかと思ったが、思いのほかあっさり了承したことにその時のアンネマリーも目をパチクリさせて驚いたものだ。

「内容に多少の齟齬はあるものの、肝心の魔王という存在が当たっていた以上放置するわけにもいかないからね。ルシアナ嬢への舞踏会のパートナー打診の件、引き受けようじゃないか」

そう言って、マクスウェルはルシアナのもとへ向かったのである。

本人はどこまで自覚していただろうか……アンネマリーからの要請を了承した際、彼の口元が自然と綻んでいたという事実に。

（あとはルシアナさんが了承してくれれば問題ないのだけど……）

マクスウェルから話を聞く限り、ルシアナの反応は上々といったところだろうか。突然のことに驚いてはいるものの、特に拒絶の言葉などはなかったようなので恥ずかしかっただけなのだろう。

ルシアナが代理ヒロイン候補である以上、彼女から目を離すわけにはいかない。一学期に起きた事件を思い返し、アンネマリーはそう結論付けていた。

今のところ大した被害も出ておらずどうにかなってはいるものの、今後もそうなるとは限らない。ましてや代理ヒロイン候補とはいえルシアナは聖女の力を持たない一般人だ。ゲームでは中ボスだったが、それもあくまで魔王に魅入られた結果得た力による強さに過ぎず、今のルシアナには何の力もない。

そんな彼女がもし聖女としての役割を求められたら、一体どうすればいいのだろうか。

（少しでも何かの助けになればと考えてマクスウェル様にお願いしてみたけど……）

果たしてこれが良い方向へ進むための行動であったのかは、今のところ誰にも分からない。そうであってほしいと願うアンネマリーだった。

「とにかく、夏の舞踏会ではよろしくお願いしますね、マクスウェル様」

「ああ、ルシアナ嬢から色よい返事をもらえたら全力を尽くすよ」

「そのままカップルになっちゃってもいいぞ」

「ははは、俺と彼女はそんな関係じゃないよ、クリストファー」

クリストファーの茶化すような言葉にサラリと返答するマクスウェル。スマートな対応に感心しつつも、アンネマリーはつい現実的な話をしてしまう。

「確かに、お二人がそういう関係になれば素敵な美男美女カップルの誕生ですわね」

「アンネマリー嬢まで、恥ずかしいからやめてほしいんだけど」

「ふふふ、申し訳ありません。でも、私としても本心で祝福したいところですけれど、実際のところちょっと難しいですものね」

「……何がだい？」

マクスウェルの微笑みが一瞬、石のように固まった。それに気付かず、マクスウェルに促されるままアンネマリーは答える。

「ルシアナさんはルトルバーグ伯爵家の一人娘でしょう。つまり、婿取りをしなければなりません。対するマクスウェル様はリクレントス侯爵家の嫡男、つまりは跡取りですから嫁を取らなければなりません。お二人は結婚条件が合わないので少々ハードルが高いということですわね」

「うわぁ、夢がないなぁ」

思わず零れるクリストファーの言葉に、アンネマリーは同意せざるを得ない。

（最高のカップリングだと思ったけど、やっぱり乙女ゲームと違って現実は世知辛いわ）

マクスウェルは笑顔のまま「ははは、そうだね」と返していた。春の舞踏会でパートナーを務めたとはいえ、現時点ではお付き合いすら始まっていない二人だ。マクスウェルにとってはダメージと言えるほどの話題でもなかったのかもしれない。

そう、マクスウェルにとってはチクリと胸が痛んだだけで、いつまでも覚えていられない程度のまだほんの小さな痛みでしかなかったのである。

だから、クリストファーが新しい話題について語りだす頃には、胸の痛みのことなどマクスウェルは忘れてしまうのであった。

「ところで夏の舞踏会には現れるのかね、金髪のセシリア嬢は」

（……そういえばいたわね、そんな子が）

自分達の与り知らぬところで現れ、そしてあっという間に舞踏会から去っていった少女。それが金髪のセシリアである。

後から調べてみれば、第三攻略対象者レクティアス・フロードが連れてきた、自身の使用人の親戚の少女なのだという。しかし、それ以上の情報はなく、不明な点も多い謎の少女セシリア。レクトの周辺にも彼女に関する情報はほとんどないようで、大した情報は集まらなかった。

——曰く、天使のような美少女であったそうな。

そのうえルシアナとダンスを踊り、その光景を目にしたものは「楽園を見た」とまで宣う始末。第四攻略対象者ビューク・キッシェルによる襲撃事件が鮮烈すぎてすぐに話題に上がらなくなってしまったが、彼女を実際に目にした者達は今でも思い出すとついうっとりしてしまうのだとか。

（そんな美少女、私だって見たかったああああああ！）

美少女大好きアンネマリーとしては、金髪のセシリアについて思い浮かぶ感想の一番はそれであった。名前こそヒロインと同名であるものの、レギンバース伯爵の娘として現れたわけでもなければ、襲撃事件の時には既に舞踏会会場を去った後で、ましてや学園に通う生徒ですらない。

舞踏会に登場した金髪のセシリアは、あまりにもゲームとの接点がなさ過ぎるのだ。それゆえ、アンネマリーはあまりこの金髪のセシリアを重要視していなかった。

レクト本人から情報を得ることも考えたが、アンネマリー達は三人とも彼との接点は特になく、舞踏会にパートナーとして参加しただけの平民の少女について根掘り葉掘り尋ねることは、アンネマリー達の身分を考えればいらぬ憶測が飛ぶ可能性もあり、積極的に行動することは憚られた。

例のバタフライ効果の件もあって、あまり強く出られなかったこともひとつの原因だろう。

今後も可能な範囲で調査をするつもりではいるが、金髪のセシリアは舞踏会におけるヒロイン不在の穴を埋めるべく、名前だけのために登場することになってしまった代理ヒロイン候補の一人だったのではないかと、アンネマリーは考えている。

（この世界にはシナリオの強制力のようなものがあって、ヒロイン不在の中初めて行使された力は同時に何人もの代理ヒロイン候補を生み出してしまった……とか？）

レクトの舞踏会のパートナーとして現れた金髪のセシリア。

ヒロイン不在の中、新たな注目株として社交界デビューを果たした、レギンバース伯爵家と同格の家柄であるルトルバーグ伯爵家の令嬢ルシアナ。その中でルシアナは魔王の襲撃の際にクリストファーを庇うことで金髪のセシリアよりもヒロインに相応しい行動を取り、有力な代理ヒロイン候補として一学期には魔王に魅入られたビューク・キッシェルと対面している。

金髪のセシリアと違って、ルシアナは着々とヒロイン街道を歩んでいるのではないだろうか。きっと金髪のセシリアは今となっては名前のために登場しただけで役目を終えてしまったのではないかと、アンネマリーは思う。

（そう、あの時、私と王都散策デートをしたメロディみたいな感じで……）

アンネマリー達が企画した定期馬車便によってルシアナに仕えることとなったメイドの少女、メロディ・ウェーブ。平民の少女アンナとして王都に繰り出したアンネマリーは、一度だけメロディとデートをしたことがあった。その行程はまるでヒロインと王太子クリストファーの間で行われるはずだったデートにそっくりで、アンネマリーが知る限りこれ以降メロディがヒロインらしい行動を取った様子はない。これらの事実からアンネマリーは代理ヒロインという答えを得たものと思われるのだが……まさかモノホンのヒロインとデートしていたなんてアンネマリーに分かるはずもなく、知らないうちに斜め上の発想に行き着いてしまっていることに彼女はまだ気付いていない。

「そういえば、見逃した俺達と違ってマックスは見たんだろ、金髪のセシリア。どんな子だった？」

「いえ、一応見ることは見たんですが、休憩エリアにいた時にチラッと目にしただけで細かい容姿とかはあまり覚えていないですね」

「でも、同性カップルダンスは近くで踊ったんだろ？　顔とか見なかったのか？」

不思議そうに首を傾げるクリストファーに、マクスウェルは苦笑いを浮かべてしまう。

「あの時の俺は女性役で踊ったから結構神経を使っていたんだよ。残念ながらそのセシリアという女性についてはほとんど覚えていることはないね」

「美少女チェックは男の基本だろう。全く、何やってんだよ」

こいつマジ使えねーとでも言いたげに、頭を左右に振るクリストファー。そんな彼にアンネマリーは冷たい視線を向ける。

「クリストファー様、後ほど二人きりでお話いたしましょう。ね？」

「……いや、問題ないよ。ああ、必要ないとも」

「ふふふふ、そう仰らずに。大切なお話ですのよ」

「いやいや、アンネマリーの気にしすぎというものだ。うん、そうに違いない」

「ははは、アンネマリー嬢。焼きもちもそれくらいにしたらどうだい？」

「「焼きもちではない」」

二人のセリフは被ったが、その内面は大きく異なっていた。

（は？　焼きもち？　私が、こいつに？　ちょっとマジありえないんですけど）

（は？　焼きもち？　こいつが、俺に？　アンナにそんな可愛げあるわけねーじゃーん！）

これで世間からは婚約も秒読みとか思われているのだから、恐ろしい話である。

（あはは、仲の良いことだ）

一番近くにいるマクスウェルですら勘違いしているという悲しい現実。二人の演技力がありすぎてしまったのか、それとも色々と間が悪かったのか。まあ、どっちもなのだろうが、誤解が解ける日はいつになるのか予定は未定みたいな状況である。

結局、マクスウェルの執り成しもあって、二人きりでの話し合いはうやむやになるのであった。

「俺の方は兎にも角にもルシアナ嬢が帰還するまで待つしかないとして、君達は今まで何について話し合っていたんだい？」

これにはアンネマリーが返答した。

「私達の見た夢によると、この八月の間魔王に動きはない可能性が高いのですが、月末に開催される夏の舞踏会に魔王討伐に重要な役割を果たす人物が姿を現す予定なのです」

「魔王討伐に重要な役割を果たす人物。王国にそのような者が？」

「いや、我が国の者じゃない。そいつは夏の舞踏会で初めて登場し、二学期から俺達の学年に留学してくるんだ」

「外国からの留学生？　一体どこの国から……」

「シュレーディン・ヴァン・ロードピア。北方の隣国、ロードピア帝国の第二皇子ですわ」

「ロードピア帝国から皇子が留学してくる⁉　そんなことがあり得るのかい？　だってあそこは」

「仮想敵国、だもんな……」

クリストファーは面倒臭そうに嘆息した。

テオラス王国は西と北を他国と接しており、西は友好国だが北のロードピア帝国とは長年反りが合わず、あまり良好な関係とは言い難いのが現状だ。百年ほど前に一度戦争をしたことがあり、現在は相互不可侵協定を結んでいるものの、いつ帝国側が破棄して攻めてくるか分かったものではない――と、思われる程度には微妙な関係が続いている。

そんな中、このままではいけない、今後のためにも関係改善を図らなくてはと声を上げたのは帝国の皇帝であった。彼はその第一歩という名目で、第二皇子シュレーディンを留学生として王立学園へ派遣するのである。

「それが事実であるなら素晴らしいことだとは思うけど……」

クリストファーの説明に眉根を寄せるマクスウェル。アンネマリーへ視線を向けると、彼女は悲しそうな表情で頭を左右に振った。

「残念ながら、私達が見た夢ではそういった建前の裏で皇子とその周辺が王国への侵攻作戦の事前準備を整えていくとのことでしたわ」

「同学年である俺に対する情報収集も仕事だったみたいだな。侵攻作戦をするうえで王族の情報を集めておくことも重要だろうしな」

説明を聞いて、マクスウェルは思わず生唾を飲んだ。二人が見た夢が現実のものとなれば、王国は窮地に立つことになるかもしれない。最悪、国内に戦火が広がる可能性もあり、マクスウェルの緊張感はどんどん高まっていった。

「……第二皇子シュレーディン。俺は情報を持っていないな。どんな人物なんだい」

「見目麗しい男性ですわ。雪が降り積もる土地柄ゆえか白磁のような白い肌に、煌めく金の髪。軍事国家の皇子に相応しく、しなやかにして鍛え上げられた体躯はまるで彫刻のようで、髪色と同じ金の瞳は雪国の厳しさを体現したかのように怜悧で鋭い。まさに氷の貴公子のような方です」

「あと頭がキレる。策謀とかが得意な男だ。正直、俺では勝てる気がしないな」

「君がそんなに言うほどの人物……危険だね」

「ああ、危険だ」

「選択を誤れば、魔王討伐の鍵になるどころか王国の怨敵になりかねない人物、それが――」

（乙女ゲーム『銀の聖女と五つの誓い』の第五攻略対象者シュレーディン・ヴァン・ロードピア！）

心の中でそう呟き、アンネマリーは無言を貫いた。それがより一層、マクスウェルの緊張感を高めていく。

「もし、君達の夢の通りにこの一ヶ月が何事もなく終わるというなら、我々がすべきことは第二皇子の襲来に備えることでいいのかな？」

「ああ、俺もそれでいいと思う。……思ってるんだが、うーん」

クリストファーは腕を組んで唸り始めた。アンネマリーも頬に手を添えて困ったような表情を浮かべている。何やら先程までの張りつめたような緊張感もなぜか霧散しており、マクスウェルは虚を突かれたように二人を交互に見やった。

「えっと、どうしたんだい急に。何か問題でも？」

「いや、問題というか何というか」

「ええ、この事態をどう判断してよいものか」

「……何なんだい？　勿体ぶらずに教えてくれないか」

二人はチラリと目くばせをすると大きなため息をつき、クリストファーが言った。

「来てないんだよなぁ……留学の打診」

「来てない？　それはつまり、第二皇子の留学の打診がかい？」

「来月留学なのですから準備を考えればとっくに打診があってしかるべきなのですが、どうもそういった話は全く王国には届いていないようなのです」

ため息をつく二人を前にマクスウェルは思った。

（さっきまでの張りつめるような緊張感は何だったんだろう……？）

そしてどうしても言いたくなって、彼は二人に告げた。

「信じていないわけではないんだけど、何というか君達の夢って……あんまり当たらないね？」

「「それは言わない約束でしょう⁉」」

「いや、そんな約束してないけど……」

「「はぁ」」

（現れないヒロインの次はとうとう第五攻略対象者も現れないとでも言うつもりかしら？　これもまた、私達が起こした行動による結果、バタフライ効果だとでもいうのかしら？）

侵略を志す帝国の皇子に来てほしいかと問われればお帰りくださいと言いたいアンネマリーとクリストファーであったが、あまりにシナリオから外れ過ぎる状況はどうにかならないものかと、嘆息を抑えきれないのであった。

震える卵と揺れる尻尾

「わぁ、これが王都の外なんですね！」

ルシアナ達を乗せた馬車が、王都の外へ出た。王都のスラム街にいきなり転生したマイカは、初めて見る外の世界に興奮を抑えきれない。馬車の窓から見える景色に興味津々といった様子だ。

「マイカは王都から出るのは初めてなの？」

「はい！　こんな景色初めて見ました。すごいです！」

「そ、そう？　そんなにすごいかな？」

「ええ、それはもう！」

窓の向こうには、大自然ののどかな風景が広がっていた。馬車が走る街道は地平線の向こうまで続いており、その街道を囲むように王都周辺では黄金色の小麦畑が大地を覆い尽くしている。

王都パルテシアの小麦は秋に種まきをする冬小麦なのだろう。そろそろ収穫時期のようだ。風に揺れる麦穂が牧歌的な雰囲気を醸し出していた。

小麦畑の奥には草原が見え、そのさらに向こうには森、そして立ち並ぶ青々とした山々。インターネットが普及した現代日本を生きてきたマイカにとって、こんなにも典型的な大自然の風景はモニターの向こうに存在する知識の世界でしかなかった。

それを実際に目にしたマイカは、言い知れぬ感動に心がときめいてしまったのである。残念ながらそれが当たり前の世界に生まれたルシアナには共感してもらえなかったようだが。

メロディはそんなマイカの姿を微笑ましそうに見つめる。同じく現代日本からの転生者であるメロディだが、生まれ育った町は王都とは異なり自然に囲まれた田舎であったこともあって、さすがにもう慣れてしまっていてマイカのようにはしゃぐことはできなくなっていた。とはいえ……。

「マイカちゃん、気持ちは分かるけどお行儀が悪いわ」

メイドとして、窓に顔をべったりつけている姿には注意しなければなるまい。

「あ、すみませ、きゃっ！」

ハッと我に返り車内へ振り返った時だった。マイカの胸元で白銀の光が弾けた。

「な、なに？」

マイカは慌てて胸元からペンダントを取り出す。小さな翼を生やした卵型の飾りが銀の光を灯していた。マイカが魔法を使えるようになるための魔法道具『魔法使いの卵』だ。

「ああ、びっくりした。メロディ先輩、何だったんですか今の」

「マイカちゃんが今すごく感動していたから卵が反応しちゃったみたいね」

「人前でこうパンパン光られたら恥ずかしいですよ。何とかなりませんか？」

徐々に収まってきてはいるが、いまだに小さな銀の光を弾けさせる卵の姿にマイカは眉根を寄せた。今回は馬車の中だったからよかったものの、これが町中だったらと思うと気が気でない。

「うーん。今からあまり卵に干渉するのはよくないんだけどマイカちゃんの気持ちも分かるし、少しだけ修正してみましょうか」

メロディが卵に指で触れると、銀色の魔法陣のようなものが浮かび上がった。サッと指を這わせると魔法陣の図形がほんの少し変化を見せる。メロディが指を離すと魔法陣は消えてしまった。

「うわぁ、めっちゃ魔法っぽい！　メロディ先輩、今のって、きゃあっ⁉」

魔法陣といういかにも魔法らしいものを目にしたマイカは興奮してしまったが、自分の身に起きた変化に思わず小さな悲鳴を上げる。

「何これ？　……ペンダントが震えてる？」

鎖の先で『魔法使いの卵』はブルブルと振動していた。

「メロディ先輩、これって」

「卵の反応を抑えることはできないから、光る代わりに振動するように設定を変えてみたの。音が出るんじゃむしろ目立つからこうしてみたんだけど、どうかな？」

「そ、そうですね。光や音よりはいいと思います。ありがとうございます、メロディ先輩」

メロディは「よかった」と微笑んだ。マイカの脳裏に『マナーモード』という言葉が浮かんだが、それを口にすることはなかった。そしてまた卵が震えた……そんな言葉に同調しないでほしい。

「へぇ、面白い。それがメロディがマイカにあげたっていう魔法道具？」

ルシアナはまじまじとペンダントを見た。

「この卵から何かが生まれてくるんでしょう？　何が生まれてくるのか楽しみね」

「せめて人前に出せるものが生まれてくれるといいんですけど」

「これぱっかりは生まれてみないと何とも言えないの、ごめんね」

期待に表情を綻ばせるルシアナと、対照的に不安に表情が強張るマイカ。そんな二人の様子にメロディは眉尻を下げて微笑むのであった。

「でも、グレイルみたいな可愛い子犬とかだったらすごく嬉しいです」

「いいわねそれ。グレイルと一緒に遊ばせられる子だったら楽しそう」

ルシアナとマイカは想像した。屋敷の庭でワンキャン吠えながら戯れる二匹の子犬の姿を。

「この際大型犬でもいいと思います！　グレイルを乗せて走り回るんですよ」

「それも楽しそうね。私は二匹同時に抱っことかしてみたいわ」

「猫型でワンニャンセットも捨てがたいです！」

「それもいいなぁ。メロディ、この卵はどれくらいで生まれてくるの？」

「まだ十日も経っていませんし、しばらく掛かると思いますよ。少なくとも来月以降になるんじゃないかと」

「「えー」」

残念そうにこちらを見つめる二人に、やはりメロディは苦笑するしかない。

「今はどんな子が生まれるか期待して待ちましょう。それまではグレイルと遊んで……あれ？　そういえばグレイルは？」

何ということでしょう。今朝から誰一人話題に上げていなかったが、帰省の旅のメンバーはルシアナとメロディ、マイカにリューク、そして子犬のグレイルを含めた四人と一匹だったのだ。

メロディの聖なる魔力の浄化によって、意識こそ残っているものの無力な子犬に成り下がってしまった哀れな存在。乙女ゲーム『銀の聖女と五つの誓い』のラスボス。魔王ことグレイルである。

ルトルバーグ家初のペットを実家にいる者達にも見せてやりたいというルシアナの希望により、グレイルの同行が決まったのである。

「グレイルならリュークのところですよ」

「御者台に？」

メロディは自分の背後に視線を向けた。ちなみに席順は、御者側にメロディとマイカ、反対の席にルシアナが腰を下ろしている。御者台側の壁には小窓がついており、御者と連絡が取れるようになっていた。そこを覗くと、毛先だけが黒い銀色の尻尾が揺れている姿を目にすることができた。

「本当だ。でも、なんでまた御者台に？　車内の方が揺れなくて楽なのに」

「……ホントに全くこれっぽっちも揺れませんよねこの馬車」

「……ホントにね。王都周辺の街道は整備されているとはいえ、窓の景色を見ないと動いていることすら分からないくらい全然揺れてないものね、この馬車」

とてもありがたいことなんだけど、と思いつつもちょっと遠い目をしてしまうマイカとルシアナ。出発前にメロディが掛けた魔法『大地水平』は完璧に機能しているようだ。

(前世でも車に乗るのを嫌がる犬は少なくなかったっていうし、外の方が好きなのかな?)

内心で自己完結しながら揺れる尻尾を見つめるメロディの隣で、マイカとルシアナの会話が続く。

「朝ご飯を食べたら寝床のバスケットに入って熟睡してたんでリュークが運んできたんです」

「今朝の出来事のせいでグレイルのことすっかり忘れてたわ」

「私もですよ。昨日のグレイルはリュークの部屋で寝たんでさすがに彼は覚えていたみたいです」

「グレイルって今リュークの部屋で寝てるの? ついこの間までマイカと寝てなかった?」

「学園から戻ってきた時は決まって私の部屋で寝ていましたね、あの子。でも最近はリュークに懐いてるみたいですよ?」

「そうなの?」

「はい。いつの間にか寄り付かなくなって今はリュークにべったりですよ」

気の多い子です、とちょっと不満げなマイカにルシアナはクスクス笑った。

「新しく入った人に興味津々なんでしょうね。子犬だものしょうがないわ」

「それはそうなんですけど～」

ルシアナの小さな笑い声に、車内を朗らかな雰囲気が満たす。小窓から見える尻尾がゆっくりフリフリと揺れる様子に、メロディもまた小さく微笑むのであった。

◆◆◆

王都の街道をゆっくりと進むルシアナ一行の馬車。出発が遅れたせいでタイミングがずれたためか周囲に他の馬車の姿はない。正面に広がるのは雄大な自然の姿。御者台の後ろからは三人の少女達の楽しげな声が漏れ聞こえる。

人間であれば心和むであろう状況で、グレイルは眉間にしわを寄せながら景色を眺めていた。

(聞いてない、聞いてないぞ！　なんで我がこ奴らの旅についていかねばならんのだー！)

目が覚めたら青い空の下。ガタゴトと揺れるバスケットの中で目を覚ましたグレイルである。今の今まで自分がルシアナ達の旅に同行するなどとは全く知らなかった哀れな子犬グレイルである。

残念ながらルトルバーグ伯爵家には「あなたも一緒に旅に行くのよ！」などとペット相手に教えてくれる奇特な存在はいなかったようだ。まあ、食事以外の時間は惰眠をむさぼっていたグレイルが単に聞き逃しただけという可能性も否定できないのだが。

(どうしてこうなった⁉)

バスケットの中で不機嫌に尻尾を揺らしながら、グレイルはこれまでの自分を振り返る。

先代聖女との戦いに敗れ封印されること数百年。綻びが見え始めた封印を解くため、傀儡にちょうどよい人間を得たまでは順調に進んでいたはずが……気が付けば犬畜生の子犬人生、いや犬生である。

そして始まる子犬生活。美味しいご飯、適度な運動、安心して眠れる寝床……ああ、なんて恐ろしい！　安楽という名の真綿で首を締められ、魔王の威厳を貶められる日々。子犬の肉体が持つ生存本能が魔王の誇りをペイッと放り投げ、人間どもに媚びを売らせようとする！

（なんと悍ましい！　これが聖女の罠か！）

いまだに封印されたまま、負の魔力の大半を失ってしまった魔王は新たな依り代として選んだ子犬の感情に抗うことがとても難しい。今は自分が表に出ているが、何の拍子で主導権を奪い返されるか分かったものではない。今の魔王はそれほどまでに弱体化していた。

（だからこそ聖女やそれに属する者達から離れていたが、それが仇になってしまうとは）

聖女本人であるメロディは勿論のこと、メロディによって生み出された魔法の人形メイドであるセレーナなどもってのほか。舞踏会にて遭遇した伯爵家の三人はトラウマものだし、そうなるとグレイルにとって唯一の癒しは新入りメイド見習いのマイカであったというのに……。

（あやつもあやつで聖女臭全開の魔法道具など身に着けおって！　マイカの裏切り者おおおっ！）

バスケットの中で寝転がりながら前足で顔を隠すグレイル。

心置きなく惰眠をむさぼれる唯一の休息地を土足で踏みにじった聖女の魔力が恨めしい！　そんな魔王以外には理解してもらえないような悪態を内心で吐きつつ、グレイルの最後の希望は今御者台の隣に座るリュークだけとなってしまった。

（もしこ奴まで聖女の毒牙にかかってしまったら……我はもう、現世に留まれないやもしれぬ）

他人が聞いたら変な誤解をされそうなセリフである。要するに子犬に主導権を渡して自分は夢の世界へ逃げ込むしかなくなる、という意味だ。

だが、そうなったら最後、グレイルは自身の心を支える魔王のプライドが完全に砕け散ってしまうだろうと感じていた。

「クウン（情けない……）」

自分の不甲斐なさに思わず悲しそうな声が漏れる。すると、大きくも温かいリュークの手がグレイルの背中を優しく撫でた。なぜか安心するその感触に、子犬の体は抵抗する気になれない。

（なぜこの体は、こんなことを気持ちいいと感じるのだろうか……？）

愚かな人間を屠った時に感じていた、あの狂おしいまでの愉悦とは全く違う『気持ちいい』という感覚。どちらも同じ『気持ちいい』のはずなのに、子犬の体は、グレイルはその大きな手のひらをもっと欲しいと思ってしまう。

魔王は視線を上げた。リュークと目が合う。無感情にこちらを見つめながら、その手の仕草はとても優しげで。どんなに力を失っていても、魔王グレイルは理解していた。

この男は、以前自分が傀儡にしていた人間なのだと。

（……この男は、我があの時の我なのだと知ったら……それでも、今のように我を、撫でて……くれるのだろうか……？）

思考が溶ける。子犬の体が微睡《まどろみ》を欲している。それにグレイルは抗えない。自分が今、何を考えていたのかすら覚えていられずに、グレイルは夢の世界へ旅立つ。

――撫でてくれるのだろうか？　魔王はまだ気付かない。自身が呟いたその言葉の意味に。

子犬を言い訳にして、自分の感情の変化に気付かないふりをしている今は、まだ。

君の名前はリューク

（目が覚めたらもっと騒ぐかと思ったが、案外おとなしかったな）

バスケットの中で小さな寝息を立てる子犬グレイルの背中を撫でながら、リュークはそう思う。

馬車を走らせてからしばらくして、グレイルは目を覚ました。目をシパシパさせながら一度身震いをして周囲を見渡すと次第に目が見開かれ、口をあんぐり開けてしばらくポカンとしていた。

それからハッと何かに気が付いたのか御者台の背後を振り返ることしばし。ガクリと項垂れたかと思うとまるで「ノー！　ノー！」とでも叫んでいるかのように、前足で両耳を塞ぎながらバスケットの中でゴロゴロと全身をばたつかせた。

（……器用な犬だな）

しばらくしてようやく落ち着いたのか、景色を睨みながら尻尾を振るグレイル。一般的に犬は嬉しいことや楽しいことがあった時に尻尾を振るはずだが、その表情からはそんな感情は読み取れない。どういう感情が渦巻いているのかリュークには分からないが、何となく、リュークはグレイルの背中を撫でてやった。

グレイルは一度こちらを見上げ、撫で続けるとバスケットの中で寝息を立て始めるのだった。

ポンポンと軽くグレイルを叩いて、リュークは視線を正面へ戻す。手綱を握り、ほんの数秒鋭い視線で周囲を観察すると、特に危険は見当たらないと察して緊張を解いた。

問題がなくて何より。そう思いつつ、やはりリュークは考える。

（……こういうことができる俺は、何者なんだろうな）

先程リュークは瞳に魔力を集中させ、視力を強化して周囲を警戒していたのだ。そうすることで普段は目に留まらない物でも容易に気付くことができる。そしてこんなことができる人間はそうそういないのだと、マイカから聞かされた。……メロディはやってみたらできたようなので、マイカの言は少々疑わしいが。

腰に佩いた剣を見る。初めて手にしたはずだが、しばらくすると自然と使い方が理解できた。魔法こそまだ使えないが、メロディに教わったら魔力循環はすぐにできるようになった。今のところ剣に魔力を纏わせたり、視力を含めた身体能力の強化などに利用できたりするが、いずれは魔法も使えるようになるだろうと、不思議な確信があった。

きっと剣にしろ魔力にしろ、記憶を失う以前に習得していた技能なのだろう。頭は忘れていても体はしっかりと覚えていたということだ。

だからきっと――。

（俺は、それほど長い間『リューク』ではいられないのかもしれないな……）

リュークは思い出す。執事見習いリュークが生まれた日のことを。まだ二週間も経っていない、彼にとって最も古い記憶を――。

◆◆◆

ゆっくりと瞼が開き、ぼやけた視界が徐々に定まるが、そこは全く知らない場所であった。

（……ここは）

見たことない天井、壁、ベッド……の脇に突っ伏して眠る少女。

（……誰だ？　いや、そもそも……俺が、誰だ？）

自分の名前が思い出せない。何かの後遺症だろうかと考えて『後遺症』という言葉は覚えているのだなと不思議な気分になる。

（天井、窓、壁、空、太陽、ベッド、布団、テーブル、いす……分かるな）

見た物が何であるかは一応分かる。分からないのは……貨幣価値？　変な言葉が思い浮かんだが確かに分からない。この国？　にどんな貨幣があってどれだけで何が買えるのか、分からない。

彼はゆっくりと起き上がった。すると長い髪が降りて視界にかかってしまう。

（邪魔だな……俺はこんなに長髪だっただろうか）

覚えがないが短髪だった記憶もない。仕方ないので髪は後ろに流し、眠る少女を避けてベッドから足を下ろした。

ふと、違和感を覚えた。どこに？　しかし、特に変なところはない。不思議に思いつつも彼はベッドから降りようと立ち上がって——。

「は？」

――転んだ。ドシンと鈍い音がして痛みが体に走る。咄嗟に捻って上腕で受けたから膝などに被害はないもののなかなか痛い。最初は何が起きたのかよく分からなかった。ただ立ち上がろうとしただけなのにいきなり転んだのだ。

（と、とりあえず起き上がらなければ）

ベッドの端に掴まろうと無意識に腕を伸ばした。だが、掴んだと思った腕はベッドの端を通り過ぎて布団を握っていた。当然ながら布団に体重を支える力があるはずもなく布団を引っ張るかたちで再び転倒。咄嗟に顎を引いて頭から落ちることだけは避けたが、やはり地味に痛い。

そして布団を引っ張ったせいでベッド脇で眠っていた少女が目を覚ましてしまった。

「あぷっ！　な、なに？　……あ」

「……」

仰向きに倒れる自分と少女の目が合う。気まずい沈黙がしばらく……。

「……何してるの？」

「……転んで、倒れている」

「はい？」

「……立ち上がろうとしてなぜか転んだ。もう一度立とうとしてベッドの端を掴もうとしたらなぜか布団を掴んでいてまた転んだ」

「……ああ、うん。とりあえずベッドに戻ろうか」

彼は無言で首肯した。そこからも大変だった。起き上がってベッドに戻るだけで一苦労だ。少し動くだけで体のバランスが維持できず何度も転びそうになった。

「……俺は、何か病気だったんだろうか」

「あはは、いやぁ、どうなんだろう……」

曖昧な返答をする少女。彼は知らない。まさか自分が短時間に一気に体が急成長したせいで体幹バランスの取り方や手足の遠近感の認識に多大な誤差が生じていることが原因だとは。

何とかベッドに座り直し、彼はベッド脇の椅子に座った少女を見た。年齢は十歳くらい。桃色の髪をツインテールにしたメイド姿の女の子。

（……うん、知らないな）

全く記憶にない少女だ。そのはずなのだが……気が付けば彼は少女の手をじっと見つめていた。

「えっと、どうかした？」

「……手が」

「手？」

少女がそっと手を差し出す。彼は少女の手を取った。大きな手で包み込みそれを見つめる。

（……覚えているような気がしたが、違う？　小さい手だ。こんなに小さかっただろうか）

彼は気付かない。自分の手が大きくなったことで少女の手が小さく感じていることに。

「あの、さすがに恥ずかしいんだけど……」

「……すまない」

彼は少女の手を放した。自分の手を見つめる。不思議と、自分の手ではないように感じた。

（こんな手だったろうか。ダメだな、やはり何も思い出せない）

「あの、大丈夫？」

まじまじと自分の手を見つめる姿に不安を感じたのだろうか、少女が問い掛けた。

「……ああ、問題ない」

「そう。体で痛いところはない？」

「特にないな」

「じゃあ、何か変わったところとかもない？」

「……それはあるな」

「えっ⁉　どこ、どこが痛いの？」

「いや、別に痛いところはない」

「じゃあ、何が？」

「お前の顔も名前も思い出せない。お前は誰だ？」

少女はギョッと目を見開いた。

「うっそー！　私のこと忘れちゃったの⁉　あ、でもよく考えたら名前はまだ言ってないような」

「あと自分の名前と顔も思い出せない。俺は誰だ？」

「ちょっとー！　一大事じゃないですかもっと早く言ってくださいよ！　メロディせんぱーい！」

少女は立ち上がると部屋を飛び出していってしまった。

「……慌ただしい娘だな」

少女のことは何も知らない。しかし彼は、開いたままになった扉を見つめながらクスリと笑った。

その後、メロディと名乗る少女の先輩メイドが現れ、一通り健康診断を受けたが特に問題はなく記憶喪失についてはいつ治るなどは不明だと言われた。まあ、当然だろうと彼は思う。

「私の名前はマイカです！　今度はちゃんと覚えてくださいね」

健康診断の後、少女はマイカと名乗った。さて、ここで問題が生じる。自己紹介に対し、彼には返せる言葉がないのだ。何しろ記憶喪失である。名前などない。

「それは確かに不便ね、どうしようかしら」

頬に手を添えて首を傾げるメロディ。

「だったらここで名前を決めちゃいましょう！　えっと……びゅ、じゃなくてリュークで！」

「リューク？　悪い名前だとは思わないけど何か由来があるの？」

「ないです。語感です！」

「な、ないのね……」

「……リューク」

正直なところ彼は『適当だな』と思った。唐突に語感で決めたのだから適当で間違いあるまい。

だが、不思議とその名前を嫌だとは思わない自分に気付いた。

（これはあれか。刷り込みでもされてしまったか……？）

記憶を失い初めて目にした人間。それがマイカであった。そんな彼女が自分に名前を付けることになぜか違和感がない。

「リュークでいい？　リューク」

（いやもう使っているじゃないか……）

諦めの気持ちとともに小さく息を吐く。そして彼は受け入れることとした。

「ああ、分かった。俺の名前は――」


「リューク」

箱馬車の小窓からマイカの声がしてリュークはハッと我に返った。振り返ると小窓からマイカの小さな顔が見えた。

「……なんだ」

「メロディ先輩がそろそろ昼食にしたいから次の休憩場で止まってだって」

こういった街道には途中で馬車を止めるのに適した、道幅が広くなる場所が点在している。そこに止めてほしいということだろう。

「分かった。でも、メロディが直接言えばいいのになんでお前が？」

「えへへ、だってこんな小窓あったら一回くらいは使ってみたいでしょ」

マイカの隣でクスクスと笑うメロディの声が聞こえた。リュークは思わずため息を零してしまう。

「了解した。次の休憩場で止める」

「お願いね！」

小窓が閉まり、馬車の中から少女達の明るい声が響く。

（……あれで俺の名付け親とは。まるで子供だな…………正真正銘子供だったな）

あんな小さな子供がリュークにとって唯一の親とは。

何がおかしいのかリュークは小さく笑った。

オールワークスメイド流野営術

テオラス王国の形を簡略的に説明すれば、逆三角形が近いだろうか。大陸の東端に位置するテオラス王国は、二つの国と接している。西の友好国『ヒメナティス王国』と北の仮想敵国『ロードピア帝国』だ。海に面する南には王国最大の海洋交易都市があり、東には世界最大級の魔障の地『ヴァナルガンド大森林』が広がっている。

それら四つの要所を守っているのが王家と三つの辺境伯家である。現在では正確な資料が残っていないものの、これら四家は建国時から脈々と受け継がれている王国最古の家柄と言われている。

西の国境の守護者アヴァレントン辺境伯。北の国境の守護者シューデビッヒ辺境伯。南の海洋交易都市の守護者ウォンベリィ辺境伯。そして東のヴァナルガンド大森林の監視者テオラス王家。

現在、王国には四つの公爵家が存在するがその歴史は辺境伯家には及ばず、その血脈による権威と役割による権限から、有事の際の権力は公爵家よりも優先される――それが三つの辺境伯家だ。

三つの辺境伯領と王都を結ぶ、東西南北に伸びる王国最大の主要街道を『十字街道』と呼び、古くから交易路として利用されてきた。王太子クリストファーの提言によって始まった定期馬車便が最初に開通したのも十字街道からである。

メロディ達の馬車は、その十字街道を王都から西に向けて進んでいた。三日目あたりで十字街道の交差点を北上し、途中で枝分かれする街道を通って王国中央北部に位置するルトルバーグ伯爵領に辿り着くという、およそ五日間の旅の予定である。

王国屈指の交易路である十字街道沿いには一定間隔で宿場町が形成されており、きちんと予定を立てて進めば野宿の必要性が低いことも大きなメリットと言えるだろう。

そう、きちんと予定通りに旅をすることができれば、だが……。

「どう、メロディ？」

「うーん、これはちょっと……無理かもしれません」

ルシアナ一行の馬車の中。地図を見つめるメロディは難しい顔をしていた。馬車の窓に映る空の色は既に朱色に染まり、しばらくすればあたりは暗くなることだろう。

だが、メロディ達が乗る馬車が宿場町に辿り着くのにはまだまだ時間がかかりそうであった。現在は一旦街道の端に馬車を止め、旅の行程を確認しているところだ。

「日が暮れたら宿場町の門も閉まっちゃうのよね？」

「はい。残念ながら門が閉まる前に到着するのは難しそうです」

王都にしろ宿場町にしろ、テオラス王国の町や村は基本的に外壁によって守られている。盗賊被害も怖いが、何より魔障の地からたまに出てくる魔物から身を守るためという理由が大きい。

魔物を倒すには魔力による攻撃が不可欠だが、全ての町や村に都合よく魔力持ちの戦士がいるとは限らない。特に魔物は昼よりも夜の方が凶暴になる傾向が強いため、安全のためにほとんどの町は日暮れになると外壁の門を完全に閉じてしまうのである。

とはいえ、人間の生活範囲に魔物が姿を見せるケースはそれほど多いというわけではない。多くの魔物は自身が生まれた魔障の地で生活するものであり、遠い昔からの慣習という側面もあるのだが、慣習というものの厄介なところは融通がきかない点にある。つまり、一度門を閉じてしまえば朝まで決して開けてはもらえないのである。

「じゃあ、私達一日目から野宿ですか？」

「ごめんなさい。私があたふたしてる間に出発が遅れちゃったから」

「お嬢様のせいではありませんよ。ね？　マイカちゃん」

「もちろんですよ。あれは急に訪ねてきたマクスウェル・リクレントス様が悪いんです」

「二人とも、ありがとう」

マクスウェルから夏の舞踏会でパートナーになってほしいと頼まれたルシアナは、動揺やら友人達とのあれこれがあって出立が三時間ほど遅れてしまった。多少馬車の足を速めて進んだものの、やはり三時間の遅れを取り戻すことはできなかったようだ。

「でも、野営するならそろそろ準備しないとまずいですよね」

「確かに。もういつ日が暮れてもおかしくないわ」

マイカの懸念に頷きながらルシアナは窓の向こうを見た。橙色に輝く太陽は既に稜線を越え、完全に日が暮れるまであまり時間は残されていない。

メロディもまた窓に視線を向け、ひとつ頷く。

「でしたらもうここで野営にしましょう。リューク、馬車を街道から外してもらえる？」

御者台と繋がる小窓から指示を出し、馬車を街道から外れた草原の上に移動してもらう。ルシアナとマイカも馬車を降り、野営用の荷物を下ろそうと馬車の天井に上ったリュークを見守る中、メロディは野営に適した場所はないかと草原を歩き回っていた。

（できればなるべく広範囲に平坦な場所がいいんだけど……あ、この辺がいいかも）

どうやら条件に合う場所を見つけられたらしい。街道から少し離れてしまうが、その辺は後で整えれば特に問題はないとメロディは判断する。

「メロディせんぱーい！」

声がして振り返ると、慌てた様子のマイカが駆け寄ってくるところだった。

「どうしたの、マイカちゃん？」

「大変ですよ、メロディ先輩！　荷物の中にテントがないんです！　どうしましょう⁉」

「ああ、うん。大丈夫よ、マイカちゃん。テントは最初から載せていなかっただけだから」

「ええっ⁉　テントなしでどうやって野営するんですか？」

「ふふふ、とりあえず皆のところへ戻りましょうか」

「……何ですか今の含み笑い。ちょっと嫌な予感がするんですけど」

不安そうな顔のマイカにメロディは微笑みを返し、二人はルシアナ達の元へ戻る。

「メロディ、どうしよう。馬車で寝泊まりするとしても全員は無理だし」

「問題ありません、お嬢様。テントなんてなくてもちゃんと野営できますから」

「どうするつもりなの？」

「ふふふ、では……その前に。グレイル、ちょっとそのバスケットを貸してね」

「キャイン⁉」

御者台の上で我関せずを決め込んでいたグレイルの首根っこをひょいと掴むと、メロディはグレイルからバスケットを拝借した。首を傾げるルシアナとマイカを他所に、メロディはバスケットに手を突っ込む。すると――。

「お嬢様、準備が整うまでこちらでお寛ぎください。マイカちゃん、お嬢様にお茶をお淹れして」

メロディはバスケットから木製のテーブルと椅子を取り出した。一本脚の丸テーブルとクッション付きの猫脚の椅子が、草原の上にポンと用意される。

次にメロディはバスケットからティーセットを取り出した。ガラス製のポットの中には既に温かい紅茶が入っており、あとはカップに注ぐだけでいいようだ。

メロディの魔法の収納庫は時間経過をしないので、予め用意を済ませておけばいつでも温かい紅茶を飲むことができる。今回、長旅をする予定だったので準備しておいたのである。

「わぁ。ありがとう、メロディ。マイカ、お願いできる？」

「……畏まりました。お嬢様、順応性高いですね」

バスケットからニュルリと飛び出すテーブルやティーセットというシュールな光景に割とドン引

きなマイカ。分かっていても実際に目にするとこう、精神にクるものがあるのだ。

この場で動揺しているのはマイカだけであった。ルシアナは最早バスケットから巨大物体が飛び出すくらいではメロディの魔法に驚くことはない。もう慣れっこなのである。

リュークは記憶喪失ゆえに一般常識に対する認識が低いせいだろうか、目の前の光景を素直に受け入れ今も荷下ろしに精を出していた。

「ところでメロディ先輩。どうしてグレイルのバスケットから荷物を出すんですか？　何か魔法的な制約でもあるんですか？」

マイカは疑問を口にした。メロディならその場にブラックホール的な穴でも出していつでもどこでも物を取り出すことができると思うのだが、なぜわざわざグレイルのバスケットから荷物を取り出すのだろうか。そんなマイカの質問に、メロディは不思議そうに首を傾げる。

「どうしてって……何もないところからいきなり物が出てきたらびっくりするでしょう？　様式美って大切なことよ、マイカちゃん」

「いや、バスケットからテーブル出してる時点で様式美も何もありませんからね⁉」

ルトルバーグ伯爵家でメイドになる際、メイド服の支給がないからと自分でメイド服を拵えた少女、メロディは形から入る子なのである。転移のメイド魔法『通用口』は使用人の仕事用であるためルシアナ達主家には使わせられないとか、今のように収納庫は籠や袋から取り出すものだとか、変なところにこだわりを持つメロディであった。とはいえ、あくまで個人的な制約であって、本人がその気になればいつでも撤回できるマイルールでしかないのだが。

マイカのツッコミにメロディは「そう？」と首を傾げるのみであった。

（そんなに変かな？　魔法がある世界なんだしこれくらいは許容範囲だと思うけど）

いまだにメロディは気付いていない。彼女の使う魔法が圧倒的に規格外であるという事実に。それゆえにマイカとメロディの認識には大きな隔たりが生じていた。

「とりあえず、マイカちゃんはお嬢様のことをお願いね。私は野営の準備をするから」

「……今の会話だけでもう嫌な予感しかしないんですが、何をするつもりなんですか？」

「もちろん、今夜の寝床を作るのよ。我が身はひとつにあらず『分身《アルテレーゴ》』」

メロディの周りに十人の分身メロディが姿を現す。

「ぴゃっ⁉」

ルシアナは顔を青くして小さな悲鳴を上げた。

「大丈夫ですか、お嬢様」

「だ、大丈夫よ、マイカ。ちょっと驚いただけだから」

メロディの魔法に慣れたはずのルシアナだが、どうやらこの『分身』だけはいまだに慣れないらしい。初めて見た時のトラウマがしっかり尾を引いているようだ。

「それじゃあ皆。私は材料を出していくから加工と建築をお願いね」

「「「お任せあれ！」」」

十人のメロディが声をそろえて了承した。メロディはバスケットを両手で持つと、その口を分身メロディ達の方へ向ける。すると、そこから加工済みの丸太が次々に飛び出し始めた。

メロディ達以外誰もいない草原に、ドシンドシンと丸太が地に着く音が響く。マイカとルシアナはその光景をポカンと口を開けて凝視していた。

「「……」」

二人は無言で目の前の光景を見つめることしかできない。ルシアナは紅茶のティーカップを持ったまま、それを口に入れようとはしなかった。

四人の分身メロディが四ケ所に散らばり、両手を掲げて魔法を放つ。すると草原から草が消え、大地は隆起し、平らに均された地面が作られる。

他の分身メロディ達は、メロディが取り出した丸太をさらに加工して、地面の上に基礎を築いていった。

メロディの指揮のもと、トンテンカンテンとリズミカルな音を立てながら、動画の早送り再生のような光景が繰り広げられること約三十分。全ての作業を終えた分身メロディ達がルシアナの前にズラリと並び一礼すると、白い光とともにその姿を消してしまう。

メロディは完成した物の前で自慢げに両手を広げて三人に告げた。

「というわけで、野営用コテージの完成です！」

「「野営って何だっけ？」」

首を傾げてツッコむルシアナとマイカの言葉は、仕事をやり切って高揚するメロディには届いていなかった。

（お屋敷を修繕した時とはまた違う、一から作り上げるこの達成感。これこそがメイドの醍醐味！）

世界のメイドが解釈違いを訴えそうなことを考える少女がここにいた。

「ま、まあ、野ざらしで野宿するよりはいいとは思うけど……ね、マイカ？」

「そ、そうですね、お嬢様。そうやって割り切っていかないとやってられませんよね」

気を取り直した二人は互いに心の言い訳を並べてメロディ作のコテージを観察した。

純木造の二階建てのコテージ。もう山小屋というか普通に立派な家である。樹皮を剥いだ丸太をそのまま利用した、キャンプ場に立ち並んでいそうな外観をしている。ご丁寧に隣には厩舎まで設置されていて、馬への配慮も忘れていない。

「メロディ先輩、この木材ってどうしたんですか？」

「これ？　いつもの森の木だけど？」

「森林大伐採！　環境破壊！　って、そうじゃなくて……」

当たり前のように告げるメロディにマイカは二の句が継げない。つまり、このコテージの材料は世界最大の魔障の地『ヴァナルガンド大森林』の樹木を使用しているということだ。

「大丈夫よ、マイカちゃん。あれは木々の成長を考えて間伐したものだから、むしろあの森は今よりもっと健康的にすくすく成長していくはずよ」

「それはそれで心配になるんですけど、大丈夫なんですか。呪われたりしません？」

「呪い？　さあ、よく分からないけど普通の木よりとても頑丈だから地震が起きても安心ね」

魔力が集まり魔物が生まれる土地『魔障の地』は、当然ながら植物にも影響を与えている。魔木と呼ばれるそれは魔物同様に魔力を宿した樹木で、魔障の地ではない森の木よりもとても頑丈だと言われている。

そのため一部の魔障の地では魔物の隙を狙って魔木が切り出され、希少な建築資源として利用されていた。もちろん高値で取引されている。そして魔力の強い魔障の地の魔木ほど価値は高い。

つまり、世界最大の魔障の地の魔木のみを贅沢に使用したこのコテージの価値は――。

「……先輩、このコテージって魔法で隠せます？」

「え？　ええ、隠せなくはないけど」

「じゃあ、今すぐお願いします早く！　ハリーハリー！」

「う、うん。分かったわ。我が身を隠せ『透明化《トラスパレンザ》』」

メロディが魔法を発動すると、何やらキラキラ煌めく幕のような物がコテージを包み込んだ。

「透明化の魔法をコテージの周囲に掛けたから、魔法の範囲外の人にはコテージも私達も見えなくなったわ。さすがに直接透明化したら私達もコテージを見れなくなっちゃうものね」

「ほえー」

マイカは幕の外へ出た。すると、さっきまであったはずのコテージの姿がない。それどころか土台にするために草が消えてむき出しになっているはずの地面すらなく、そこにはいつもと変わらない草原が広がっているだけだった。

メロディが使った透明化の魔法はただ姿を消すだけでなく、周囲を偽装する機能までついている高性能魔法らしい。全く無駄ではないのだが『無駄に』と言いたくなるご都合魔法である。

マイカが納得したところで、メロディはコテージの説明を始めた。全員を連れて扉を潜る。

「優しく照らせ『灯火《ルーチェ》』」

メロディの手から複数の光の玉が生まれ、家中の至る所に設置されている燭台へ向かって飛んで行くとあっという間にコテージ全体が優しい光に包まれる。

「一階は皆が寛げるリビングルームにしてみました。奥にキッチンとトイレ、お風呂を用意してあります。皆の個室は二階になりますね。あと、このコテージは土足厳禁となっています」

扉を潜るとまずは土間が用意されていた。全員がメロディの用意したスリッパに履き替える。

メロディが言った通りコテージに入ると、リュークでも寝転がれそうな革張りのソファーとローテーブルが置かれた寛ぎ空間が広がっていた。リビングルームは吹き抜けとなっており、とても開放的な印象だ。

リビングルームの端に階段があり、そこから二階へ行けるらしい。二階の廊下には手すりが設置されており、そこから階下を眺められるようになっていた。

「ねえ、メロディ。家は分かるんだけど、このスリッパとかソファーはどうしたの？」

丸太を加工してコテージを造っていたのだから内装が充実していることは一応理解できるのだが、誂えたように置いてある家具やスリッパはどこから持ってきたのだろうか。いや、魔法の収納庫から取り出したのだろうとは思うのだが、そもそもどうやって入手したのかルシアナは気になった。

「自作です」

「『自作？』」

ルシアナとマイカは首を傾げた。スリッパを見る。ふわふわで履き心地のいいボアスリッパだ。

ソファーを見ると、リュークが座り心地を試していた。重厚でありつつもしっかりとリュークの体重を支えており、とても座り心地が良さそうだ。ぜひ後で自分も座ってみたいと思う。

「「……自作？」」

だからこそ、ルシアナとマイカはもう一度首を傾げた。何この完成度……？

「はい。その……いつか、こうやって自分で造った家でお嬢様にお寛ぎいただく機会があったらいいなと思って、暇な時に想像しては趣味で作っていたんです」

顔を赤らめて恥ずかしそうにもじもじするメロディ。

「趣味で作っちゃったんだ……」

「はい。いつもの森を散策していたら牛みたいな大きな動物がいて、これはいい牛革になると思ったらつい作ってしまいました」

「……そういえば、いつだったか美味しい牛肉のステーキが夕食に出てましたね」

「ああ、あれね。確かにびっくりするくらい美味しかったわ」

「まだまだお肉は残っていますから今夜の夕食に出しますか？」

「「お願いします」」

一階はメロディの説明通り、リビングルームの奥にダイニングキッチンがあり、通路を抜けた先にトイレとバスルームが用意されている。キッチンにはもちろんカトラリーや調理器具が完備されているし、お風呂には洗面器などの入浴道具、石鹸などもしっかり用意されていた。

「いやホント、マジで至れり尽くせりですね。正直嬉しいですけども」

「メロディ、これも全部自作したの？」

「はい。暇な時に手慰みで少々」

（……暇な時って、いつ暇だったんだろう？）

思い起こされるメロディの仕事風景。休みの日すらメイド業務に勤しんでいた彼女のどこにそんな時間があったのか、仕事を覚えるのに苦労したマイカにはちっとも理解できなかった。

「メロディ、水はどうするの？　井戸なんてないわよね」

「そこは私の魔法で用意しますので気にせずお使いいただいて大丈夫ですよ」

「よかった。でもこの家、トイレやお風呂で流した水はどうなるの？」

テオラス王国には下水道が存在しない。代わりに太古の魔法使いが考案した汚水処理用の魔法道具が一般に普及していた。そのため基本的にテオラス王国のトイレは水洗が当たり前なのだが、今回のコテージのように町から離れた場所にある建物のトイレ事情はどうなるのだろうか。

「汚水は配管を通って地下のタンクに集まるようになっています。タンクには汚水を分解して土に溶け込ませる魔法が施してあるので、普通に流してもらって全く問題ありません」

「それなら安心ね」

「メロディ先輩、最早何でもありですね。そしてやっぱりお嬢様、順応性高いです」

さっきまでポカンとしていたのにルシアナはもうこの家を受け入れているようだった。

「だってメロディが私のために建ててくれた家だもの。嬉しいじゃない」

「ふふふ。ありがとうございます、お嬢様」

「……そういう素直なところはお嬢様の美徳なんでしょうね」

笑い合う二人を見て、マイカは息を吐く。そして気持ちを切り替えた。

「驚きましたけど、正直テントや馬車で寝るより断然こっちの方がいいですもんね。というわけでメロディ先輩、そろそろ夕食にしましょう。私、お腹ペコペコです！」

マイカの様子にクスクスと笑う二人。窓の外は真っ暗で、確かにもういい頃合いだ。

「マイカの言うとおりね。確かに私もお腹が空いてきたわ」

「分かりました。すぐに牛肉ステーキを作りますね。それじゃあ、リューク。皆の荷物を二階の部屋に運んでちょうだ……あれ？　リュークは？」

「あれ？　ホントだ。いませんね、どこ行ったんだろう……もしかして」

三人はリビングルームへ向かった。そこにリュークはいた。

「ＺＺＺ……」

リュークは眠っていた。牛革のソファーに横になり、心地よさそうに寝息を立てている。

よくよく考える必要もなく、リュークは一日中御者をしながら周囲を警戒し続けていた。疲れていて当然であろう。

「「「……」」」

しばらく無言でリュークを見ていた三人は、示し合わせたかのように口元に指を立てた。

「「「しー」」」

そして三人はゆっくり動き出す。メロディは夕食の準備をし、ルシアナとマイカは荷物を持って二階の部屋を整えるために階段へ。

リュークが牛肉ステーキの匂いで目が覚めるまで、三人はなるべく静かに過ごすのであった。

ちなみに、彼らが馬車に放置したままのグレイルの存在を思い出すのは、彼が玄関に向かって「きゃうーん、きゃうーん！」と悲痛な遠吠えをした時であった。

（忘れるくらいなら連れてくるんじゃねー！）

牛肉ステーキの匂いによだれをダラダラ垂れ流すグレイルの真意を知る者は、誰もいない。

不吉な夢

八月二日。旅の二日目。夏の日の出は早く、現在午前五時。

前日、早めに就寝した四人は既に起床し、朝食を取っているところだった。屋敷ではメロディ達が給仕をしてルシアナ一人で食べていたが、この旅の移動中は時間の節約という点から全員で食事をするようにしていた。

今朝の朝食はパッと作ってサッと食べられるサンドイッチだ。

「うーん、メロディが作るサンドイッチは最高ね！」

「昨日の牛肉で作ったローストビーフサンドです。お気に召したようでよかったです」

……全然パッと作ってなかった。食卓には凝りに凝ったサンドイッチが並んでいるようだ。

「……それで、今日の予定は。いつ出発する」

サンドイッチを食べながらリュークがメロディに尋ねる。

「朝食が終わったら荷物を積みなおして、コテージを解体したらすぐに出発しましょう。今日は早起きしたから昨日の遅れを取り戻せると思うわ」

「えー！　この家、壊しちゃうんですか⁉」

「そうよ、メロディ！　こんな素敵な家を解体しちゃうだなんてもったいない！」

「え、でも、ここに置きっぱなしにするわけにもいきませんし」

街道の外れに立つ、所有者不明の無人の家。とても不穏なワードである。犯罪の温床になる予感がビンビンする。だから、メロディはここを立つ際にコテージを解体するつもりであった。

「だったらメロディ先輩の魔法でこのコテージごと収納しちゃいましょうよ」

「え？」

「いい考えだわ、マイカ。そうすればいつでもコテージが使えるわね！」

「ええ？」

「そのまま収納できるなら荷物を積みなおす必要もないので手間も省けますし」

「えええ？」

「宿場町の宿に泊まるよりこっちの方が快適だし、何より宿代が掛からないから経済的だわ」

ルシアナとマイカは示し合わせたように頷き合うと、メロディの方を振り向いた。

「どうですか、メロディ先輩。できます？」

「お願い、メロディ。どうにかならない？」

「えーと……分かりました。やってみます」

「「やったー！」」

ハイタッチする二人。すごい喜びようだ。圧が消えてホッとするメロディ。はしゃぐ二人を見てリュークは首を傾げた。

「二人とも必死だな」

「「だって、この家のベッドの方が絶対に寝心地いいんだもん」」

二人の少女はキリリと表情を引き締めた。あの布団、ふかふかで最高だったんです……！

「森にいた鳥の羽毛がちょうど良さそうだったので作ってみましたが、気に入っていただけたようでよかったです」

「ホントに何でもありますね、あの森……」

「ええ、本当に。豊かな森で助かってるわ」

メロディはのほほんとしているが、絶対に牛も鳥も魔障の地に生きる魔物である。それらを簡単に素材扱いしているメロディにとって、どれだけ脅威度が低いんだ世界最大の魔障の地よ。

恩恵にあやかっている身ではあるが、日常的にモンスターをハンティングしているメロディの姿が全く想像できないマイカであった。

◆◆◆

「わぁ、可愛い。本当にこれがあのコテージなの？」

馬車の中でルシアナの声が響く。彼女は水晶玉のような物を手にしていた。土台の上に球体があり、その中に例のコテージを思わせるミニチュアが飾られている。一見するとスノードームのようにも見える。というか、ルシアナの言葉通りコテージそのものであった。

「今後も使用することを考えてこのような形で保管することにしました。土台部分を地面に埋めて魔法を解除すれば、あとはちょうどいい塩梅でコテージを立てることができます」

「どういう原理でそうなっているのかさっぱり理解できない魔法ですね」

「それほど難しい魔法じゃないわ、マイカちゃん。まず、指定領域における時間と空間の――」

「本当に許してください、メロディ先輩！」

耳を塞いでイヤイヤと首を振るマイカの姿に一瞬ポカンとするメロディだったが、その仕草が可愛らしくてルシアナと一緒にクスクス笑ってしまうのであった。

新たにメロディが開発したメイド魔法『私のドールハウス《スパツィオテンポ・ドミナーレ》』。メロディの中では当然のように複雑な計算式が組み立てられて発動した魔法だが、一般人の簡単なSF知識で説明するなら、時間と空間を操作する魔法といえるだろう。

コテージ周辺の時間を停止し、指定空間を縮小操作することでスノードームのような状態を作り上げている。他にも色々複雑な操作を組み合わせているのだが、シンプルに説明するとこうなる。

時間が停止しているのでコテージの維持管理が容易になるうえ、改めて立てる際に振動で中の荷物などが散乱する心配もない。小さくすることで土台や汚水処理タンク用に地面を掘り返す必要がなくなり、少しだけ地面に埋めれば簡単にコテージを立てることが可能になる。

メロディの魔法の収納庫は無限に近い広さと時間停止機能が備わっている。それらを応用するかたちで今回の魔法は生み出された。

結局、ルシアナとマイカの希望もあって、これ以降メロディ達は宿場町に泊まることなく、食料の買い出しなどが済めば先に進み、途中の街道の外れにコテージを立てて寝泊まりするようになった。

家自体も便利だが、何より宿屋の他の客といった他人に煩わされない環境が長旅にはとてもありがたかった。馬車に揺られる日々だが、夜は王都にいた頃と同じように過ごすことができる。むしろ皆で楽しく食事をすることができる点は、ルシアナにとって大きなメリットだったかもしれない。

あっという間に旅は四日目に至り、明日はルトルバーグ領に到着する日となった。夕食と入浴を済ませ、自室の椅子に腰掛ける。

「どうして馬車に乗っているだけなのにこんなに疲れるのかしらね？　メロディの魔法のおかげで車体が揺れることもないのに」

「ずっと座っているのも案外疲れるものですよ。慣れない旅で精神的な疲れもあるんでしょうが。王都に来る時はどうだったんですか？」

メロディに濡れた髪を拭いてもらいながら、ルシアナは当時を思い出していた。

「そういえば、あの時の方が大変だったかも。今みたいにコテージもないから宿場町に間に合うようにって馬車を急がせて。確か王都に着く頃にはヘロヘロになってたような気がするわ。とはいっても、王都の屋敷を目の当たりにしてそんな気分も吹っ飛んじゃったけど」

遠い目をするルシアナ。メロディも当時の屋敷を思い出して――うっとりした。

「あれは素敵な思い出です。お屋敷を思う存分リフォームできて私はとても満たされました」

「……全然共感できないけど、メロディが楽しかったのならよかったわ」

「はいっ！」

満面の笑みで返事をするメロディに、ルシアナは苦笑した。

（まあ、結果良ければ何でもいいわよね）

髪も乾き、全ての手入れを終えるとルシアナはベッドに入った。明日はルトルバーグ領へ帰るのだ。夜更かしして眠そうな顔を故郷の皆に見せるわけにはいかない。

「おやすみ、メロディ」

「おやすみなさいませ、お嬢様」

メロディが『灯火』を消すと部屋は真っ暗になった。そしてルシアナは目を閉じ、微睡の世界へと誘わ――。

「……どうしよう、眠れない」

――れなかった。ベッドに入って一時間。疲れていたはずなのに一向に眠れない。なぜかとても目が冴えていた。

そう、それはまさに『遠足前日の小学生』のような状態にルシアナは陥ってしまったのである。

眠ろうと思っているのだが、明日が待ち遠しくて眠れなくなってしまったのだ。

「……水でも飲んで落ち着こう」

ルシアナはベッドから起き上がった。スリッパの音が立たないように気を付けながら一階へ向かう。屋敷の中は完全に真っ暗にはなっておらず、ぼんやりと周囲を認識できる程度の『灯火』が燭台に灯されていた。おかげで苦も無くキッチンへ行くことができた。

コップに水を注ぎ、口に含もうとした時だった。

「お嬢様？」

「ぴゃっ⁉」

不意打ちのように声を掛けられて変な声を出してしまったルシアナ。慌ててコップの水が零れないよう気を付け、ゆっくりと背後を振り返ると……。

「なんだぁ、メロディか」

「どうしたんですか、こんな時間に」

寝巻着にカーディガンを羽織ったメロディが立っていた。髪を下ろし、とても無防備な格好をしている。自分も似たような格好なのだが、ルシアナはメロディの珍しい姿に思わずドキリとした。

「メロディこそどうしたの？」

「お嬢様の部屋の扉が開く音がしたので気になってついてきたんです」

「そっか。メロディの部屋、私の隣だもんね」

さすがにこのコテージは屋敷ほどの広さはないので、主と使用人の生活空間を分けることはできなかった。必然的にルシアナに何かあった時に対処できるようにとメロディが隣の部屋となった。

「いつもならもうとっくに就寝されている時間ですが、どうかされたんですか？」

「あー、うん。喉が渇いたから水を飲みに来た、のは本当なんだけど……なんだか眠れなくて」

ルシアナは誤魔化すようにハハハと笑った。理由が分かって安堵したメロディはふわりと微笑む。

「きっと久しぶりの帰郷なので無意識のうちに興奮してしまわれたんですね」

「そういうものかな？　あんまり眠れないなんてことなかったからちょっと気になっちゃって」

「でしたらお嬢様、私が子守唄を歌って差し上げましょうか」

「子守唄？」

ルシアナは目をパチクリさせた。

「あの、メロディ？　私はもう社交界デビューも済ませた立派な淑女なんだけど」

「いいじゃないですか。お嬢様は三日後の誕生日を迎えるまではまだ成人前の十四歳ですもの」

「もう。だからって私は赤ちゃんじゃないんだからね」

「ではやめておきますか？」

「……赤ちゃんじゃないけど、メロディの歌は聞いてみたいかも」

ルシアナはプイッと視線を逸らし、呟くようにそう言った。そんなルシアナへメロディは優しく微笑むのであった。

部屋に戻りベッドに入る。メロディはベッド脇に寄せた椅子に腰掛けて、ルシアナだけに聞こえる声量で子守唄を歌い始めた。

（やっぱり、綺麗な歌声……）

ゆったりと眠気を誘う透き通った歌声がルシアナの耳に届く。以前グレイルを寝かしつけるために歌った子守唄だ。母セレナから受け継いだ、メロディの宝物。

それを聞くうちに、ルシアナの瞼は少しずつ下がっていく。気持ちが落ち着き、意識が微睡む。

「……歌声に安らぎを添えて。『よき夢を《ファインベルソーゴ》』」

そしてルシアナの心は、夢の世界へと導かれていった。

◆◆◆

パチクリと目が開き、ルシアナは目を覚ました。

(……あれ？　ここ、どこ？)

結局、メロディの子守唄でも眠れなかったのかと思ったルシアナだが、何かがおかしいことに気が付いた。そこは、さっきまで自分が寝ていたベッドどころかコテージの部屋ですらなかった。

全く見覚えのない廊下。自分から見て右側が壁で、左側には大きな窓が並んでいる。外は夜なのか窓の向こうは真っ暗で何も見えない。窓を開けてみようとしたがビクともしなかった。天井には明かりのようなものがあるが光は灯っておらず、なぜか代わりに床の方、壁の端に申し訳程度の光が等間隔に並んでいる。

(一応歩くのには支障ないけど、本当にここはどこなのかしら？)

とりあえず一歩踏み出すと床からコツンと音がした。ルシアナは自分がブーツを履いていることに気が付く。そして、服装も寝間着ではなくなっていた。

(あれ、このドレスって……)

それはメロディと出会う前にルシアナが普段着として使っていたドレスであった。

（どうしてこれが。もうメロディが作り直してくれたから残っているはずないのに）

意味が分からない状況に不安が募る。覚えのない場所、もう存在しないはずのドレス。一体何が起こっているのだろうか。

改めて周囲を見回した。覚えのない廊下どころか、テオラス王国の建築様式とは明らかに異なっていることにルシアナは気が付いた。

（床も壁もツルツルしてるけど、大理石ってわけでもなさそう。建材が想像できない。大きな窓がたくさん並んでいるのに意匠だって何もないし、デザインがシンプル過ぎる。高価過ぎて平民には難しいけど、こんなに装飾のないデザインを貴族が求めるとも思えない。本当にどこなの、ここ）

ルシアナは意を決して前に進んだ。立ち尽くしても何も分からないし始まらない。静かで暗い廊下にルシアナの足音が響く。誰かが気付いて姿を現すこともなく、ルシアナは廊下の突き当りに辿り着いた。そこには扉があり、立て札のような物が張り付けられていたが生憎ルシアナにはその文字を読むことはできなかった。

（丸いドアノブなんて初めて見たわ。回せばいいのかしら。あ、開けられそう）

ドアノブを右に回すと扉を開けることができた。この先に何が待っているのか、ルシアナは心臓の鼓動が緊張で高鳴るのを感じながら、意を決して扉の向こうへと歩を進めた。

（……誰も、いない）

部屋は無人であった。明かりはついておらず、それなりに広い部屋で壁には大きな窓ガラスがズラリと並んでいる。だがやはり夜なのか窓の向こうを窺い知ることはできない。

部屋の中は煩雑としていた。向かい合う机が何台も並んでおり、軽く叩いてみると全て金属製のようだ。机の上には本が並んでいたり積まれていたり、壁際の腰丈の棚の上にもたくさんの書類と思わしき物が積まれていて、落ち着きのない印象を受ける。

他にも色々な物があった。いくつかの机の上には金属製かと思うような光沢のある二つ折りの板が置いてあった。それを開くと無数の突起が並んでいてカチカチと音を立てて押すことができるが、これといって変化はない。何をするための物なのだろうか。

また、二つ折りの板と何となく雰囲気の似ている大きな板も目に入った。台座があり、鏡台のような見た目をしている。そばには例の突起がついた板も転がっていた。板を覗き込む。ほんのりとルシアナの顔が映り込んでいるように見えるが、真っ黒な板ではよく見えない。

そこでルシアナはあることに気が付いた。

「今や私に使える魔法は『水気生成《ファーレディアッカ》』だけじゃないんだから。むむむ……優しく照らせ『灯火《ルーチェ》』」

魔法使いにとって初歩中の初歩の魔法。小さな光源を生み出す魔法『灯火』。メロディに習って最近ようやく使えるようになった魔法が指先に発動した。ろうそく程度の小さな明かりだが、これでもう少し詳しく見ることができるだろうと、真っ黒な板に視線を向けたルシアナは――。

「え？」

呆然と、板に映り込んだ自分の顔を見つめることとなった。

そこに映っていたのは確かにルシアナだった。しかし、だが、これは……。

（な、なんで？　髪はボサボサ、肌つやだってカサカサだし、ドレスはやっぱり以前のもの……これじゃまるで、この私って……）

――メロディに出会う前の、王都の屋敷で一人になった時の私みたい。

ガチャリ、と扉を開く音がした。

「きゃっ⁉」

思わず小さく叫んだルシアナは『灯火』を消してしまった。声の方へ振り返ると、扉から二人の男性が入ってくるのが見えた。

「企画会議が通ってよかったですね、葛城さん」

「まあな。だがまだ仮の状態だ。次までにもう少し詳細なシナリオを用意しろって話だから急いで書かないとな」

一人は半袖の襟シャツにネクタイをピシッと着こなしている若い男性。もう一人、葛城と呼ばれた中年の男性はヨレヨレの襟シャツにゆるくネクタイを締めただらしない格好をしていた。

「あ、あの、私……」

見知らぬ二人の登場に、見つかったと思って声をかけたルシアナだったが二人は彼女を無視して話を進めた。

「でも反応は上々だったじゃないですか。イラストレーターの水野さんの協力を取り付けておいたのが効いたんですかね」

「あの人、人気あるからなぁ。気が変わらないうちに企画通しちまおうぜ」

「そうしましょう！」

（私のこと、気付いてないの？　それにあれってどうなってるのかしら？）

ルシアナなど最初からいないかのように振る舞う二人を訝しむルシアナ。だが、それ以上に不思議な光景が目の前に広がっていた。

真っ暗な廊下、真っ暗な部屋。そのはずだったのに、なぜかあの二人の周りだけが劇場のスポットライトを浴びせられたかのように明るくなっていた。

彼らがなぜルシアナに気付かないのか分からないが、この意味不明な状況を打開するためには彼らを知る必要がある。そう感じたルシアナは意を決して二人の方へ歩を進めた。

葛城と呼ばれた男性が机に腰掛け、例の二つ折りの板を開いた。どれかの突起を押すと、突起のある板とは反対側の板が光を放ち、板に文字が浮かび上がる。

（あれは魔法道具だったの？　何をするための物なのかしら？）

若い男性の方は葛城の後ろに立って、一緒に板を覗き込んで二人で話し合っているようだ。ルシアナはそんな彼らの背後に回り、二人の様子を観察していた。

「ここところこのルートが――」

「ここのフラグ、回収はどこで――」

（全然何を言っているのか分からない）

言葉は通じているのだが理解が全く追いつかない。『ルート』『フラグ』『バッドエンド』などといった単語が頻出するがルシアナにはさっぱりであった。

（どうしよう。この人達くらいしか手がかりはないけど、他のところを探った方がいいのかな）

そうルシアナが考えた時だった。ようやく彼女は知っている単語を耳にする。

「そういえば葛城さん、この子……えっと、そうだ。ルシアナ・ルトルバーグはどうするんですか？」

（え？　……私？）

緩んでいた緊張が再び戻ってきた。この人達は自分を知っているのだろうか。改めて彼らの会話に耳を傾けようと思ったルシアナに、次に告げられた葛城の言葉は大きな衝撃を与えた。

「ああ、ルシアナ・ルトルバーグね……殺すよ」

（……え？）

思わず一歩後ずさるルシアナ。葛城と呼ばれた男の言葉が脳内で反芻される。

（殺す……殺す？　ルシアナ・ルトルバーグを、私を……殺す？　……なんで？）

何の躊躇いもなく自分を殺すと口にした葛城に、ルシアナは言い知れない恐怖を感じた。

「でもちょっと可哀想じゃないですか。ルシアナだけ殺すなんて」

「必要だから仕方ない。ルシアナが死ぬことによって主人公は奮起し、物語が進むんだ。ルシアナ・ルトルバーグの死は不可避だ。主人公のためにこの子は死なきゃならない。俺はこの子を殺すよ」

「水野さんは反対してましたけどね。何か趣味でルシアナちゃんハッピールートとかいうイラスト描いていましたよ。なぜかメイド姿の主人公に紅茶を淹れてもらってるイラストです」

「まだ公式すら始まってない段階でもうご本人ファンアート描いてるのかよ。どんだけ気に入ったんだよあの人は」

苦笑し合う二人の男性とは対照的に、ルシアナはカタカタと震えて立ちすくんでいた。

(何なのこの人達。何が楽しくて笑ってるの。どうして私を……)

「それで、ルシアナはどうやって殺すんですか？」

「んー、今のところ考えているのは――」

(いや！　もう聞きたくない！)

ルシアナは部屋から飛び出し全力で廊下を駆け出した。

(出口はどこ!?)

ルシアナは走った。走って、走って、走って――廊下はずっと続いている。終わらない。息が上がり、立ち止まる。振り返ると先程の部屋の扉がすぐ後ろにあった。

(なん、で……走ったのに。全速力で走ったのに)

――ああ、ルシアナ・ルトルバーグね……殺すよ。

「ひっ！」

先程の言葉がまた聞こえた気がした。殺される、このままでは殺されてしまう。恐怖心が先走り、打開策など見つけられないまま走り出す。結果は何も変わらないというのに。

ルシアナ・ルトルバーグが辿るルートはたったひとつしかないのだから。

(もう、無理)

ルシアナは膝をついた。走り続けてもう体力が限界に近い。肩で息をしながら後ろを振り返る。

彼女のすぐ後ろに、例の扉があった。逃れられない。

ルシアナの視界が歪む。壁や天井がドロリと溶けるように波打ち、例の扉が流されるようにルシアナに近づいてくる。

（ああ、逃げられないんだ……）

狭まる廊下。迫る扉。全てがルシアナを追い立てる。廊下は長く続いているのに、ルシアナが進める先は扉からたったほんの少しだけ。ルシアナの歩みはそこで終わり。

諦めにも似た心境で迫りくる扉を見つめていたその時だった。

ルシアナの背後から、眩いばかりの白銀の光が迸った。暗い廊下を白く塗り替えるほどの圧倒的な光の奔流が、物理的な力を有しているかのように扉を押し流していく。

気付けば廊下の歪みはなくなり、扉の姿も見えなくなっていた。白銀の光が差した先はその眩さのせいで何も見えない。まるで無限の大地が広がっているかのように。まるで未来は何も決まっていないと告げているかのように。

「きれい……」

カツン、カツンと。後ろから足音が響いた。ルシアナは自然と後ろを振り返る。光は今も放たれ続け、眩しさのあまりルシアナは目を眇めた。

足音とともに人影が目に映る。しかし、逆光となっているせいで判別がつかない。その人物はルシアナのすぐ近くまでやって来た。それでもまだ誰なのか分からなかった。

その人物はルシアナへ手を差し伸べた。誰なのか分からない。声も聞かせてくれない。手を取っていい人物なのか判断が付かない。なのに、それでもルシアナは――。

(私、この人のことが怖くない)

ルシアナはその手を取った。そして、ルシアナは笑った。

その人物はルシアナの手を握った。そして、少女もまた笑った。

(ああ、何だ。私はもう何があっても大丈夫。だってあなたは私の――)


「おはようございます、お嬢様」

「……メロディ?」

(……あれ? なんだっけ? 今、何か、とても大事なことが……)

「あの、お嬢様。そろそろ手を放していただけると助かるんですが」

「……手?」

ルシアナはメロディの手を握っていた。いつの間にそんなことをしたのだろうか。ルシアナは寝転がったまま首を傾げる。

「お嬢様を起こそうと思って近づいたら突然手を握られたんです」

「そうなんだ。全然覚えてないや」

「きっと何か夢でも見ていたんでしょうね」

「夢……そうか、夢……」

ルシアナはメロディから手を放し、ゆっくりと起き上がった。

「いい夢は見れましたか？」

「いい夢。いい夢ねぇ……あんまり覚えてないけど、すごく怖かったような気がする」

「え、怖い夢だったんですか？」

「ううん、確か最終的には怖くなったと思うんだけど、もう思い出せないや」

夢とは儚いもの。あの時はあんなにもはっきりと、何もかも覚えていたはずなのにいざ現実に目覚めてみれば、何一つ覚えていやしない。

（大切なことに気が付いたような気がするんだけど、何だったのかな……？）

「……いい夢が見れるようにする魔法のはずなのに、なんで怖い夢？　うーん」

メロディは何かぶつぶつと呟いていたが、すぐに気持ちを切り替えてルシアナの前に立った。

「とりあえずお嬢様、朝の身支度を始めましょう。今日はご実家に帰る日ですよ」

メロディが手を差し出すと、ルシアナはその手を取った。

「うん。おはようメロディ！」

メロディに手を引かれ、ルシアナはベッドから立ち上がる。

怖い夢のことなんてもう思い出すことはなかった。

伯爵領の人々

八月五日。旅の五日目。ルシアナ一行は一路ルトルバーグ領へ向けて馬車を走らせた。

既に十字街道から外れ、枝分かれした街道を進み、現在はファランカルト男爵領を北へ進んでいる。現在のルトルバーグ伯爵領は元々の領地のおよそ四分の一にあたる北側を所有しており、残りの南側を東西に分けて、西をリリルトクルス子爵家が、東をファランカルト男爵家が所有している。

そのため、王都からルトルバーグ伯爵領へ向かう場合、東側のファランカルト男爵領の街道を通ることになるのだ。

「この調子なら午後にはルトルバーグ領へ入れそうですね」

「ふふふ、帰ったら可愛くて若いメイドとカッコイイ執事見習いができたって皆に自慢するの」

「え～、若くて可愛いだなんて恥ずかしいですよ～」

「マイカの場合は若いというか幼いだけどね」

「お嬢様！　小さくたって私も乙女だってこと忘れないでくださいね！」

「はいはい、分かってます」

帰郷が近いせいか軽口が増えるルシアナ。マイカも別に本気で怒っているわけでもなく車内は和やかな雰囲気に包まれる。

幸いなことにこれまで野盗に襲われることも魔物に遭遇することもなく、至って平和な旅が続いていた。護衛にリューク、隠し玉としてメロディがいるとはいえ、何事もないのが一番だ。

「ところで、ルトルバーグ領ってどんなところなんですか？」

マイカが今更な質問をした。

「あら、言ってなかった？」

「ええ、聞いていませんよ」

「マイカには言ってないものね」

「私にだけ教えてくれなかったんですか⁉」

「お嬢様、私も聞いていませんよ？」

「うん。まだ誰にも言ってないもの」

「もう、お嬢様！　悪ふざけもいい加減にしてください！」

「ふふふ、ごめんなさい。じゃあ、リュークにも聞かせたいし昼食の時にでも説明しようかな」

「「畏まりました」」

それから程なくして、メロディ達を乗せた馬車はルトルバーグ伯爵領へ入った。昼食の頃合いになると、街道のそばに生えていた木の下に馬車を止めて、メロディ達はそこで昼食を取ることにした。敷布を広げ、今朝コテージで作っておいたお弁当を並べる。色んな種類のサンドイッチに加えて、フォークで刺して食べられそうなおかずも作っておいた。

「ピクニックみたいで楽しいわね！」

「青い空、木漏れ日の下で食べるサンドイッチ。確かにピクニックって感じですね～」

「うーん、美味しい！」

ルシアナとマイカが美味しそうにサンドイッチを頬張る。リュークは片手でサンドイッチを食べながら、もう片方の手でグレイルに野菜の肉巻きを食べさせていた。

メロディはルシアナのためにおかずを取り分けながら午前中の話を切り出す。

「それでお嬢様、ルトルバーグ伯爵領について教えていただきたいのですが」

「もぐもぐ。ええ、いいわよ」

そうしてルシアナはルトルバーグ伯爵領について語りだした。

テオラス王国の中央北部に位置する、伯爵領というにはあまりに小さい領地。それがルトルバーグ伯爵領だ。先々代の失態により領地の四分の三を失った今、元々あった屋敷はリリルトクルス子爵家の所有となっている。

それに伴い、伯爵家は残された領地に新たに木造の小さな屋敷を建てた。それがルシアナの実家である。伯爵家が管理するのは領内にある三つの村のみ。屋敷は三つの村に囲まれたおよそ中心点に立っているそうだ。

「お屋敷を村の中に建てなかったんですか？」

「当時は領地が減ったばかりで領民の間でもかなり混乱が広がっていたらしいの。そんな中で三つしかない村のひとつに領主が居を構えるのはまずいと思ったらしいわ」

「え？　何か問題があるんですか？」

マイカはよく分からなくて首を傾げた。

「領主様が暮らす村は贔屓される。そう思われるのを避けたかったんじゃないかしら」

「メロディの言う通りよ。三つの村は税収も立地も大した差のない村で、ある意味平等に仲良くやっていたの。そこに領主が暮らす村ができるとどうなると思う？」

「……まさか、その村が領都扱いになる？　え？　でも、村ですよね？」

「小さいコミュニティーだからこそ、ちょっとした差が大きな溝になりかねないんでしょうね」

「多分お爺様も似たような考えに至ったんだと思うわ。それで屋敷の立地条件に選んだのが、三つの村の中心点というわけ。三つの村との距離はほぼ同じだから、領主は領民を平等に扱いますよってことを屋敷の場所で意思表示したってわけ」

「村の中に建てた方が便利だったでしょうに、大変だったんですね」

「私は生まれた時からああだったから特に気にならなかったけどね。歩いて二、三時間はかかるから村に遊びに行くのにはちょっと苦労したけど。ダイラルが一緒じゃないとダメって怒られるし」

「ダイラルさんですか？」

「うん。我が家で雇っている唯一の護衛よ。他には――」

ルシアナによると、現在屋敷は六名で運営されているらしい。まず、ルトルバーグ伯爵ヒューズの弟、つまりルシアナの叔父であり伯爵領の代官を務めるヒューバート・ルトルバーグ。男盛りの三十二歳、独身。続いて屋敷の最年長。執事のライアン、五十九歳。そして三人のメイド。メイド長のリュリア、四十九歳。ミラ、四十四歳。アーシャ、二十八歳。

「そして最後が、ルトルバーグ領で唯一の魔力持ちで護衛のダイラルよ。年齢は二十九歳。ちなみに三つの村は屋敷から見て北にあるのがテノン村、東にあるのがグルジュ村、南西にあるのがダナン村ね。ライアンとリュリアは夫婦で北のテノン村出身、ミラが東のグルジュ村の出身で、アーシャとダイラルは南西のダナン村の出身よ」

「その個人情報、覚えられる気がしません。というか六人で領地運営なんてできるんですか？」

「まあ、小さい領地だし何とかなってるみたいよ」

頭を抱えるマイカにルシアナとメロディは苦笑した。

「細かいことは本人に直接会った時でいいと思うわよ、マイカちゃん。代官のヒューバート様、執事のライアンさん、メイド長のリュリアさんに、その部下のミラさんとアーシャさん。そして最後が護衛のダイラルさん。とりあえず名前だけでも覚えておけば……あれ？」

「どうかした、メロディ？」

屋敷の者達の名前を言いながらメロディは首を傾げた。ルシアナが問いかけると、さらに不思議そうな顔つきでルシアナに問い返す。

「お嬢様、護衛のダイラルさんはなぜ王都にいらっしゃらないのですか？　お嬢様も伯爵様も王都にいらっしゃるのに」

ルシアナの表情がピシリと固まった。そしてそっとメロディから目を逸らす。

「……お嬢様？」

隠しごとの匂いがする。何となくメロディは目を細めてルシアナを見つめた。

「いや、あの、それがね……」

ルシアナは説明を始めた。彼女の言によれば、ダイラルはルシアナの王都へ向かう旅に護衛として同行していたそうだ。馬車を借り、今のリュークのような立ち位置で護衛兼御者を務めてくれていたのだという。

「大変だったわ。メロディみたいなコテージがあるわけじゃないから、日暮れまでに宿場町に着けるように馬車を急がせて。王都に着く頃にはもうヘロヘロになって……」

「そのあたりは以前聞いた覚えがありますね。でも、それならどうして私がお屋敷を訪ねた時、ダイラルさんはいらっしゃらなかったんですか？　あの荒れ果てたお屋敷を見て、お嬢様をお一人にするなんて考えられないんですが」

「……だって、ダイラルは見てないんだもん」

「見てない？　どういう意味です」

「……」

「お嬢様？」

「……き、貴族区画に入る前に、追い返しちゃったから」

「「はぁ？」」

メロディとマイカの声が揃った。追い返したとはどういうことなんだろうか。

王都に到着したルシアナは、ダイラルに引率されながら貴族区画へ向かった。そしてなんと、あろうことか貴族区画に到着する直前で猛ダッシュ！　ダイラルを振り切って一人で貴族区画へ入ってしまったのだそうだ。

護衛であるダイラルは後を追いかけたかったが、ルシアナに先に貴族区画へ入られてしまったせいで、彼は貴族区画へ入る許可を得ることができなかった。そのため、泣く泣く伯爵領へ帰るしかできなかったのだとか。

「……お嬢様？」

メロディが額に青筋を立てて微笑んでいる。貴族令嬢が護衛を振り切って一人で貴族区画へ入るとか、本気で何を考えているのだろうか。

「だ、だって、うちの領には魔力持ちはダイラルしかいないのよ。もし私に付き合っているうちに領内で魔物被害が出たらと思うと、一秒でも早く領地に帰ってほしかったの。王都に着いた時にそう伝えたんだけど取り合ってもらえなくて……」

「それで強硬手段に出たと？」

ルシアナは無言で頷いた。メロディはこめかみを押さえて唸るのであった。

そうそうあるわけではないが、魔障の地から出てきた魔物が人里を襲う事例は毎年ある程度発生している。魔物を倒すには魔力が必要で、魔法か魔力を纏わせた武器による攻撃以外に対処方法はなく、魔力持ちがいない集落が魔物に襲われた場合、致命的な被害になる可能性が高い。

ルシアナの危惧が理解できないわけではないため、微妙に怒りづらいメロディ。実際、ルシアナと一緒に貴族区画に入っていたらあの屋敷の惨状を目にするわけで、間違いなくダイラルの領地帰還は遠のいていたことだろう。あの状態でルシアナを放置する護衛など完全に失格なのだから。

「……そういえば、伯爵様と奥様が王都へいらした時も見かけていませんね、ダイラルさん」

よくよく考えてみれば、伯爵夫妻は同行者なしで二人きりで屋敷に来ていた。護衛はどうしたのだろうか？

「ああ、それ。なんか二人でこっそりダイラルに黙ってこっちに来たらしいわよ」

「「はぁ？」」

またしてもメロディとマイカの声が揃う。護衛に黙って領地を離れる伯爵とは一体……？

「やっぱり私と同じ懸念はお父様も持っていたみたい。ダイラルは王都へついて行くつもりでいたみたいだから、叔父様に置手紙だけ残してこっそり出てきたんだって」

「ダイラルさん、可哀想に……」

護衛に対する気遣いが決定的に間違っている。メロディは片頭痛でもするかのように頭を押さえるのだった。

結局、無事王都に辿り着いた旨を手紙に認めたので、護衛の仕事として代官であるヒューバートの警護と各村の巡回をしてもらっているのだとか。

「皆の話をしたら早く会いたくなってきちゃった。皆元気にしてるかな？」

あれだけやっちゃった話をしておいて、なぜか楽しそうに語るルシアナ。

（……お屋敷に着いたらまずお説教が始まるんじゃないかしら？）

もしかして今回伯爵夫妻が一緒に帰らないのは実は、これが原因だったりするのではという予感がメロディの頭をよぎったが、多分気のせいであろう。たぶん、きっと。

昼食を終え荷物を片付ける。ルシアナは到着が待ち遠しいのか屋敷の方をずっと見つめていた。

「ここからならあと一時間ってところかな」

そうルシアナが呟いた時だった。

「ワンワンワンワン！　ワンワンワンワンワンッ！」

グレイルが屋敷の方に向かって吠え始めた。

「グレイル？　急にどうし、きゃあっ!?」

突然、ドンッ！　と音を鳴らして地面が激しく揺れ動くのだった。

炸裂する誕プレ

「きゃあああああああああっ！」

その甲高い悲鳴は誰のものだったか。突然の地震にメロディ達は座り込んでしまった。だが、それでもメロディは冷静さを失わない。

(立っているのもおぼつかない揺れ。推定される震度は……)

メロディは前世瑞波律子だった頃、いざという時でも動けるメイドになれるようにと防災センターで人工的な地震を体験したことがあった。その感覚で言えば今回の地震はおそらく震度五強。

ここが屋内であれば家具の倒壊などを心配しなければならないが、幸いなことにここは建物ひとつない街道の外れ。気を付けるとしたらそばにある一本の木だが、こちらも揺れはしているものの根本はしっかりしているのか倒れる気配はない。

そうして全員がしゃがみこんでいると、やがて地面の揺れは落ち着きを取り戻していった。

「……何だったの？」

「お嬢様、お怪我はありませんか？」

「だ、大丈夫……」

放心状態のルシアナを気遣うメロディ。どうやら地震を経験するのは初めてだったらしい。

「ふわぁ、びっくりした。すごい揺れでしたね」

マイカは驚きつつも冷静さを失っていないようだ。胸元を押さえつつも周囲を見回す余裕を持っていた。リュークの方は既に立ち上がり、突然の地震に驚いた馬を宥めていた。

とりあえずパニックを起こした者がいないことに安心するメロディ。先程の地震で倒れたコップに水を入れなおし、ルシアナに差し出した。

「お嬢様、一旦水を飲んで落ち着きましょう」

「……う、うん」

言われるがまま、ルシアナは水を飲んだ。あの短い時間で一気に喉が渇いてしまったのか、思いのほか勢いよく水が喉の奥へと流れていく。水を飲み干すと大きく息をつき、ルシアナも気持ちを落ち着けることができた。

「ありがとう、メロディ。もう大丈夫よ」

メロディはニコリと微笑んだ。

「でも、今のは何だったのかしら……急に地面が揺れだして」

「大きな地震でしたよね。私もあんなの初めてで驚いちゃいました！」

マイカは興奮気味にそう言った。元日本人のマイカにとって地震など日常茶飯事、とまでは言わないまでも定期的に起きる自然現象のようなものだが、実際に震度五強の揺れを体験したことがあるかと言われれば今回が初めてであった。

幸い大した被害が出なかったこともあり、貴重な体験をしたという感覚の方が大きいらしい。

「これが、地震……本当に地面が揺れるのね。文献で知ってたけど、初めての体験だったわ」

ルシアナは両手で自らの体を抱きしめた。青ざめた表情をしている。

聞くところによるとテオラス王国はあまり地震が起きる土地ではないらしい。伯爵家に残されている資料では、最新のもので百年近く前の話なのだとか。また、当時の被害状況から察するにその時起きた地震の揺れは震度二から三程度であったと推測される。

地震について記されていたのは当時の伯爵の手記で、被害報告というよりは『いやはや、珍しいことも起こるものだ』という何とも危機感の感じられない内容だったようだ。

「こんなに揺れるならもっと真剣に書いてほしかったわ」

「きっと当時はその程度の揺れだったんですよ。今回ほどの揺れだと木造家屋なら場合によっては倒壊する可能、性……だって……」

ご先祖様に文句を言うルシアナに苦笑を浮かべていたメロディだったが、その表情は途中から青ざめたものへと変わっていった。

そしてその視線はとある方へ向けられる。そう、ルトルバーグ伯爵邸のある方へ。

「どうしたの、メロディ？」

「……お嬢様、お屋敷は大丈夫でしょうか？」

「え？　お屋敷？　……あああっ⁉」

ここから屋敷まで馬車でおよそ一時間の距離しかない。つまり、震源がどこであれ必ず屋敷の方でも地震が発生したはずだ。震源が向こう側であればここよりさらに揺れた可能性すらある。

地震初体験だったルシアナはあまりに衝撃的な出来事だったゆえにそこまで頭が回らなかった。

「そ、そうだわ！　我が家は！　村は大丈夫⁉」

勢いよく立ち上がったが、どうしていいのか分からずルシアナはその場であたふたすることしかできない。

「リューク、馬車は動かせる？」

「まだ馬が落ち着かない。もう少し掛かりそうだ」

マイカの問いにリュークは首を横に振る。馬にとっても地震は初体験だったようで、リュークが宥めているので暴れたりはしていないが馬車を走らせるにはまだ難しいようだ。

「そんな、どうしよう……」

顔を真っ青にして屋敷の方を見つめるルシアナ。走って行ったところで時間が掛かり過ぎるし、それくらいなら馬を待った方がまだ早いくらいだ。しかし、このまま何もせず立ち尽くしている場合でもない。何かしなければならないのに何もできない状況にルシアナは恐怖心を募らせる。

だから、メロディは決意した。

「お嬢様、私が一足先にお屋敷に行って状況を確認してきます」

「メロディ？」

「我に飛翔の翼を『天翼《アーリタンジェロ》』」

メロディの背中に輝く光の翼が顕現した。メイド魔法『天翼』。その名の通り、天使の翼を得たかのように空を飛行する魔法である。馬車で一時間かかる距離であっても空から飛んでいけばかなりの時間と距離を短縮できるだろう。

「私が先行して状況を確認しますので、お嬢様達は後から馬車で来てください」

「お願いメロディ！　私も連れてって！」

「お、お嬢様⁉」

ルシアナは飛び立とうとするメロディに勢いよくしがみ付いた。

「お嬢様、危ないですから離れてください」

「屋敷のことも領地のことも詳しいのは私だけよ。道案内するから私も連れて行って！」

「で、でも……」

「メロディ先輩、連れていけるならそうした方がいいと思いますよ？」

「マイカちゃん？」

「このままじゃお嬢様も落ち着かないでしょうし、実際、メロディ先輩だけじゃお屋敷の人と面識がないから話を通すのも大変かもしれないですし？」

　マイカが首を傾げながら言ったことは確かにその通りだった。屋敷に被害があろうがなかろうが面識のないメロディ一人より、ルシアナがいた方が間違いなくスムーズに対応できるだろう。

　メロディは少しうーんと悩みながら、最終的に小さく息を吐くと了承するのだった。

「分かりました。では一緒に行きましょう、お嬢様」

「ありがとう、メロディ！」

「マイカちゃん、リューク。悪いけどここの片づけが終わり次第追ってきてもらえる？」

「はい。気を付けてくださいね、メロディ先輩」

「……ああ。馬が落ち着き次第すぐに出発する」

　二人が了承してくれたのでメロディも首肯した。

「我が身に纏え、仮初めの手『延長御手《アルンガレラマーレ》』。お嬢様、行きますよ」

「きゃっ！」

　自身の両腕に見えざる念動力の手を纏わせると、メロディはルシアナを抱き上げた。いわゆるお姫様抱っこである。魔法の補助によってメロディの細腕でも軽々と持ち上げることができた。

「しっかり捕まっていてくださいね！」

「う、うん！」

　メロディが軽く地面を蹴ると二人はふわりと浮き上がる。そして、一瞬の溜めが起こったと思うと次の瞬間には一直線に上空へと飛翔するのだった。

「ひゃあああああっ⁉」

初めての飛行体験に悲鳴を上げてしまうルシアナ。メロディはそんなルシアナを今はあえて無視し、高さ五十メートルくらいの位置で滞空する。大体ビル十五階くらいの高さだ。もっと高く飛べるが、必要以上に高く飛ぶ意味もない。周囲を見回し方角を確かめると次の行動に移る。

「お嬢様、ここから一気に行くので口を閉じていてくださいね」

「ふへぇぇぇ。う、う――んっ！」

メロディは上空五十メートルを時速約百キロで飛行した。馬車で一時間の距離を一直線に進む。おそらく数分で目的地に着くだろう。

ルシアナは急発進に思わず目を閉じてしまったが、慣れてくるとゆっくり目を開けて感嘆の息を漏らした。

「……すごい」

屋敷の心配を忘れたわけではないが、目の前に広がる空の光景に圧倒されてしまう。しばらくその景色に見入っているとメロディから声を掛けられた。

「お嬢様、もうすぐお屋敷です」

「え、もう？　――あ、あれだわ！　あれがうちのやし……き……」

空の上から見おぼえのある景色が広がり、ルシアナはすぐに屋敷を見つけることができた。

……いや、違う。屋敷だったものを見つけることができた――だ。

「これは……」

「う、うそ……」

上空から見えるその光景は、それはもう無残としかいえないものであった。

ルトルバーグ伯爵邸は、全壊していた。

（まさかここまで大きな被害になっているなんて……）

あまりの光景にメロディも二の句が継げない。

領地の割譲に伴い新しく建てられた屋敷は予算の関係上、木造建築の小さな邸宅にせざるを得なかった。そのうえ地震がほぼ発生しない地域の木造建築に耐震設計などという概念があるはずもなく、伯爵邸は震度五強の地震を前に完全敗北したのである。

「叔父様！　ダイラル！　みんな！」

地上に降りるとルシアナは屋敷に向かって駆け出した。正面玄関があったであろう場所に辿り着いたが、玄関は潰れて瓦礫しか見当たらない。

メロディもすぐにルシアナのそばに近寄ったが、さすがの彼女もこの光景には戸惑いを隠しきれない。メロディもまたマイカ同様、知識としては知っていても地震被害を経験したことのない身だ。

こうやって現実を目の当たりにした今、何から手を付けてよいのか判断に迷っていた。人類史に名前を残すほどの天才とはいえ、やはり彼女もまた一人の少女に過ぎないのである。

とはいえ、いつまでも手をこまねいているわけにはいかない。屋敷の住人が瓦礫の下敷きになっているのであれば早急に救助しなければ。メロディがそう思った時だった。

「お嬢様！」

少し離れたところから叫びにも似た男の声がした。三十歳くらいの屈強な男性だ。短くツンツンした茶色の髪と、同じく茶色の鋭い瞳がルシアナへ向けられている。頬から顎にかけて切り傷の痕があり、必死の形相でこちらへ駆け寄る姿は一見するとかなり怖い。

だが、ルシアナはその男を目にすると喜色を浮かべて彼の名を叫んだ。

「ダイラル！」

それはルトルバーグ伯爵家に仕える唯一の護衛の名前であった。

「お嬢様、帰ってきていたのですね。ご無事ですか」

「私は大丈夫。それより屋敷が……」

「ええ。これは酷い」

ダイラルは眉間にしわを寄せながら倒壊した屋敷を見つめた。

「ね、ねえ。あなたがいるってことは、叔父様も屋敷の外に出ていたりは……」

ルシアナは希望を込めて叔父の安否を確かめようとするが、ダイラルは難しそうに首を横に振る。

「俺はヒューバート様から頼まれた使いの帰りなんです。ヒューバート様を始め屋敷の者達は全員、おそらく屋敷内にいたかと」

「そんな」

痛ましい表情のダイラル。ルシアナも口元を手で押さえて悲愴な表情を浮かべる。

「あの、皆さんが屋敷内のどのあたりにいたか分かりませんか？」

「誰だ？」

沈痛な面持ちの二人にメロディが割って入った。初めて見る顔にダイラルは誰何《すいか》する。

「王都の屋敷で仕えてくれているメイドのメロディよ」

「メロディ・ウェーブと申します。緊急時ですので挨拶は後ほど。それで、どうですか？」

メロディの問いにダイラルはしばし考える。

「……今の時間ならおそらく、全員食堂だと思う。うちはヒューバート様も使用人も一緒に食事をするから」

「あ、そっか。今はお昼の時間ね！」

「でしたらまずはそこを中心に捜索を行いましょう。今ならまだ間に合うかもしれません」

「そうね！　叔父様！　みんなー！」

「あ、待ってください、お嬢様！」

屋敷が倒壊しても部屋の配置は覚えている。ルシアナは食堂があったはずの場所へ駆け出した。

メロディとダイラルも慌てて後をついて行く。

「やはりここもダメか」

ダイラルが眉根を寄せながら呟いた。柱が地震に耐えられなかったのか、二階が落ちてきて一階は完全に潰れてしまっていた。二階の方も頑丈でなかったせいか衝撃で崩壊している状態だ。

ここに食堂があったと言われても全く分からない程度には瓦礫の山となっていた。

「叔父様！」

ルシアナが呼び掛けるが反応はない。

「お嬢様、私が瓦礫をどかしますから後ろに下がってください」

「女の細腕じゃ無理だろう。俺がやるから君も下がっていてくれ」

「ご心配なく。でも、どける順番を間違えるとさらに倒壊が進んでしまうので気を付けないと」

「いや、だから――っ！」

メロディとダイラルが言い合う中、目の前の瓦礫がガタガタと音を立てて震え始めた。

「瓦礫が崩れる⁉　お嬢様、離れてください！」

そうメロディが忠告した直後、ルシアナの目の前の瓦礫が勢いよく吹き飛んだ。

「きゃあっ！」

「お嬢様！」

「あああああああ！　死ぬかと思ったああああああああああ！」

「ヒューバート様⁉」

吹き飛んだ瓦礫の奥から一人の男が姿を現す。ルトルバーグ伯爵の弟、ヒューバートであった。

「ああ、空気が美味しいねぇ」

顔立ちはヒューズに似ているが、その体格は彼よりも一回り以上大きい。筋肉質な体型で、貴族男性とは思えない格好をしている。胸元の開いた半袖の襟シャツの上にオーバーオールのようなズボンをはいている。これで麦わら帽子でも被って鍬でも背負っていたら立派な農家のお兄さんだ。

ヒューバートは瓦礫を掻き分けてルシアナの前までやって来た。

「叔父様、無事だったのね！　よかった」

「おや、ルシアナじゃないか。帰ってきていたんだね、おかえり」

「お帰りじゃないわよ、叔父様！　死んじゃったんじゃないかって心配したんだから！」

「いやぁ、突然地面が揺れたかと思ったら天井が落ちてきて驚いたのなんのって。咄嗟にシュウに『テーブルの下に入れ！』と言われて思わず反応しちゃったけど、おかげで助かった」

「じゃあ、皆無事なの？」

その言葉を皮切りに、瓦礫の奥から使用人達が這い出てきた。なぜかほぼ無傷のヒューバートと違って多少の怪我はあるものの命の別状はないようだ。しかし、あまりの出来事に力が入らないのか執事のライアンはどうにか一人で出てこれたが、三人のメイドはダイラルが手を引いてあげることでどうにか出てくることができた。

「すぐに傷の手当てをしましょう」

「ありがたいが、その救急箱はどこから持って来たんだ？」

もちろん魔法の収納庫から取り出した救急箱を持って、瓦礫のそばにへたり込んでいる四人の元へ駆け寄るメロディ。ダイラルと協力して応急処置を始めた。

「よかった。全員無事みたいね」

ルシアナはホッと安堵の息をつく。しかし、ヒューバートは首を傾げた。

「あれ？　そういえばシュウはどこだ？」

「シュウ？」

ルシアナが首を傾げた時、ヒューバートが開けた瓦礫の穴から一人の男が姿を現した。瓦礫に埋もれていたせいかボサボサになった金髪と、小麦色の肌をしている。半袖の襟シャツにネクタイとベスト、黒ズボンという男性使用人の格好をしている。

「おお、シュウも無事だったか。よかったよかった」

「ヒューバート様、先に行かないでくださいよ～。おっとっと」

シュウと呼ばれた男は情けない声を上げ、そして瓦礫に躓いた。

「大丈夫ですか？」

そんな彼のもとへ救急箱を持ったメロディが駆け寄る。

「叔父様、彼は？」

「ルシアナが王都へ行った後、新しく雇った使用人見習いのシュウだよ。領内を巡回していたら行き倒れているのを見つけてね。行くところもないと言うからうちで雇うことにしたんだ。結構優秀なんだよ。今回私達が助かったのも彼の機転のおかげだしね」

「そうだったの。それじゃあ、お礼を言わないといけ――」

ルシアナがシュウに礼を告げようと思ったまさにその時だった。

「一目会った瞬間、恋に落ちました。俺と付き合ってください！」

「え？　あ、あの……」

シュウはまるで演劇の主役のように、片膝をついてメロディに愛の告白をしてみせた。メロディは突然の出来事に戸惑うことしかできない。

そしてそれは、とある少女の逆鱗に触れる最もしてはいけない行為であった。

「――なくなんてないわね」

「ルシアナ？」

「お嬢様？」

ヒューバートとダイラルがギョッと目を剥いた。ルシアナが見たこともないような冷たい笑顔を浮かべていたからだ。い、いつものルシアナじゃない!?

オロオロするメロディの背後からルシアナが姿を現す。

「あ、お嬢さ……まっ」

メロディは思わず後ずさった。ルシアナは微笑んでいた。でも、目が……笑ってな、い。

「シュウと言ったわね。叔父様や使用人の皆を助けてくれたんですってね、ありがとう」

「へ？　おお、すごい美少女！　って、叔父様？」

悲しいかな、シュウは目の前の美少女の正体にも笑っていない笑顔にも気が付いていない。

「でもね――」

ルシアナはメロディからもらった誕生日プレゼントの扇子を取り出した。これにはメロディにお願いしたある魔法が掛けられている。

ルシアナは扇子を右手に持ち、わずかに魔力を流しながらスナップを利かせて扇子を開いた。

その瞬間、扇子の形状は一瞬で変化した――ハリセンに。

「こんの、悪い虫がああああああああああああ！」

「ぐべぼらばあああああああああああああああああっ!?」

ハリセンはシュウの左頬を全力で打ち抜いた。腰を、肩を、手首を柔軟に利かせたフルスイングは思いのほか大威力で、ハリセンを食らったシュウは漫画のやられ役のように高速回転しながら瓦礫の中へ吹き飛ばされていくのであった。

「「シュウウウウウウウウウッ!?」」

これこそがメロディに頼み込んで誕生日プレゼントに作ってもらったルシアナ専用非殺傷型拷問兵器『聖なるハリセン』である。

物理的な攻撃力はないがハリセンツッコミによる音と衝撃を相手に伝えるため、なぜか相手は無傷で吹っ飛んでしまうという、地味に傍迷惑なジョークアイテムだ。

父親へのツッコミ。ルーナを悪感情から解放したという実績から、ルシアナは自分専用の魔法のハリセンを誕生日プレゼントに所望したのである。

ちなみに、このハリセンにも守りの魔法が付与されており、剣とやり合えば剣の方が吹き飛ばされ、魔法を打ち据えれば魔法の方が耐え切れずに消滅してしまうという理不尽仕様だったりする。

「お、お嬢様、何をしているんですか!?」

「安心しなさい、峰打ちよ」

「峰打ちって、刀もないのにどこでそんな言葉遣いを覚えてきたんですか!?」

「フンッ！」

瓦礫の中で息絶え、じゃなく気絶するシュウに対しルシアナは大きく鼻を鳴らすのであった。

自重を知らないメイド

「ホンットに、すんませんしたあああああああ！」

ルトルバーグ伯爵邸跡地に情けない声が響き渡る。ヒューバートに助け起こされたシュウは目を覚ますとまるで条件反射のようにルシアナへ駆け寄り、見事なスライディング土下座をしてみせた。

シュウを虫けらのように見つめるルシアナ以外、周囲はドン引きな光景である。

「出来心だったんです！　魔が差したっていうか！　可愛い子がいたらとりあえず交際を申し込んじゃうっていうかとりあえず声を掛けるのが男のたしなみっていうか百人に声を掛けて一人でも振り向いてくれたら御の字っていうかそういう感じのアレなソレでして！」

「……ホント死ねばいいのに」

「ひいいいいいいいい！　本当にすんませんしたあああああ！」

ルシアナの中でシュウの評価は地に落ちていた。ヒューバートを助けたポイントは意味をなさず、最底ラインを突き破ってマイナスに達している。最早挽回が不可能なレベルかもしれない。

メロディに粉をかけようとする男。それはルシアナにとって敵以外の何者でもないのであった。

この時、どこかの騎士様が異常な悪寒に襲われたかもしれないが、メロディ達は知る由もない。

「……お嬢様、王都に行って随分と荒んでしまって」

「いやぁ、女の子はちょっと見ない間にどんどん成長していくなぁ」

「ヒューバート様、それは少々間違った解釈かと」

愕然とするダイラル。のんきな様子のヒューバートを執事のライアンが首を振って否定した。

「お嬢様、出来心って言ってますしそろそろ許して差し上げても」

「甘いわ、メロディ！　こういう男は息の根を止めない限りまた同じ過ちを繰り返すのよ！」

「反省してます！　もう二度とこちらのお嬢さんを口説いたりしません！　多分！」

「ああん？」

「あなたもどうして多分なんて言っちゃうんですか⁉　この場だけでも言い切ってくださいよ」

「俺、正直者なんでそんな心にもないこと誓えないっす！　でも許してくださいいいいいいい！」

「だーれが許すかあああああああああああああ！」

「ぎゃあああああああああ！　マジすんませええええええええん！」

「お嬢様、淑女が出していい声じゃありませんよ⁉」

ルトルバーグ伯爵邸跡地に愛らしくも激しい怒声が響き渡る。そして再びハリセンを振り下ろそうとするルシアナをメロディが羽交い絞めにしてどうにか止めるという状況となっていた。

「……私達は何を見せられているのでしょうか」

ライアンがポツリと呟く。

「あははは。喜劇、もしくは茶番劇じゃないかなぁ？」

「ヒューバート様、その主役を演じているのはルシアナお嬢様なのですが？」

「うーん、俺としてはもう少し見ていたい気もするけど確かにそろそろ動かないとね」

そう言うとヒューバートは誰もが驚くような音で両手を打ち鳴らした。ルシアナ達もその音に驚き、反射的に一時停止してしまう。ヒューバートは三人の方へと歩み出た。

「ルシアナ、悪いんだけどシュウを貸してもらえるかな」

「それは無理だわ叔父様。こいつはこれから打ち首獄門の上市中引き回しの刑に処されることが決まっているのよ」

「お嬢様、順番が逆です。市中引き回しの上打首獄門です。首を切って晒してから引き回すのでは手間がかかり過ぎます。あとどこでそんな言葉遣いを覚えてきたんですか」

「メイドさん、指摘箇所を間違えていやしませんかね⁉」

なおも繰り返される茶番劇にヒューバートは笑いを堪えつつも用件を伝える。

「ノリに乗っているところ申し訳ないんだけどね、そろそろこちらも落ち着いたことだし領地の被害状況の確認に行きたいんだ。人手がいるからシュウも必要なんだよ」

ヒューバートの言葉にルシアナはようやく正気を取り戻した。そうだ、こんなナンパ野郎に構っている場合ではなかったのだと。

「そうだったわ。村の皆は大丈夫かしら」

ハリセンを扇子に戻し、オロオロしだすルシアナ。雰囲気が元に戻りダイラルとライアンはホッと安堵の息を零した。いつものルシアナである。

「本来なら俺が全ての村を回れればいいんだけど、それではとても時間が足りないからね。シュウにも三つの村のうち一つを担当してもらいたいんだ」

「むう、そういうことなら仕方ないわね」

「許してくれるんすね、ありがとうございます！」

「またやったらマジで許さないわよ」

「お嬢様のお言葉を厳粛に受け止め、可及的速やかに対応を協議し、前向きに検討したいと思っております！」

「あの、それ本当に何かするつもりありますか？」

メロディには結論をはぐらかす政治家の言い回しのようにしか聞こえなかった。

そうしてヒューバートは村を派遣する人員の振り分けを行った。ヒューバートは東のグルジュ村を、ライアンは出身地である北のテノン村を、シュウは南西のダナン村へ向かうこととなった。

ちなみに、三人のメイド達は先の地震のショックが大きかったようで、今はメロディが用意した敷布の上で休んでもらっている。安心したのか三人とも今は夢の中だ。

「俺は残ってお嬢様の護衛をします」

「私達は大丈夫だからあなたは叔父様の護衛をしなさいよ」

ダイラルの言葉をあっさり一蹴するルシアナ。メロディがいるので何の問題もないと思っているが、残念ながらヒューバート達にそれは通じなかった。

「さすがに女性しかいない状態にはしておけないよ。ダイラルには残ってもらう」

「でも叔父様、村で男手が必要かもしれないのよ？　私達はここでじっとしているからダイラルも連れて行ってちょうだい。それに私達にはちゃんと――」

「お嬢様ー！　メロディせんぱーい！」

「――護衛が来たから問題ないわ」

ルシアナの言葉を遮るように聞こえてきたのはマイカの声。どうやら馬車が到着したようだ。

「おや、あれは誰だい？」

「私の馬車よ。ようやく追いついたみたい」

「ルシアナの馬車？　それじゃあ、君はどうやってここまで来たんだい？」

「飛んできたのよ、叔父様」

「飛んでって……そりゃあ、急いで駆けつけてきてくれたんだろうけど、馬車なしでどうやって」

「ふふふ、内緒」

ルシアナは可笑しそうに笑った。文字通り飛んで来たのだがヒューバートには伝わらなかったらしい。まあ、通じるわけないわよねと、ルシアナは笑いが止まらなかった。

ダイラルは馬車を見た。窓から手を振る少女と御者台に座る美麗な青年が目に入る。青年は腰に剣を佩いていた。

「……彼は、もしかして護衛ですか」

「うん。王都で雇った執事見習いのリュークよ。この旅では御者と護衛も兼ねてもらっているの」

「ほぉ、執事見習いですか。では後ほど私が教育をしても？」

「そのつもりで同行させているわ。王都には指導役もいないからあなたに見てもらいたかったの」

「それはそれは。畏まりました、お任せください」

ライアンは深々と一礼する。対してダイラルは額に手を当てて天を仰いでいた。

「……はぁ。またお嬢様は護衛を振り切って一人で突っ走ったのですね」

ダイラルは大きく、それは大きくため息をついた。

「失礼ね。今回はメロディも一緒だったでしょ」

「メイドとお嬢様だけでどうやって安全を確保するっていうんですか。本当に護衛泣かせな人ですね、お嬢様は。私があの時、どれほど焦ったと思っているんですか。旦那様も旦那様で私を置いて王都に行ってしまうし。皆様貴族としての自覚というものがですね」

ダイラルがクドクドとお説教をしているうちに、馬車が屋敷に到着した。

「遅くなった」

「うわぁ、これは酷いです。完全にぺしゃんこじゃないですか。お嬢様、メロディ先輩、お怪我はないですか」

「ええ、ありがとう、マイカちゃん。私もお嬢様も何ともないわ。幸い、お屋敷の方々も無事よ」

「それはよかったです」

屋敷はともかく人的被害がなかったことは本当に喜ばしい。マイカは安堵の息をもらした。

「叔父様、ちゃんとした自己紹介はリュリア達が目を覚ましたらするけど、この三人が今回私の旅に同行してくれた使用人よ」

「お初にお目にかかります、ヒューバート様。オールワークスメイドのメロディでございます」

「お、お初にお目にかかります！　メイド見習いのマイカです」

「……お初にお目にかかります。執事見習いのリュークです」

そつなく礼をこなすメロディとリューク。マイカはたどたどしくも初々しい礼をしてみせた。

「ご丁寧にありがとう。私はルシアナの叔父のヒューバートだ。三人ともルシアナをよろしくね」

「「「畏まりました」」」

メロディ達の言葉にヒューバートはうんうんと頷く。

「それじゃあ、ここの護衛はリュークに任せてダイラルは私に同行してもらえるかな。ルシアナの言う通り男手が必要になるかもしれないからね」

「はっ、承知しました。リュークとやら、しばらくここを頼む」

「了解した」

「では、時間もあまりないしそろそろ出発しようか」

「あ、少々お待ちください」

それぞれ三方向に別れようとしていたヒューバート達の元へメロディが駆け寄った。

「これ、筆記用具です。よかったらお使いください」

被害状況次第で何かしら記録が必要かもしれないと考え、メロディは鉛筆とメモ帳を手渡した。

「メロディちゃん！　俺のことを気遣ってくれるなんて！」

「シュウ、やめなさい。お嬢様が睨んでいますよ。ありがとう、使わせてもらいますね」

シュウ、ライアンに筆記用具を渡し、最後にヒューバートに近づいてメモ帳と鉛筆を差し出す。

「どうぞ、ヒューバート様」

メロディはニコリと微笑む。

「ああ、ありが――」

ヒューバートはメロディから筆記用具を受け取ろうとしてピシリと固まった。メロディをじっと見つめたまま微動だにしない。

「あの、どうかなさいましたか？」

「あ、いや、何でもないよ。ありがとう、大切に使わせてもらうよ」

「はい。行ってらっしゃいませ」

「……ああ、行ってくるよ」

そう言うとヒューバートは走った。全速力で。ダイラルを放置して。

「ちょっ、ヒューバート様⁉　ああもう！」

ダイラルもまた全速力でヒューバートを追いかけるのであった。

「急にどうしたのかしら？」

「もしかして、メロディ先輩に一目惚れしちゃったとかじゃないですか～？」

「ふふふ、まさか。年齢が倍ほど離れている方よ。私なんてきっと対象外よ」

揶揄うようなマイカの言葉に、メロディは可笑しそうに答えた。

（でもヒロインちゃんだもの。年の差なんて無視して恋愛フラグが立ってもおかしくないよねぇ）

遠くなったヒューバートの後姿を見つめながらマイカは好奇心に瞳を輝かせるのだった。

そしてルシアナは――。

「叔父様、帰ったらじっくり話を聞かないとね……」

真剣に目を細めてプロ野球選手顔負けの構えでハリセンをフルスイングする姿がここにあった。

「あの子、似てたな……目の色も髪の色も違うのに……笑顔が似てた。セレナに」

（ルシアナと同い年の子を相手に何を考えているんだろ、俺……）

「待ってください、ヒューバート様！　本当に待って、って速いな！」

雑念を振り払うように、ヒューバートは東のグルジュ村へ向けて疾走するのだった。

◆◆◆

「お嬢様、紅茶です。どうぞ」

「ありがとう、メロディ」

テーブルセットで寛ぎ、メロディが淹れてくれた紅茶で一息入れるルシアナ。先程の出来事のせいで喉が渇いていたようで、紅茶はすんなりと喉の奥へ流れていった。

「ふぅ、美味しい」

「恐れ入ります」

優雅に微笑み合う二人の少女が醸し出す午後のティータイムな雰囲気があたりに広がる。

「……この状況でよくそんな空気出せますね」

しかし、マイカの一声がそんな甘い気分を一蹴させる。

「いいじゃない。ちょっとぐらい現実逃避したって」

ルシアナは拗ねるように唇を尖らせて現実に目をやった。

「こちら瓦礫撤去班。使えそうな陶器類を発見しました！」

「了解。資源回収班行ってください」

「はーい！」

ルトルバーグ伯爵邸跡地。その瓦礫の山は現在、分身メロディ五十人体制によって瓦礫の撤去作業が行われていた。今回、本体メロディはルシアナにつき、分身達のみでの作業となる。

屋敷の残骸を撤去する瓦礫回収班。まだ使える食器や道具類を集める資源回収班。領地運営資料などを整理する資料回収班など、複数の班分けを行い例のごとく動画の早送り再生のような速度で作業は迅速に進められていた。おそらくヒューバート達が戻ってくる頃には作業を終えていることだろう。

「……リュリア達が眠っていてくれて助かったわね。起きていたら卒倒ものだったんじゃないかしら。私もあれはいまだに慣れないし」

「めっちゃシュールな光景ですもんね」

「？」

遠い目をするルシアナとマイカに、メロディは不思議そうに首を傾げるのだった。

「それにしても、本当にどうすればいいのかしら？」

「撤去作業でしたら日暮れ前には終えられると思いますが」

メロディの返答にルシアナは首を横に振った。

「ううん、そうじゃなくて。さすがにこれはお父様へ報告が必要かなと思って」

「確かにそうですね。何せお屋敷がぺしゃんこですし」

「……お金、かかるわよね」

「ああ、そう、ですね……」

先々代の失敗を機に『貧乏貴族』などというあまりにも直接的な通り名を付けられてしまったルトルバーグ伯爵家。父ヒューズの代で借金が完済され、宰相府に任官されたことで今後は少しずつ生活を豊かにしていけると思われたが、まさかの本拠地大崩壊である。

建て直せば一体いくら掛かることやら分かったものではない。新たな借金の予感である。

「あの、私が新たにお屋敷を建て直しましょうか？」

またメロディがとんでもない提案をしてくる。だが、ルシアナは首を横に振ってそれを断る。

「金銭的なことを考えればとてもありがたいのだけど、ここまでくるとお父様の領主としての裁量権の問題にもなってくるからやめておいた方がいいと思うわ」

「メロディ先輩の魔法で時間を巻き戻すみたいに屋敷を元に戻したりできるなら、最初から被害をなかったことにできるんじゃないですか？」

「さすがにそれは無理だわ、マイカ、マイカちゃん」

メロディは即答した。マイカとルシアナは思わず目を剥いて驚く。

「メロディにも出来ないの？」

「申し訳ございません、お嬢様。単にお屋敷を建て直すだけならメイドの技能の見せどころなのですが、残念ながらお屋敷の元の姿を存じませんので同じ姿に建て直すことはできません」

「……メイドの技能って何だっけ？」

最早今更過ぎる疑問であるが、ルシアナは問わずにはいられなかった。

「なんか時間を巻き戻したりすれば簡単に元通りになる気がしますけど、無理なんですか？」

「そんなことできないわ、マイカちゃん。時の流れは不可逆。一度過ぎ去った時間はもう二度と元には戻らない。時間を早めたり遅くしたり、一時的に停止させるぐらいのことはできても時間を巻き戻すことだけはできないのよ」

「メロディ先輩の『できない』範囲、せまっ」

そうツッコミつつも、メロディにもできないことがあるのだとマイカはちょっとだけ安堵した。

「そうなるとお嬢様、瓦礫の撤去が終わったら皆さんが休める仮宿を造ろうかと思うのですが」

「ああ、そうね。例のコテージを使う？」

「いえ、あれではさすがに全員は入れません。それにお屋敷を建て直すまでかなり時間が掛かるでしょうから、コテージだと私達が王都に戻った後使いづらいと思います」

「ああ、あのコテージってメロディ先輩ありきの造りになってましたもんね」

照明も水の補給も全てメロディの魔法に依存しているあのコテージは、旅の寝床として使うには便利だが魔法が使えないヒューバート達が普段使いするにはむしろ不便といえるだろう。

「というわけで、私達とヒューバート様達が寝起きできる仮の屋敷を建てようかと思うんですが、いかがでしょう？」

「確かに必要ね。でも、大丈夫？　材料とか足りる？」

「はい。丸太はまだまだ十分ありますので」

「メロディ先輩、どんだけ間伐したんですか……」

先日のコテージにもかなりの量の丸太を使用したというのに、まだまだ十分に建材は所持しているようだ。すくすく成長し、活性化するヴァナルガンド大森林を想像してちょっとだけ不安になるマイカだった。

「みんなー！　仮宿を建てることになったからそのあたりの整理からお願い！」

「「「はーい！」」」

分身メロディ達がテキパキと動き出す。メロディの命令はきちんと伝わっているようで、彼女達は阿吽の呼吸でどんどん作業を進めていった。

「メロディのおかげで喫緊の問題はおおむね解決ね。となると、あとはお父様へ報告か。王都に戻るしかないけど、叔父様がいるとはいえこのまま領地を放置していくのもちょっとなぁ」

早急に報告すべきとは理解しつつも、せっかく領地に帰って来たのだから何かしてあげたいと思うルシアナ。今後の対応について悩むのであった。

思い悩むルシアナの背中を見つめるメロディとマイカ。ちなみにリュークは少し離れたところで周囲を警戒してくれている。ちなみにちなみに、グレイルは馬車の御者台で惰眠を貪っている。

マイカは小さな声でメロディに尋ねた。

「メロディ先輩、この前森で使ったあの魔法なら一瞬で王都へ帰れるんじゃないですか？」

「うーん、でもあれは……」

マイカが言っているのはメイド魔法『通用口《オヴンクエポータ》』のことだ。離れた二つの地点を魔法の扉で繋ぐことで一瞬で移動することができる転移魔法。以前、暴走したビュークを王立学園からヴァナルガンド大森林まで運ぶ際に、マイカも一緒に使用したのだが。

（原則として『通用口』は使用人の作業用出入口なのよね。お嬢様にお使いいただくのはちょっと気が引けるというか何というか）

一般的に、お屋敷の通路は主が使用するものと使用人が使用するものではっきりと区別されていることが多い。これは使用人が姿を見せて主を煩わせないようにという配慮なのだが、メロディはメイド魔法『通用口』にも同様の使用人ルールを適用させていたのだ。

だが、あくまでマイルールでしかないのでルシアナだって普通に通れるし、何だったらビュークを運んだ際には貴族であるレクトも一緒に使用している。メロディは彼をお友達枠扱いにすることでマイルールの適用範囲内と勝手に自己解釈しているが。

つまりやろうと思えばどうとでもなる制約でしかないのだが、メロディはできることならメイドの矜持としてこのマイルールを侵したくはなかった。だからこそ、メロディは気付いてしまった。

（……あれ？　……そうか。お嬢様のための専用通路を用意すればいいんだわ！）

「お嬢様、少し失礼します」

「え？　ああ、いいわよ」

一礼するとメロディはルシアナから離れていった。トイレかしらと特に気にしないでいたルシアナだったが、メロディは一分ほどで戻ってきた。

「あら、メロディ。もういいの？」

「はい。お待たせしました、お嬢様。準備が整いました」

「準備？　何の？」

「メロディ先輩、何をするつもりなんですか？」

首を傾げる二人を前に、メロディは得意げに言の葉を紡いだ。

「開け、おもてなしの扉『迎賓門《ベンヴェヌーティポータ》』」

ルシアナ達の前に巨大な両開きの扉が地面から迫り上がってきた。銀の装飾が散りばめられた立派な扉で、如何にも高貴な方をお出迎えしそうな扉に見えた。

「え？　何これ？」

「……まさかこれって」

『迎賓門』が独りでにゆっくりと開き始めた。本来であればこの扉の向こうに見えるのは撤去作業中のルトルバーグ伯爵邸跡地のはずなのだが、ルシアナが目にしたのは――。

「……ルシアナ？」

「……お父様？」

王都の屋敷の玄関ホールを歩いていた父ヒューズの姿であった。どうやら外出していて今帰ってきたところらしい。セレーナが出迎えに来ていた。

「あら、お姉様。何かお忘れ物ですか？」

「いいえ。ちょっとお嬢様が旦那様にご報告することがあって、急遽王都とこちらを繋いだの」

「まあ、そうでしたの。ですがよろしかったのですか？　『通用口』をお嬢様にお使いいただいて……あら、でもこれはいつもの扉と違うような」

「ええ。お嬢様や旦那様にもお使いいただけるちゃんとした扉を作ってみたの。これなら安心してお通りいただくことができるわ」

「ふふふ、そうでしたか。それはよかったですね、お姉様」

「ええっ！」

「「よく、なああああああい！」」

朗らかに語り合うメロディとセレーナとは対照的に、ヒューズとルシアナの表情のなんと悩ましげなことであろうか。二人は頭を抱えていた。

「ルシアナ。これは、さすがに問題だと思うんだ」

「ええ、お父様。私も全く同感よ」

「どうされたんですか、お嬢様？」

メロディは不思議そうに首を傾げた。それを見たルシアナ達が大きくため息を零す。

「セレーナ、お母様はいらっしゃる？　いるなら今すぐ食堂へ来ていただいてちょうだい」

「畏まりました」

「ルシアナ、このことは他に誰が知っている？」

「幸い、叔父様達は出払っているわ。王都のメンバーだけよ」

「では全員をここに呼んでくれ。食堂にて、ルトルバーグ伯爵家緊急会議を行う！」

動き出すルトルバーグ伯爵家の面々。メロディだけが訳も分からず立ち尽くすのであった。

自重を知らされたメイド

王都パルテシアにあるルトルバーグ伯爵邸。その食堂に伯爵家と使用人が一堂に会していた。

「それではルトルバーグ伯爵家緊急会議を始める」

「あれ？　リュークは？」

ルシアナは周囲を見回す。上座には議長を務めるルトルバーグ伯爵ヒューズ。彼の右手に母マリアンナとルシアナ。反対側にメロディとマイカ、そしてセレーナが腰を下ろす。だが、そこにリュークの姿がない。訝しがるルシアナにマイカが挙手をした。

「リュークなら領地に残ってます。向こうのメイドさん達を放っておけないですし」

「ああ、そういえばそうだったわね」

「あと特に話すこともないから時間の無駄だって」

「……マイカ、本人が言ったとしてもそれは黙っててあげなさいよ。まあ、確かにリュリア達が目を覚まして誰もいなかったら困るでしょうから仕方ないわね。じゃあ、お父様続きをお願いします」

ルシアナの言葉にヒューズは深く頷いた。

「議題はメロディの魔法が規格外過ぎる点についてだ」

ヒューズが上げた議題にメロディ、マイカ、セレーナが不思議そうに首を傾げる。

「あれ？　メロディとセレーナはともかくマイカもなの？」

ルシアナはやや驚いた表情で尋ねた。

「いえ、何を今更っていうか、どうして今になってそんな会議をするのかなって思って」

「どういうことですか？　セレーナ、分かる？」

「申し訳ありません、お姉様。私が持っている魔法の知識はあくまでお姉様から継承したものですので、私にもよく分かりませんわ」

「ああ、セレーナ先輩って一般常識ありそうに見えてそうなっちゃうんですね」

頬に手を添えて困った表情を浮かべるセレーナに、マイカは納得顔でウンウンと頷く。

「あの、どういうことなんでしょうか。私の魔法が規格外って」

「メロディの魔法の恩恵に与る身で言うのもなんだけど、あなたの魔法はあなただけの唯一無二の魔法だと思うのよ」

「はい！　メイドによるメイドのためのメイド魔法ですから」

マリアンナの説明に満面の笑みで答えるメロディ。マリアンナは困ったように微笑んだ。

「どう説明したらいいのかしら」

「お母様、私が説明するわ。要するにねメロディ。あなたが使う魔法はあなたにしか使えないとても希少な魔法で、それを目にした人はきっと誰もがその魔法を欲しがるだろうってことなの」

「メイド魔法を習いたいならお教えできますよ？　それほど難しい魔法でもないですし」

メイド魔法は仕事に役立つ便利な魔法。それが彼女の認識であった。そんな魔法を覚えたいと考えるメイドは少なからずいるだろう。だから、魔法を求める者に教示することは吝かではない。

そう考えるメロディだったが、ルシアナは首を横に振って否定する。

「おそらくだけど、メロディの魔法を再現できる人はほとんどいないと思うわ」

「え？　でも……」

「メロディ先輩、技術的な問題もありますけど、たぶん根本的に魔力が足りなくて使えないって人がほとんどだと思いますよ」

「魔力が足りない？　どうして？」

「……やっぱり気付いてないんですね、メロディ先輩」

マイカは一度嘆息すると、メロディを見上げてズバッと言った。

「メロディ先輩の魔力量は王国一、いいえ、それどころか世界一だからですよ！」

(だって乙女ゲームのヒロインちゃんだから！)

「私の魔力量が世界一？」

メロディは目をパチクリさせて驚く。そして戸惑ったようにマイカに反論した。

「さすがにそれは言い過ぎよ、マイカちゃん。だって私、ほんの数ヶ月前まで魔法のひとつも使えなかったような新米魔法使いなのよ。そんな私が世界一だなんて……」

「魔力量は才能です。いつ魔法使いになったかなんて関係ありません」

「それは、そうかもしれないけど……」

困ったメロディはルシアナ達へ目を向けた。しかし、彼らは神妙な面持ちでこちらを見つめており、マイカの言葉を否定する様子はない。それどころか――。

「マイカの言う世界一が言い過ぎだったとしても、王国一は間違いないと思うわ」

「お嬢様⁉」

「確かに」

「お、お二人まで？　どうして……」

「メロディ、春の舞踏会で私が暴漢に襲われたことは覚えてる？」

「ええ、もちろんです」

メロディはキッと表情を強張らせた。

（あの時は、守りの魔法を掛けたにもかかわらずドレスは破損するし、お嬢様は意識を失うしで、自分の不甲斐なさをどれほど嘆いたことか。そうよ、そんな体たらくな私が王国一どころか世界一の魔力量だなんてありえないわ……！）

内心で確信するメロディ。しかし、ルシアナはその考えを真っ向から否定する。

「あの舞踏会で、あの暴漢を相手に私が無傷でいられたのはメロディの守りの魔法があったからよ」

「でも、ドレスは破損してお嬢様も意識を失って散々でした」

「そうじゃないの。メロディの魔法がなかったらきっと私は死んでいた。メロディの魔法でなければ私は死んでいたのよ」

「そ、そんな大げさな」

「大げさなどではないよ、メロディ」

「旦那様？」

「あの襲撃の時、暴漢はルシアナを含めた数名を結界の中に閉じ込めた。そして王城の筆頭魔法使いスヴェン・シェイクロード殿が結界を破ろうとしたが、かすり傷一つつけられなかった」

「筆頭魔法使い様が？」

「ああ、全力で何度も魔法をぶつけていたが全く傷つけられなかった。最終的に王太子殿下が襲撃者を倒してくださったおかげで結界も破壊されたが、襲撃者はそれほどの力の持ち主だったのだ」

「そんなことになっていたんですね。……お嬢様にお怪我がなくて何よりでした」

「ああ、本当に。そしてそれを成したのが、君がルシアナのドレスに掛けた守りの魔法だ。筆頭魔法使いすら手出しできない結界を張る者の攻撃から、君はルシアナを守り切ったんだ。それだけで分かる。君の魔力は、王国一と名高い筆頭魔法使いさえも凌駕しているのだということが」

　驚きのあまり次の言葉が出てこないメロディ。

（私の魔力が王国一？　え？　本当に……？）

「あの、お姉様が王国一の魔力量を保有しているとして、皆様は何をお困りなのでしょうか。魔力は多いに越したことはないと思うのですけど」

　静まり返る食堂で、セレーナは不思議そうに質問した。メロディもハッとする。よしんば魔力量の件を受け入れるとしてなぜこんな緊急会議を開くことになったのだろうか。

それにはヒューズが答えてくれた。

「問題は、その魔力量に任せて使われる数々の魔法だ。先程ルシアナが言った通り、メロディが使う魔法はとても便利なうえに希少で、貴族や商人が見たらまず間違いなく君を欲しがるだろう」

「そうね。卓越したメイド技術を持ち、分身することでいくらでも仕事ができて、材料さえあればドレスもあっという間に仕立てられる。そのうえ守りの魔法は鉄壁で、さらにセレーナのような魔法の人形メイドまで作れて、食事が美味しくて掃除も手早く上手で、本当に非の打ち所がないわ」

「そして何よりメロディはすっごく可愛いのよ！　そんなの誰も黙ってなんていられないわ！」

「……ルシアナの主張はともかく、君の魔法はとても人目に付きやすいということだ。今の今まで誰にもバレていないことが不思議なくらい」

そう、こんなにも自重していないメロディの魔法は今のところ世間に知られてはいなかった。彼女に隠しているつもりは全くなかったのだが、メイドとして内向きに仕事をしていたおかげか、彼女の自重を知らない魔法の数々は身内の前でしか披露されなかったのである。

だが、しかし――。

「今回君が使用した転移魔法は、あまりにも目立ちすぎる。いや、まあ、分身とかも物凄く目立つんだが、それ以上に転移魔法は有用性が高すぎるんだ」

「ああ、だから緊急会議なんて開いたんですね」

やっと得心がいったのかマイカはウンウンと首を縦に振った。メロディの魔法が規格外であることを最初から知っていたマイカは、元日本人だったがゆえに感覚が少々鈍っていたようだ。

転移魔法。それは現代日本の空想の世界ではごくごく当たり前に登場するチート能力であり、メロディならば行使できて当然の能力という認識であったため、今になってルトルバーグ一家が慌てる理由が理解できなかったのだが……確かに、分身や守りの魔法以上に転移魔法を外に知られるのはまずいだろうとマイカも認識を新たにする。

「周りに知られたらメロディ先輩の勧誘合戦が始まりそうですね」

「ああ、起こるだろうな。悲しいかな我がルトルバーグ家は伯爵家ではあるものの権威も権力もない。平民はともかく貴族を相手に牽制するのは難しいだろう」

「でも私、ルトルバーグ家を離れるつもりは全くないんですけど……」

「そう言ってもらえてとても嬉しいわ、メロディ」

優しい笑みを浮かべてそう告げるマリアンナ。メロディもニコリと微笑むが、マリアンナは少し表情を曇らせてこう言った。

「でもね、私達の気持ちとは関係なくより高位の貴族に命令されれば、私達ではいつまであなたを守り切れるか分からないのよ」

「え？」

メロディは伯爵一家を見回した。険しい表情でこちらを見ている。そしてルシアナが口を開いた。

「メロディ、私達が心配しているのはあなたの魔法が知られて勧誘合戦が起こることじゃなくて、その結果あなたの自由が侵害されるかもしれない、いえ、間違いなくされるだろうってことなの」

「さっきも言ったけど、メロディの魔力はまず間違いなく王国一と考えていいわ。そのうえ分身したりドレスに守りの魔法を付与できたり、三十分で立派なコテージを建ててそれをいつでも出し入れできたりと希少で役立つ魔法がたくさん使える」

「私の自由が？」

「……知らない魔法が増えてるね」

「そのうえ遠く離れた地に一瞬で移動できる転移魔法まで使えて……国がおとなしくメロディをこのまま我が家のメイドでいさせてくれるとはとても思えないのよ」

「……国⁉」

どんどん規模が大きくなっていく話に、メロディは思わず目を見開いた。ルシアナは深刻そうに説明を続ける。

「ええ、筆頭魔法使いすら上回る魔力と技術と才能と可愛さを有するメロディを国が放っておくわけがないわ。必ず王城所属の魔法使いにしようと考えるはずだわ」

「王城の魔法使い？　でも、私はメイドで……」

メロディの主張にルシアナは首を横に振って答える。そして、彼女の語る内容はメロディにとってとうてい受け入れられるものではなかった。

「きっといろんな理由をつけてメイドではいられなくさせようとするはずよ。もしかするとどこかの貴族家の養女にされたり、場合によっては王族と婚約させられる可能性だってあるわ」

「王族と婚約？　だ、旦那様、さすがにそれはないですよね……？」

ヒューズは渋い顔をして、ゆっくり首を左右に振った。

「……ないとは、言い切れない。君の魔法の才能はそれほどまでに稀有だから。未来の王家に大魔法使いが生まれる可能性があるなら、君の血を取り入れることも考えるかもしれない」

その回答にメロディは口をポカンと開けてしばし放心した。

（貴族の養子？　王族と婚姻？　どちらにしてもそんな立場になったら私のメイドライフは——）

「——い」

「「「「い？」」」」

——いやあああああああああああああああああああああああああああああああああ！

伯爵家に少女の絶叫が木霊するのであった。

……いつものことではない。貴重なメイド少女の絶叫である。

「わたし、わだしもう、魔法なんてづかいまぜんっ！」

ボロボロ涙を流して泣きじゃくるように宣言するメロディ。かなり取り乱している。

「役に立つ魔法を、ご主人様のためになるメイド魔法を手に入れたと思って喜んでいたのに、まさか、こんな……魔法が、私のメイドライフの大きな障害になってしまうなんて！」

メロディ、メイド魔法を全否定。まさか開発した魔法に首を絞められることになるとは。周囲に魔法を知られたら、絶望が手ぐすね引いて待っているだなんて。

それは人生を諦めるには十分過ぎる仕打ち。メイドをやれない人生なんて生きる意味がない！

まだ周囲にはバレた様子もないというのに、その圧倒的恐怖心からメロディは考えなしに動き出してしまう。涙を流す顔を両手で覆いながらメロディは全員に告げた。

「今までお世話になりました。これからは魔法を封印し、どこか遠くの地で魔法を使えないメイドとして新たな人生を全うしたいと思いますううううう！」

顔を覆ったままメロディは食堂を出るべく駆け出した。その突然の行動にあっけにとられるヒューズ達。いきなりのことにマイカも、魔法の人形メイドであるセレーナさえフリーズしてしまった。

しかし、彼女だけは――。

「いやあああああああああ！　メロディ、いなくならないでええええええええええええ！」

――ルシアナだけはメロディを引き留めようと、彼女を突き飛ばす勢いで飛び出すのであった。

「きゃあああっ！」

ラグビーばりに腰からドンッと抱き着かれたメロディは、勢い余ってルシアナと一緒に床に転んでしまう。ルシアナはそんな衝撃など知らないとばかりにメロディの腰にしがみついている。

「いたたた。お嬢様……？」

「おねがい、メロディィイイイイッ！　どこにも行かないでええええええええ！」

メロディ以上に泣きじゃくるルシアナ。鼻水まで垂らして本気で引き留めにかかっている。

（ちょ、えっ！　お嬢様⁉　何これ、え？　どうしようこれ？　えっ⁉）

自分以上に情緒がおかしなことになっているルシアナを前に、メロディは少しずつ冷静さを取り戻していった。泣いて抱き着くルシアナをしばし見つめると、メロディはポケットからハンカチを取り出して柔和な笑みを浮かべる。

「……分かりました、お嬢様。もうどこへも行きませんから、そろそろ泣き止んでください」

「グス、グス……本当に？　絶対？」

「ええ、本当ですとも」

ルシアナの涙をハンカチでそっとふき取るメロディ。可愛い顔が台無しだと思いながら、なぜか不思議な充足感に満たされていた。

（こんなに必死に求められているのに、お嬢様のメイドを辞めるなんてできるわけないじゃない）

内心で喜色を浮かべるメロディとは裏腹に、マイカはドン引きしていた。

「……さすがは嫉妬の魔女。執着心が半端ないなぁ」

（……嫉妬の魔女？）

マイカの小さな呟きをセレーナは聞き逃さなかった。しかし、どういう意味か分からず、かといって今尋ねられる雰囲気でもなかったため、彼女は聞き流してしまうのだった。

「あの、ご迷惑をお掛けしました。申し訳ございません」

冷静さを取り戻したメロディは席に戻り謝罪した。ルシアナが腰にギュッと抱き着いたままで。

「ルシアナ、席に戻りなさい」

「いやっ！」

「お嬢様、私はもう大丈夫ですから」

「いやいやっ！」

「まあ。赤ちゃんみたいね、ルシアナ」

「やだったらやだ！」

まるで幼児のようにイヤイヤ言いながらメロディから離れないルシアナ。先程メロディが飛び出した件が相当ショックだったらしい。しばらく離れそうになかった。

ヒューズは咳ばらいをして場を仕切り直す。

「とりあえず、私達は君にずっと我が家にいてほしいと思っている」

「もちろんあなたのメイドの技量や魔法の助けを期待していないとは言えないけど、いつかあなたから受けたこの恩に報いたいとも思っているのよ。今はまだ難しいけれど」

「旦那様、奥様……」

「魔法なんて使わなくていいからずっとそばにいてちょうだい、メロディ！」

「ありがとうございます、お嬢様。それじゃあ、あのコテージはもう処分してしまいますね」

「えっ⁉　勿体な、ううん……わ、分かったわ」

一瞬驚くが、むむむと渋い顔をしながら了承するルシアナ。マイカが茶化すように口を挟む。

「お嬢様、未練たらたらですね～」

「しょ、しょうがないじゃない！　だって、あんなに素敵な家だったんだもん！」

「ふふふふ、冗談ですよ、お嬢様。コテージはきちんと残しておきますから」

「う、うん。ありがとう、メロディ！」

深刻な雰囲気から一転、和気藹々となる食堂にて、冷静さを残していたセレーナが皆に問うた。

「それで、お姉様の魔法の件はどうなさるのですか？」

一瞬で静まり返る食堂。もう一度咳払いをしてヒューズがこの場を仕切り直す。

「とにかく、メロディの魔法は今後なるべく他人に知られないようにする必要がある」

「お父様、それってメロディに魔法を使うなってこと?」

「いいや、メロディの魔法の恩恵に与っている私達からそんなことは言えないよ。だが、メロディには彼女自身のためにも自分の魔法を他者に知られないようにしてもらう必要があるだろう」

「要はバレなきゃどんな魔法も使い放題ってことね!」

「いや、うん、まあ、そういうことなんだが……」

言っている内容は間違いではないのだが、ものすごーく軽く聞こえるから不思議である。

「畏まりました、旦那様。今までは人の目をあまり気にしてきませんでしたが、これからは特に注意することにします。私、絶対にメイドを辞めたくありませんので」

メロディの背後からゴゴゴゴゴッという擬音でも聞こえてきそうな闘志の炎が見えた気がした。

「差し当たってルトルバーグ領の方々への対応はどう致しましょう?」

「うーん、今のところは隠しておいた方がいいだろう。口の軽い者達ではないがどこから広まるかは分からないからな。とはいえ、ヒューバートくらいには知らせておかないとやりにくいか」

「それじゃあ、叔父様が帰ってきたらこっそり王都に連れて行って説明しちゃいましょう」

「ああ、そうしてくれ。メロディ、頼むよ」

「畏まりました」

そうして、初めて行われたルトルバーグ伯爵家緊急会議は解散となった。どうやって魔法を隠すかについてはメロディに一任するらしい。そのあたり大らかなところがルトルバーグ家らしいといえるだろう。

「そうだ。時間的にまだヒューバート達は帰っていないはずだろう。その間に一度、屋敷の現状を確認してもいいかな。やはり伝聞だけでは気になるし」

そして開かれる『迎賓門』。ヒューズを連れた一行が扉を潜り、ルトルバーグ領の屋敷跡地へ。

ちなみに、メロディ達もルシアナらのお供というかたちでこの門を潜っている。さすがに『通用口』を出して、というのは無駄過ぎるので。

門を潜ったヒューズは驚きのあまり口をポカンと開けてこう言った。

「……なんだ、あの家は？」

「「「あっ」」」

ルシアナ、メロディ、マイカの声が重なった。ヒューズが目にしたもの。それは瓦礫と化した屋敷ではなく、その裏手にある謎の小屋敷であった。というか、既に瓦礫の撤去は終わり、分身メロディ達は回収品の整理を行っているようだ。

「あんなもの、以前はなかったはずだが……」

「……そういえば造るって言ってたもんね、屋敷の代わりの仮宿」

「宿っていうかホント、小ぶりなお屋敷ですよねあれ」

「も、申し訳ありません。分身の行動を完全に見落としていました」

そこには小さな屋敷が立っていた。コテージのように丸太ではなく、きちんと角材に加工したもので造られたそれは小ぶりながらも間違いなく貴族用の邸宅を思わせる完成度だ。

どこから用意したのか木造の壁はしっかり白塗りにされ、屋根には濃いグレーの洋風の瓦が敷かれている。暖炉もきっちり用意されているようで煙突が立っていた。木造邸宅でありながら簡素な印象は全く感じない。現在分身メロディは小屋敷の前の花壇の整備をしており、邸宅の周りに木製の塀まで作る始末。素敵な小屋敷が完成していた。

「何というか、魔法の存在を隠す気ゼロのやりこみ具合ですね」

マイカの呟きを聞いたヒューズは、眉間を押さえて懊悩するのであった。

仮宿へいらっしゃい

しばらくして、東の方からこちらへ駆け寄る影をメロディは見つけた。ヒューバートだ。

「お嬢様、ヒューバート様がお戻りのようです。……お一人ですね？」

「一人？　ダイラルはどうしたのかしら？　でも好都合ね」

「まあ、それは確かなんだが、何をやっているんだあいつは。護衛を置いていくなんて」

「ホントねぇ」

よく似た仕草でウンウン頷く父娘にジト目を送るメイドが二人。

「……ルトルバーグ家は護衛を振り切るべしって家訓でもあるんですかね？」

「ないとは思うんだけど、これも血なのかな……？」

「護衛泣かせな血ですねぇ」

ルシアナとヒューズの後ろでマイカとメロディは益体もないことを囁き合うのであった。

「お帰りなさい、叔父様」

「ただいま、ルシアナ。幸い、グルジュ村には特に被害はなかったよ。どうもこちらほど地面の揺れは大きくなかったらしい」

「それはよかったです。ところでダイラルはどうしたんですか？」

「え？　ダイラル？　……あれ？　一緒に出たはずなんだけど」

「……叔父様の健脚も相変わらずですね」

「いやあ、ダイラルにも困ったもんだ。走り込みの練習でもしてもらおうかな。ははは」

「お前が彼の足に合わせてやれよ、全く。お帰り、ヒューバート」

「ただいま、兄上！　いやぁ、早く村の無事を伝えたくてつい……え？　兄上？　なんで？」

朗らかな笑顔から一転、汗だくで帰ってきたヒューバートはいるはずのない兄ヒューズの姿に目を丸くした。

「ちょっとお前に用事があってな。その前に、メロディ頼むよ」

「畏まりました、旦那様」

ヒューズに命じられ、メロディがさっと前に出る。

「お帰りなさいませ、ヒューバート様。汗を拭くのにお使いください」

村まで走り続けたのか全身汗まみれのヒューバートにメロディは濡れタオルを差し出した。王立学園でレクトの補佐をしていた時のようにマネージャー的笑顔を見せる。

ポッ。

「う、うん。ありがとう」

ややぎこちない仕草で濡れタオルを受け取るヒューバート。ニコリとした笑顔を浮かべるメロディを思わずじっと見つめてしまう。そんな彼の肩を掴む細い手が忍び寄る。

「……叔父様。まさかとは思いますけど、十五歳の少女に懸想したなどとは言いませんわよね」

「え？　ルシアナ？　そ、そんなわけないじゃないか。何を言っているんだい？」

ルシアナはついさっきシュウに見せたような冷笑を浮かべてヒューバートを見つめている。

「……そう。信じていますからね、叔父様」

ヒューバートの肩からルシアナの手が離れる。かなりの身長差があるというのによくやるものだ。

「大丈夫だよ。その……メロディがその、俺の初恋の人に少し似ていたから驚いただけなんだ」

ヒューバートの言葉にメロディ達は目をパチクリさせて驚く。

「ヒューバート、お前そんな相手がいたのか？　初耳だぞ」

「そりゃあ、兄上には言ってないからね。というか、誰にも言ってないし」

「叔父様、そんな相手がいたのならご紹介くだされればよかったのに」

「いやあ、無理だよ。その人、俺が知り合った時既に身重だったし」

「「……」」

言葉が出ないルシアナとヒューズ。初恋の相手が人妻……え？　これ聞いて大丈夫な話？

ヒューバートは何か思い出すように遠くを見やった。

「旦那さんと別れて、実家も頼れなくて一人で子供を育てるつもりだったらしいんだけど、その、好きになっちゃったんだよね。あはは」

「その方とはどうなったんですか？」

ルシアナに問われ、ヒューバートは恥ずかしそうに頭をかいた。

「実は彼女、妊娠中だっていうのに王都を離れて旅をしていて、途中で体調を崩したところを俺が見つけたんだよ。しばらく東のグルジュ村に住まわせて子供も生まれて、それから一年くらい経った頃かな。さらに王都から離れた西の方へ移住すると言って村を出て行ってしまったんだ」

「その方とは上手くいかなかったのですね。残念です」

「うーん、ルシアナ。気持ちは分かるが少々厳しいよ。その娘、村に住まわせたところを見るに平民だったんだろう？　そのうえ子持ちとなるとさすがに結婚を許可できるかどうか」

「いや、どのみち無理だったんだよ。旦那と別れたといっても止むに止まれぬ事情があったみたいで、彼女は今でも旦那を愛していたみたいだから。……その、滞在中に求婚してみたんだけど、やんわり断られてしまってね。ははは」

「「……」」

またしても次の言葉が出てこない二人。完全に初恋を拗らせている男が目の前にいた。ヒューバートは照れ隠しのような笑いを終えると、優しそうな視線をメロディへ向ける。

「……君の笑顔が不思議とあの人に似てる気がして思わず見惚れてしまったんだ。すまないね、メロディ」

「いいえ。お気になさらず」

メロディはニコリと微笑む。ヒューバートは目を細めてメロディを見た。

（彼女も、セレナもあんな風に笑う娘だった。今頃どうしてるんだろう……？）

ヒューバートは知らない。目の前にいるのがそのセレナの娘であり、当のセレナは既にこの世を儚く去ってしまっていることに。

そしてメロディもまた気付かない。ヒューバートの初恋の相手がセレナであることも、ましてや自分が生まれた地がこのルトルバーグ伯爵領であったという事実にも。

メロディが気付く日はいつになるのか、それはまだ誰にも分からない……。

微妙な空気になった場で、ヒューズは咳払いをした。

「とりあえず、私がここにいる理由から説明しようか」

「あ、そういえばどうして兄上がここに？　ルシアナとほぼ同じタイミングで領へ戻ってくるなんて、直後に出発したってことだろう？　王都で何かあったのかい」

「いや、実は――」

そしてヒューズ達はメロディの魔法について説明を始めた。その内容にしばらく首を傾げるヒューバートであったが、目の前の光景を見て納得したように首を縦に振る。

「俺が村に行っている間にこの屋敷を建てたのかい？　凄まじいとしか言えないね」

「申し訳ありません」

「ははは。メロディ、何を謝る必要があるっていうんだい。正直、今夜の寝床をどうするか今の今までうっかり忘れていたくらいだ。感謝こそすれ非難するつもりは全くないよ」

「ありがとうございます」

メロディはニコリと微笑んだ。

ポッ。

「……叔父様。ねえ、叔父様。本当に大丈夫ですよね。信じていいんですよね？」

「だ、大丈夫だよ、ルシアナ。もう単なる条件反射みたいなものだから。俺が好きなのはメロディじゃなくてあの人だから」

そんなやり取りをしつつ、メロディの件を把握したヒューバートは今後の対応を語った。

「よし、それじゃあ兄上、屋敷に関しては後日報告書を送るからそれに基づいて対応してほしい」

「ああ、分かった」

「えーと、リュリア達メイドはまだ眠っているね。となれば、ルシアナ。仮宿の屋敷については開き直ることにしよう。『最初からここにありましたけど何か？』で俺と君で押し通す。いいね？」

「それで皆納得してくれるかしら？」

「言っただろう、押し通すと。俺達の演技力がものを言う。頑張ろうな！」

「分かりました」

「あとはメロディ。せっかく綺麗に整頓してもらって悪いんだが、瓦礫を元通りバラバラに積み直すことはできるかな？」

「それはもちろん可能ですが、どうしてですか？」

「仮宿に関しては最初からここにあったで押し通すつもりだけど、さすがにこの短時間で整理整頓された瓦礫の山は言い訳しにくい。どのみち兄上に報告することになるんだし、対応が決まるまで元の状態を保った方が何かと楽だと思う」

「承知いたしました。ではすぐにでも」

「あ、でも回収した使える道具と領地の運営資料は残してもらえるかな。特に領地の資料がないと今後に差し障るから。そっちに関しても『頑張って集めました』で押し通すことにしよう」

あまりに豪快な対応にメロディはしばし目を瞬かせたが、やがて可笑しそうに微笑んだ。

「畏まりました。では……伸びろ、仮初めの手『延長御手《アルンガレラマーレ》・千手《ミッレ》』！」

念動力の見えざる腕が丁寧に積み重ねられた材木等を持ち上げた。その数千本。その腕を目視することができていれば、メロディ千手観音の図を目にすることができるだろう。

千本の腕をマルチタスクで操作するメロディ。まるで最初から設計図があったかのように、みるみるうちについさっき見たものによく似た瓦礫の山が構築されていく。丁寧にかつ迅速に行われるそれはほとんど音を立てることもなく、少し離れたところで眠るメイドの意識に全く干渉しない。

「……ははは。確かにこれは隠しておいた方がいい力だね」

「あとはどれだけ本人が気を付けてくれるかよ」

「まあ、そのあたりも優秀だから大丈夫だとは思うんだが」

ルトルバーグ家の三人は驚きつつも呆れた表情でメロディの作業を眺めるのであった。

◆◆◆

しばらくしてヒューズは『迎賓門』で王都へ帰って行った。瓦礫の積み直しも終わり、メロディ達は屋敷跡から回収した使える道具や領地運営資料を小屋敷へ運び込み始める。

そうしているうちにまず帰って来たのはダイラルであった。

「ぜぇ、ぜぇ、ヒューバート様……置いて行かないで、ください」

「遅かったね、ダイラル。もう少し足が速くなってくれると助かるよ」

膝に手をつき、肩で激しく息をするダイラル。ヒューバートに全く追いつけず、それでも全力疾走してきたのだろうことが窺える姿であった。

「ぜぇ、ぜぇ、そんなのすぐにどうにかなる、問題じゃないでしょう……あれは何ですか」

まだ息が荒いダイラルの視界の端に何かが映った。もちろんそれはメロディ作の小屋敷である。

「何とは？」

「いや、あの見知らぬ屋敷ですよ。あんなもの昨日まであそこになかったじゃないですか」

「何を言っているんだい、ダイラル。あれはいざという時のために用意しておいた避難用の屋敷じゃないか。忘れてしまったのかい？」

「ええ？　そんなはずは……」

「叔父様、きっとダイラルは走り過ぎて疲れているのよ」

「そうだね、ルシアナ。きっとダイラルは疲れているんだよ」

「いえ、それとこれとは話は別で……」

「『最初からここにありましたけど何か？』」

「……」

キラキラした笑顔を並べるヒューバートとルシアナ。それはもう見事なまでの作り笑顔。有無を言わさぬその雰囲気にダイラルは言葉を返すことができない。

やがて諦めたかのように首を振ると、ダイラルは普段の表情に戻った。

「……分かりました。そうですね、前からありましたねあの屋敷。……これでよいのでしょう？」

「何がいいのか分からないけど、うん、そうだね、あの屋敷は最初からあそこにあったんだ」

「そうですね、叔父様。あの屋敷を用意しておいて本当に助かったわ」

ふふふ、はははと笑い合う二人。どう考えても何かありましたとしか言えない状況だが、貴族的な笑みをあえて浮かべている二人を前に、ダイラルにはどうすることもできなかった。

（当家では随分と珍しいことだが、要するに詮索無用ってことなんだろうな……）

二人に知られないようにこっそりと嘆息するダイラル。なぜ、どうやっていきなりあんな屋敷が建ったのか全く理解できないが、大らかな伯爵家の面々でさえ信頼する使用人に隠さなければならないような理由があるのだろうと、ダイラルは心得たのであった。意外と空気の読める男である。

その後、戻ってきた執事のライアンと目を覚ました三人のメイド達にも同じ対応をし、長年仕えてきた経験則があるゆえか二人の意図をくんで彼らもダイラル同様の対応をしてみせた。

ただ一人、シュウを除いて。

「は？　え？　ナニコレ？　いや、え？　ホント何なんすかこれ？」

「最初からここにありましたけど何か？」

「いや、ないでしょ。ついさっきまでなかったたっすよあんな家。いやいやいや、おかしいでしょ！」

「「……」」

キラキラ笑顔を浮かべたまま無言になる二人。シュウは今も屋敷を見つめながら「ナニコレ？」と呟き続けている。使用人歴が浅い彼にはルシアナ達の意図が全く読み取れていなかった。

「ヒューバート様、どういうことか説明してほしいです！」

「……シュウ、少し落ち着きなさい」

「いやいやいや、ライアンさん、これが落ち着いていられるわけないっすよ。だって見たこともない屋敷がいきなり現れたんですよ！　どういうことなのかきちんと知りたいじゃないっすか！」

『頭痛が痛い』とでも言いたげに額に手を添える使用人達。シュウは空気の読めない男だった。

だからまた、彼の肩に細い手が忍び寄ることとなる。

「シュウ」

「へ？　お、お嬢様？　あれ？　あの、なんかメッチャ怒って……ます？」

万力のように肩を掴む手に恐怖心が蘇る。冷笑を浮かべるルシアナは、既に扇子をハリセンに変えて手にしていた。

「……おっふ」

「……何か、言いたいことでもあって？」

「ないっす！　いやー、素敵なお屋敷が最初からあったんすねー！　これで今日の寝床を心配する必要もない。さすがはお嬢様！　最初からこんな屋敷を用意しておいてくれるなんて素晴らしい！」

額から汗を垂らして必死にそう叫ぶシュウ。ルシアナはニコリと微笑んでシュウの肩から手を離した。ハリセンが扇子に戻り、口元にパッと開くとルシアナは呟く。

「……ホント死ねばいいのに」

「お、俺、屋敷の荷物整理手伝ってきまーす！」

シュウは逃げるように屋敷の方へ駆けだした。というか逃げた。領地の使用人達はシュウの様子に呆れつつも、自分達もまたどう見ても新築にしか見えない屋敷を整えに向かうのであった。

メロディが建てた小屋敷は二階建ての木造邸宅である。二階は伯爵一家の生活スペースで、使用人の部屋は一階の奥に通路を隔てて男女別に設けられている。小さいながらも応接室があり、屋敷の裏庭と厨房の脇に井戸も設置されていた。もちろんメロディが掘り当てて準備したものである。元々の屋敷にも井戸はあったので掘ればどうにかなったようだ。

それぞれの部屋割りを決め、最低限荷物の運び込みを終えるとメロディ達は食堂へ集まった。

ヒューバートが上座に座り、右手にルシアナ一行が、左手に領地の使用人達が並ぶ。

「さて、いろいろと慌ただしくなってしまったがとりあえずお互いに自己紹介をしようか」

その言葉を皮切りに、まずは領地の使用人達から自己紹介を受けた。当然ルシアナにとっては昔馴染みのよく知る者達なので、あくまでメロディ達へ向けての挨拶となる。

「執事のライアンです。どうぞお見知りおきを」

「メイド長のリュリアです。ライアンの妻でもあります。どうぞよしなに」

品のある老夫婦が揃って一礼した。二人とも勤続年数が三十年を超えるベテランなのだとか。ライアンはロマンスグレーの老紳士だが、田舎育ちのためか実年齢よりがたいがいい。リュリアは茶色の髪をメロディのようにまとめている優しそうな女性だ。

「メイドのミラよ。リュリアさんより年下だけど一応同期なの。分からないことがあったらいつでも言ってちょうだい」

快活な物言いをするミラは、淡い緑色の髪を後ろでまとめたスレンダーな女性だ。独身らしい。

「同じくメイドのアーシャです。よろしくお願いします」

丁寧なお辞儀をするアーシャは、赤い髪を後ろで一本の三つ編みにした儚げな印象の女性だ。

「ルトルバーグ家の護衛を務めるダイラルだ。まあ、まともに護衛させてくれない方々だが」

ルシアナ達をジロリと睨むダイラル。強面に睨まれるが慣れたものなのかルシアナ達は無反応である。ダイラルは腕を組んで嘆息するのであった。あと、アーシャとは幼馴染らしい。

「最後は俺っすね！　俺の名前はシュウ。可愛い女の子にはとりあえず声を掛けて仲良くなりたい色男です。彼女は随時募集中！　あ、ついでに使用人見習いとして訓練中です！」

「ついでとは何ですか、シュウ」

「うはっ、すんません、ライアンさん」

ニヘラッと笑みを浮かべて自己紹介をするシュウ。小麦色の肌とワサワサの金髪が現代日本の古きチャラ男を想起させる。こんな男が地震の際に咄嗟の判断で全員をテーブル下に避難させたとは驚きである。マイカは嫌そうな顔をした。

（……この人、顔の各パーツは凄く整っているし、体もスラッとしつつも鍛えてることが服の上からでもよく分かる女性受けしそうな細マッチョ。つまりイケメン……のはずなのに、言動がアレ過ぎて全くイケメンに見えない！）

ニヘラッというあの笑顔もダメな要因の一つなのだろう。締まりのないあの表情が顔の作りには合っていないような気がする。もっとキリッとした表情の方が合っているのではないだろうか。

「あ、恋人募集中っすけどマイカちゃんだっけ？　君はまだちっこいからあと五年は声掛けるの待ってね。君くらいちっこい子はさすがに俺も対象外なんで」

「一生声掛けないでくださいね」

（乙女ゲームの当て馬キャラみたいな男がこんなところにいるなんて！　あんたが王立学園にいたら絶対にヒロインちゃんは靡かないし、攻略対象者に一蹴されてるんだからね！）

マイカはルシアナばりの冷笑でそう答えた。だが、シュウは特に堪えていないらしい。

「五年後が楽しみな笑顔だね！」

ナンパをやめる気ゼロな態度にマイカは嘆息するのだった。しかし、マイカの隣からクスクスと品のある笑い声が聞こえてきた。メロディだ。

「ふふふ、シュウさんって面白い人ね、マイカちゃん」

（な、なにいいいいいいいいいいい⁉）

ルシアナとマイカに挟まれるメロディの態度に驚愕を禁じ得ない二人。

（嘘でしょヒロインちゃん！　まさかの当て馬キャラとの恋愛フラグなの⁉）

あまりの驚きにルシアナは言葉を発することすらできなくなっていた。まさか、ルトルバーグ領にてモブキャラとの恋愛シナリオが発生するのだろうか。それはまだ誰も知らない……。

メロディの魔法封印宣言

全員の自己紹介が終わると、ヒューバートは次の話題に移った。

「さて、自己紹介も終わったことだし本題に入ろうか。今回の地震による被害報告をしてほしい。ライアン、シュウ、お願いできるかい」

「畏まりました」

「了解っす！」

まずライアンが説明を始めた。

「私が向かったのは北のテノン村です。徒歩で約二時間掛かって到着しましたが、幸いなことに被害らしい被害はありませんでした。地震はあったようですがどうも当家ほどの揺れではなかったようで棚から物が落ちたという程度のものでした」

「あ、こっちも同じっす。南西のダナン村も少し地面が揺れて驚いたけど家が倒壊するとかの被害は特になかったですね。とはいえ初めての地震体験に驚いてはいましたけど」

「そうか。二人ともありがとう。俺が向かった東のグルジュ村も似たようなものだ。我が家はあんなことになってしまったが、三つの村に被害がなかったことは喜ばしい」

村への被害がなかったことに安堵したのか食堂の空気が弛緩する。だが、メロディは内心で疑問を抱えていた。

（木造建築の全損に近い倒壊。推定震度六強……なのに、徒歩二時間の距離でせいぜい棚の物が少し落ちただけということは推定震度四？　いえ、この世界の家屋が現代日本ほど地震に強いとは思えない。となるともっと震度は下がる？　こんなに狭い範囲でそこまで震度に差が出るの？）

メロディは食堂のテーブルに用意された領地の地図に目をやった。屋敷を囲むように三方向に点在する三つの村。そしてルシアナ一行が通った街道。

（馬車で一時間の距離で震度五強。あ、でも一時間といっても私が空を飛んでスキップした部分はカーブが多いから移動に時間がかかるだけで直線距離なら村より近いのね。……あれ？　ということは――）

屋敷が震度六強。メロディ達が昼食を食べていた地点で震度五強。そこからもう少し離れた三つの村が震度四。屋敷を中心に放射状に震度が下がっている。

これが示す事実は一つ。つまり――。

（震源は……ここ？）

どうやらかなり狭い範囲の直下地震が発生したようだ。震源のど真ん中に屋敷があるとは、ルトルバーグ家も不運過ぎる。だが、自然災害に文句を言ったところで何も始まりはしない。

（ここが震源となると、皆に注意喚起した方がいいかもしれない）

地震がこの一回で終わらない可能性について。大きな地震の後に同じ場所で短期間に断続的に地震が発生する場合がある。過去の日本では『余震』と呼ばれていたそれは、最初の地震を大きく上回る規模の揺れを齎《もたら》すこともあって、現在の日本では使われなくなった言葉だ。

この世界の地震の原理が地球と同じとは限らないが注意喚起はしておいて損はない。メロディがそう考えた時、地図を見ていたシュウが挙手をした。

「ヒューバート様、今の報告をまとめると地震はこの屋敷を中心に起きたみたいっすね」

「ふむ？　そうなのかい？」

「屋敷は全壊するほどの酷い揺れで、村の方は棚の物が落ちる程度。お嬢様が休んでいたあたりの揺れはどれくらいだったんすか？」

「立っているのがつらいくらいの揺れだったと思うわ」

「ふむふむ。となると、お嬢様がいた地点の方が屋敷に近いっすからやっぱり屋敷を中心に地震が発生したものとみてよさそうっすね」

「うーむ、我が家を中心にとはあまり嬉しくない予測だな。変な噂が立たなければいいが」

「それよりも現実的な問題がありますよ、ヒューバート様。近いうちにまた地震が起きるかもしれないっす」

「何？　短い期間でそんなに何度も地震が起きるのかい？　確か前は百年くらい前だったはずだが」

「地震の原因次第じゃないっすか？　例えば屋敷の地下深くの地盤が崩れたせいだとして、また崩れたりしたら地震が起きるかもしれないっすよ」

「それは怖いな……」

ヒューバートは腕を組んで悩みだした。メロディはシュウの意外な一面を見て目を瞬かせる。自分が説明しようと思ったほとんどを彼に言われてしまった。見た目に反してシュウは意外と博識なのかもしれない。

現代日本人なら簡単に思いつく地震に対する見識だが、百年近く地震がない世界の住人がここまで柔軟に地震の危険性に考え至るのはなかなかできるものではないだろう。

ルシアナやマイカとは対照的にメロディの中のシュウの評価は上方修正されるのだった。

「メロディ、また地震が起きるかもしれないって。どうしよう」

ルシアナが涙目になってメロディを見つめていた。地震体験時の恐怖、屋敷がぺしゃんこになった衝撃を思い出し、シュウの指摘が思いのほかルシアナを怖がらせてしまったようだ。

メロディは柔和な笑みを浮かべて諭すようにルシアナへ告げた。

「ご安心ください、お嬢様。このお屋敷は徹底的に耐震設計を施されているのでまた同じ地震が起きたとしても屋敷が倒壊する可能性はほぼありません」

「ホントに？」

「ええ、もちろんです。あ、でも棚の中身は飛び出すかもしれないので枕元に飛んでこないように配置を見直しておきましょう」

「うん、分かったわ。よかった～」

ホッと安堵の息を零すルシアナに、メロディもニコリと微笑んで応える。そして領地の使用人達は当然ながらこう思ったことだろう。

――なんでこの屋敷に詳しいの？

メロディ達を訝しげに見つめるライアン達を見て、ヒューバートは内心で頭を抱えていた。

（君達、本当に隠すつもりあるのかなぁ？）

言うは易く行うは難し。メロディの魔法を隠し通す。意気込みはともかくまだまだ行動が伴っていないうっかりな娘二人なのであった。

地震被害は伯爵邸のみという結論に至り、議論はそれほど長くは掛からなかった。シュウが上げた危険性についても、結局のところ地震が再発しない限りどうしようもないわけで、せいぜい就寝中に物が落ちてこないように気を付けようとかそんな感じで終わってしまう。

「となると、次はこの屋敷の管理についてだが、基本的にはライアンとリュリアが中心になって普段通りにまとめてほしい。元の屋敷を建て直すまでかなり時間がかかるだろうから」

「「畏まりました」」

「叔父様、メロディ達はどうすればいいの？」

「メロディとマイカはリュリアの指示に従いながらルシアナのお世話をしてほしい。リュークはライアンについて執事の仕事の勉強だね」

「「「畏まりました」」」

「そういえば、ルシアナは何日までうちにいられるんだい？」

「八月十九日まで泊まって二十日に出発する予定よ」

「了解した。では二週間、久しぶりの我が家を堪能してくれたまえ。まあ、我が家、なくなっちゃったんだけどね」

「もう、叔父様。それは言わない約束でしょう？」

住み慣れた家を失ったというのに、ルシアナとヒューバートはそれをネタにして楽しそうに笑うのだった。

（それは言わない約束って……お嬢様、そんな言葉遣いどこで覚えてきたのかしら）

さすがに今口にはしないが、内心で首を傾げるメロディであった。

◆◆◆

翌日、八月六日。太陽が昇り始めた頃、メロディは目を覚ました。

ササッとメイド服に着替えて玄関ホールへ向かう。そこで毎朝申し送りを行うことになったからだ。メロディ達も含めれば使用人は八人。調理場に集まるには少々人数が多いのでそうなった。

メロディが玄関ホールに到着すると既に執事のライアンとメイド長のリュリアの姿があった。

「おはようございます、ライアンさん、リュリアさん」

「「おはよう、メロディ」」

夫婦な二人は柔和な笑みを浮かべて挨拶を返してくれる。

「お二人とも早いんですね。一番に来るつもりだったのですが」

「ふふふ、朝から張り切っていますね、メロディ。今日から新しい屋敷の管理をするでしょう。どうにも気になって早く目が覚めてしまったのよ」

「二人して早く来てしまったから打ち合わせをしていたのですよ」

「そうだったんですね。実は私もなんです。新しい職場にワクワクしたら早く目が覚めてしまって」

「それは頼もしいわ。今日からよろしくお願いしますね、メロディ」

「はいっ！」

楽しそうに語るメロディの姿にライアンとリュリアはついつい表情が綻んでしまう。意欲に満ちた若者の姿というのは見ていて清々しいものがある。朝からメロディは元気いっぱいであった。

やがて他の使用人達も集まり各々が挨拶を交わす中、最後の一人が玄関ホールにやってきた。

「ふわぁ、おはようございまーす」

「おはよう、シュウ。始業時間ギリギリですよ。もう少し早く来なさい」

「すんません。いやぁ、ここのベッド、メッチャ気持ちよくてなかなか起きれなかったんすよ～」

「そう言うが、お前が始業時間ギリギリで来るのはいつものことではないですか。まあ、よろしい。早く並びなさい」

「了解っす～」

眠たげな顔で挨拶をするシュウに、ライアンは首を振ってため息をつくのであった。

玄関ホールに使用人達が並ぶ。ライアンとリュリアが前に立ち、向かい合うように左からダイラル、ミラ、アーシャ、リューク、マイカ、メロディ、そしてシュウの順番に並ぶ。
「おはよう、メロディちゃん」

「おはようございます、シュウさん」

シュウはニヘラッと締まりのない笑顔を浮かべてメロディに挨拶をした。二枚目フェイスを三枚目フェイスに変えてしまう笑顔だが、特に気にならないのかメロディは普通に挨拶を返す。

「ねぇねぇ、こっちにいる間もお休みってあるよね？　よかったら――」

「こらシュウ、黙りなさい。申し送りを始めるぞ」

「はい、すんませんっす！」

シュウはピンと背筋を伸ばして畏まった。まるでコメディを見せられているかのような状況に、メロディは思わずクスリと笑ってしまうのだった。

ようやく静かになった玄関ホールでライアンは申し送りを始めた。

「まずはダイラル。屋敷周辺の巡回警備を実施し、朝食後はヒューバート様の警護をしつつ執務を手伝ってください。私は午前中、シュウとリュークの指導にあたるのでよろしくお願いします」

「了解です」

「次にシュウ、リューク。二人は申し送り後、私について仕事を覚えてもらいます。今日はせっかくお嬢様が連れてきた馬がいるのでそちらの世話から始めましょう」

「「分かりました」」

シュウとリュークが了承の返事をするとライアンは首肯し、リュリアの方を向いた。

「メイド達への指示はお願いします、リュリア」

「ええ、お任せください。ミラ、アーシャ。二人は調理場で朝食の準備をお願いします」

「「畏まりました」」

「メロディはミラ達の補佐をお願いします。確か王都では起床時にお茶をお出ししているのよね？折角ですから今日から当家でも行いましょう。ヒューバート様の分も含めて準備してください」

「畏まりました」

「マイカは見習いでしたね。では、今日は私と一緒に仕事をしましょう。申し送り後は私についてきてください。屋敷の清掃を行います……と言いたいところですが、正直この屋敷はまだほとんど掃除の必要性がないので二人で軽くこなしつつ間取りを覚えるところから始めましょうか」

「は、はい。頑張ります！」

全員への指示出しを終えるとリュリアはライアンへコクリと頷く。ライアンは軽く咳払いするとメロディ達を一瞥し、口を開いた。

「それでは、今日から新しい屋敷、初めて会った者同士での仕事となりますが、ルトルバーグ伯爵家に仕える者として恥じぬ働きを期待します。よろしくお願いします」

「「「「「よろしくお願いします」」」」」

メロディ達の朝が始まった。

申し送りが終わると男性陣は外へ。ダイラルは屋敷の巡回に、ライアン達は厩舎へ向かった。リュリアとマイカは清掃道具を持って屋敷の奥へ。そしてメロディ達は調理場にやってきた。

「それじゃあ、私達で早速朝食を作ってしまいましょうか」

「「はい」」

三人の中で最年長のミラが班長となって調理場が回される。メロディはルシアナの夏季休暇の間しか屋敷に滞在しないため、食事の準備は伯爵領のメイドである二人が中心となる。メロディはあくまで補佐という立ち位置だ。

「それじゃあ、今日の朝食はパンとスープにしましょう」

「ミラさん、確かベーコンもあったはずですからそれも焼きましょうよ」

「朝から贅沢ね、アーシャ。でも傷む前に食べなきゃダメだしそれもいいわね！」

食料庫から野菜を取り出しながら快活に声を上げるミラ。朝から元気だ。

「それにしても、お嬢様が多めに食料を持ってきてくれて助かったわね。おかげで今日も朝からパンが食べられるわ」

「元の屋敷の食料はほぼ全滅でしたから本当に助かりました」

ミラの言葉に同意してアーシャはコクコクと頷いた。

ちなみに、ルシアナが持参したことになっている食料はもちろんメロディの魔法の収納庫からの供出である。例の森ことヴァナルガンド大森林に自生していた山菜や、安い時に大量購入し、魔法の収納庫に保管することでそれなりの量の野菜を備蓄していたのだ。パンは例のコテージで焼いたものを出しており、それを直前の町で購入したものだと言って食料庫にぶちこんだのである。

「本当ねえ。それに、メロディ達が屋敷跡から調理道具を引っ張り出してくれたんでしょう？　食材だけあっても調理できなきゃ意味ないものね。大変だったでしょう、ありがとうね」

「いいえ、お役に立ててよかったです」

調理場に並んでいる調理器具の大半は元の屋敷からの回収品であった。使い慣れた器具のおかげかミラとアーシャは新しい調理場でもあまり戸惑うことなく作業を進めることができていた。

雑談を交わしながら三人は朝食の準備を進めていく。リュリアが手際よく野菜を刻み、アーシャは竈に薪をくべる。そして鍋に水を注ごうと水瓶を見たアーシャから「あら？」という声が零れた。

「どうかしましたか、アーシャさん？」

「いいえ、大したことじゃないわ。思ったより水瓶の水が少なかったからちょっと驚いただけよ」

「そういえば昨日の夕食もスープを作ったから結構水を使ったものね」

「だったら私が――」

メロディは何気なく水瓶に向かって手を差し出そうとして、ピタリと止めた。

「メロディ、どうしたの？」

水瓶に向かって手を伸ばそうとしたまま停止しているメロディに、アーシャは首を傾げた。

「……あ、いいえ。私が水を汲んできますね！」

「あら、いいの？」

「はい！　どのみちお茶用にお湯を沸かさないといけないので水は必要ですし」

「それじゃあ、お願いしようかしら」

「任せてください！」

調理場には外へ通じる扉があり、その先に井戸がある。メロディはそそくさと井戸へ向かった。

(危なかった。ついいつもの癖で、魔法で水を出すところだったわ)

井戸の前に辿り着くとメロディは胸に手を押さえて小さく息を吐く。

「私、自分で思っている以上に魔法に頼っていたのね。これは気を引き締めないといけないわ」

よくよく思い返してみれば、井戸から水を汲んだことなど片手で数えるくらいしかやった覚えがない。魔法で水を作る方が井戸から汲むより楽なうえに新鮮で衛生的だからだ。生まれたばかりの魔法の水は空気をよく含んでいて紅茶との相性がよかったことも理由の一つだろう。

「でも、魔法がなくたってメイドはできるもの。しばらく業務中の魔法は封印しよう」

メロディはキリッと真剣な顔つきになると、水を汲むために井戸へ桶を投げ入れるのであった。

◆◆◆

「――ということがあったんです」

「ふーん。そっかぁ、メロディも大変ねぇ」

ミラ達が朝食を作る傍ら、紅茶の準備を整えたメロディはルシアナへ『アーリー・モーニング・ティー』を持って行った。紅茶を飲むルシアナと反省を含んだ雑談に興じる。

「確かに、メロディは息をするように自然と魔法を使っていたものね。気を抜くとあっという間に魔法がバレちゃうかも。本当に気を付けてね」

「承知しました、お嬢様」

「まあ、それはそうと。昨日皆が集まっている時に言ったけど、午後からの予定は覚えてる？」

「はい。確か今日の午後は村へ遊び、じゃなくて視察に行かれるんですよね」

「そうよ。遊びじゃなくて視察に行くの。とりあえず今日は東のグルジュ村に行くつもりよ」

「畏まりました。そのように手配します」

「うん！　よろしくね！」

視察と言いながらウキウキした表情を隠しきれないルシアナに苦笑を浮かべるメロディだった。

ルシアナの領地視察

「お嬢様、馬車の準備が整いました」

「ありがとう、すぐ行くわ」

八月六日の午後。ルシアナ一行は馬車に乗って東のグルジュ村へ視察に向かうこととなった。メンバーはルシアナ、メロディ、マイカ、リューク、そして――。

「キャイイイインッ!?」

「こーら！　暴れないの、グレイル！」

旅の間、御者台で惰眠を貪り続けていたがゆえに今の今まで空気のように存在感が薄かった子犬こと魔王グレイルである。とうとうルシアナに捕まってしまい、今は彼女に抱かれている。

「あはは、わんぱくな子だね」

「追いかけっこが好きみたいですぐに走りだすのよね。可愛いけど大変だわ」

（違うわ！　お前が聖女の魔力まみれで我に近づくからだろうが！）

ルシアナの腕の中でガクブル震えている魔王の気持ちなど分かるはずもないルシアナである。

「ははは、楽しそうでよかった。折角帰って来たのにあまり構ってあげられなさそうだからどうしようかと思っていたんだが」

「気にしないで、叔父様。屋敷があんなことになったんですもの、忙しいのは仕方ないわ」

「……まあ、それだけではないんだけどね」

「え？　どういう意味ですか？」

ヒューバートは眉尻を下げて肩を竦めるだけで答えは返ってこなかった。

「とりあえず遊びに行くところ悪いけどこの書類だけ頼むよ。グルジュ村の村長に渡してくれ」

「もう！　だから、私は領主の娘として村へ視察に行くんだってば！」

「あはは、そうだったね。じゃあ、村の様子をしっかり見てきてくれるかな？」

「ええ、任せてちょうだい！　メロディ、行きましょう」

「畏まりました、お嬢様」

グレイルを抱いているルシアナの代わりにヒューバートから書類を受け取るメロディ。スキップしながら馬車に乗り込む姿はやはり視察というよりは遊びに行くと言った方がしっくりくる。

「ルシアナのことを頼むね、メロディ」

「承知いたしました、ヒューバート様」

そしてヒューバートに見送られて、ルシアナ達は東のグルジュ村へ向かうのだった。

馬車の中、ルシアナは鼻歌まじりにグレイルを撫でていた。窓の風景を眺めながら楽しそうなハミングが車内に木霊する。

「お嬢様、これから向かうグルジュ村ってどんなところなんですか？」

向かいの席に座るマイカが尋ねた。

「え？　グルジュ村がどんなところかって？」

「はい。お嬢様があんまり楽しそうなんで気になって。何か面白いものでもあるんですか？」

「うーん……特にないわよ。小麦とか野菜を育てているだけの普通の村ね。他の二つも同じよ」

「そうなんですか？」

「ふふふ。お嬢様、久しぶりの故郷ではしゃいでしまったんですね」

「ち、違うの、そんなんじゃないんだから！」

メロディの指摘は図星だったようで、ルシアナはグレイルをギュッと抱きしめると体をブンブン振って全身で照れ隠しをしてしまう。

「ワワワワワワンワワンッ⁉」

勢いよく全身をシェイクされたグレイルは悲鳴を上げるのであった。

屋敷から東のグルジュ村まで歩いて約二時間の距離だ。馬車で向かったメロディ達は、そのおよそ半分の一時間ほどで目的地に辿り着くことができた……のだが。

「もう、信じられない！」

村に入ったルシアナは、馬車の中でプンプン怒っていた。

「まあ、顔見知りの門番さんに『あんた誰？』なんて聞かれたら怒る気持ちも分かりますけどね」

「ふふふ、それだけお嬢様がお綺麗になったということですよ」

「むー！」

グルジュ村も他の村の例にもれず、魔物対策に村全体を壁で囲って守っている。馬車を村へ入れるためルシアナはよく知る門番の青年に声を掛けたのだが、彼が最初に言った言葉が――。

「えっと……あんた誰？」

門番の青年はルシアナをルシアナと認識できなかったのである。ルシアナは激怒。反射的にハリセンを取り出そうとしたところをメロディが制止し、どうにか説得して事なきを得た。

門番もルシアナの態度から「はっ！　この短気で喧嘩っ早いのは、まさかルシアナお嬢様！」などと言うものだから再度ハリセンを取り出そうとするルシアナをメロディが制止してというハリセンループ地獄。

ルシアナに気付けなかった門番が誠心誠意謝罪したことでどうにかその場は収まったが、ある意味で仕方のないことでもあった。

メロディに出会う前と後では『劇的！　ルシアナビフォーアフター！』なのだから。マイカもゲームのルシアナを知っているだけに門番の青年の反応もあながちズレた行動ではないと思っている。

（まあ、仕方ないよね。以前のルシアナちゃんを知っていたら今の彼女を見ても記憶が繋がるわけ

ないもの。私だったらきっと『あんなに可愛くなってて気付けるか！』とか叫びそう）

まさにそのままのセリフを叫んだ侯爵令嬢が王都にいるのだが、マイカが知る由もない。

「これからどこへ向かいますか、お嬢様」

「村長の家に行きましょう。書類も渡したいし、馬車を止められるのはそこくらいだから」

「畏まりました」

馬車が村長の家に到着すると、知らせが来ていたのか村長宅の前で一人の少女が出迎えてくれた。

「久しぶりね、キーラ」

「はい。お久しぶりです、ルシアナ様。お帰りなさいませ」

背丈はルシアナと同じくらいだろうか。胸元まである茶色の髪を風に靡かせて、素朴な印象の少女キーラは一礼するとニコリと微笑んだ。キーラは頬にそっと手を添えてうっとりとした表情でため息をついた。

「ルシアナお嬢様、王都に行っている間に垢抜けてしまわれて。とてもお綺麗ですわ」

「そ、そう。自分ではよく分からないけど」

「ええ。ランドが見間違えるのも斯くやという美しさです。惚れ惚れします」

ランドとは本日村の門番を務めていた青年の名前である。ルシアナ到着の知らせと一緒に彼の話も聞いていたようだ。

「言い過ぎよ、もう……」

今日のルシアナは王都を出発した時のサマードレスを着て、肩にはショールを羽織っている。ただし髪型は普段通りに下ろし、日焼け対策に麦わら帽子を被っていた。

日本の避暑地に一人はいそうな可憐な少女がここにいた。

「ヒューバート叔父様から書類を預かっているの。村長はいるかしら」

「はい。只今呼んで参りますので中でお待ちください」

村長の家とはいえ貴族のように応接室があるわけではないため、ルシアナ達は彼らの食卓へ案内された。そこで村長と言葉を交わし、ヒューバートからの書類を渡す。

「確かに、書類は受け取りました。ご足労頂きありがとうございます、ルシアナお嬢様」

「私も久しぶりにこの村へ来たかったのでもののついでよ。私の用事はこれで終わりだけど少し村を見て回って構わないかしら」

「もちろんですとも。キーラ、お嬢様をご案内して差し上げなさい」

「はい、父さん。ではご案内します、ルシアナ様」

村長に別れの挨拶をしてルシアナは外へ出る。メロディ達もそれに続いて外へ出た。

「あ、そうだ。キーラ、彼らの紹介がまだだったわね。メイドのメロディとマイカ。執事見習いのリュークよ」

「メイドのメロディでございます。よろしくお願いいたします、キーラ様」

「メイド見習いのマイカです。よろしくお願いします」

「執事見習いのリュークです。以後お見知りおきください」

「はい、よろしくお願いいたします。……それにしても、まさかの美男美女ばかりとは。お嬢様ったら本当に面食いなんですから」

「そんなんじゃないからね！　たまたま雇った使用人が皆美形だっただけなんだからね！」

「ふふふ、冗談ですよ。さあ、村をご案内します」

キーラは口元を押さえて静かに笑うとルシアナ達を引き連れて歩き始めた。

「お嬢様、キーラ様とは気安い関係なんですね」

「一応幼馴染だからね。村に行ったらよく一緒に遊んだりしてたのよ」

メロディが納得した顔をしていると、キーラはこちらへ振り返った。

「ルシアナ様、どこへ御案内しましょうか。そもそもルシアナ様はこの村の土地勘がありますから案内といってもすればよいのでしょう？」

「だったら小麦畑に行きましょう。今年の調子を見てみたいわ。できれば説明もしてくれる？」

「ヒューバート様からお聞きになっていないのですか？」

「昨日の今日で来てるから何も聞いていないわね。何かあったの？」

「……いえ、そういうことでしたら直接見ていただくのが早いでしょう。こちらへどうぞ」

キーラの案内でルシアナ一行は小麦畑に到着した。それを見たメロディは思案顔になる。

案内された場所には黄金の小麦畑が広がっていた。だが……。

「お嬢様、これはルトルバーグ領のいつもの小麦畑なんでしょうか」

「いいえ、昨年に続き今年も小麦は調子が悪いみたいね……」

「これでもかなりよくなった方なのですよ。ヒューバート様と一緒に土壌改良なども行って、昨年よりはマシになりました。例年と比べるべくもありませんが」

グルジュ村の小麦畑は、はっきり言えば生育が全く足りていない未成熟な小麦畑だった。一応収獲はできなくもないが、評価としては昨年同様不作といって間違いないと言えるだろう。

「収穫まであと一ヶ月。それまでにもう少し育ってくれるといいのですが」

麦穂をそっと手で掬いながら、キーラは悲しげに麦畑を見つめた。

「あと一ヶ月？　麦の収穫はもうそろそろ終わらせないといけない時期では？」

「違うわ、メロディ。うちの領の収穫は毎年九月頃よ。春に種をまいて秋に収穫するの」

「ということは……ルトルバーグ領の小麦は春小麦なのですか？」

「ええ。大体王都のあたりを境に王都から南が冬小麦、北が春小麦を作っているわ」

小麦には冬小麦と春小麦がある。冬小麦は秋に種をまく小麦で、そのまま冬を越して翌年の夏に収穫する。春小麦は春に種をまく小麦で、同年の秋に収穫をする。

小麦は冬の寒さに晒された方が収穫は多く見込まれ、春小麦より冬小麦の方が収穫量は多いのだが、寒さが厳しい地域では種も冬を越すことができないため、寒さが厳しい地域では春小麦が生産されている場合もある。

（つまり、ルトルバーグ領は冬の寒さが厳しいから春小麦を育てていて、ただでさえ冬小麦より収穫量が少ないのに、なぜか昨年から不作が続いているということ？）

「あの、実際のところ今の段階で予想される収穫量で領地の収益はどうなるんでしょうか？」

「……高く見積もって、ギリギリ赤字になるといったところでしょうか。今年はまだそれで乗り切れるかもしれませんが、これが来年、再来年と続くとさすがに厳しいものがあります」

ルトルバーグ伯爵は、昨年の不作を乗り切った善政を評価されて王都の宰相府への任官が叶ったが、今年も不作となると伯爵家の財政がかなり危険なことになるのではないだろうか。

「これ、他の村はどうなっているの？」

「同じ状況ですね。どこも土は悪くなさそうですし、日照りになったわけでもありません。なのになぜかいつも通りに麦が育たないのです」

「うーん、どうしてかしら？」

「あの、これって連作障害とかではないんですか？」

恐る恐るといった感じで手を上げたマイカが尋ねた。

連作障害とは、同一の畑に同一の作物を繰り返し栽培することで次第に生育不良になっていく現象のことである。基本的な対策は同一の畑内で複数の異なる作物を作りまわす輪作が有効といわれている。

（異世界転生あるあるだよね、連作障害。異世界転生者の農業チートのファーストステップ！）

しかし――。

「連作障害は随分昔に情報が出回って、ルトルバーグ領でも輪作が行われています。原因はそちらではないと思いますよ」

「そうですかぁ」

「真剣に考えてくれたのね。ありがとう、マイカさん」

「お役に立てなくてすみません」

結局、ちょっと見た程度ではルシアナやマイカ、リュークはもちろんのことメロディにさえ原因は分からなかった。いくら完璧を目指すメイドジャンキーといえども不作の原因を見ただけで判別することはできないのである。もしそれが可能になったらメイドという分類が意味不明なことになってしまうことだろう。

「私の方でも叔父様に改めて相談してみるわ」

「ええ、よろしくお願いいたします……あら？」

小麦畑を一通り見て回ったルシアナ達は一旦村長の家の方へ向かっていた。だが、彼らの向かう先で三人の村人が集まって何やら話し合っている姿が目に入った。

「皆さん集まってどうなさったんですか？」

代表してキーラが尋ねた。彼らは小麦とは違う野菜を栽培している村人達であった。

「それが、今朝うちの畑の野菜を見たら変なことになっていたんだ」

「うちの畑の野菜もだ」

「うちもです」

「変なこと？　何があったんですか」

彼らの説明によると、今朝畑を見回ったら作物の一部に黒い斑点が広がっているのが見つかったのだそうだ。間違いなく昨日までそんなものはなかったはずで、今日突然できたのだとか。

ルシアナとキーラは顔を見合わせると同時に頷いた。

「その畑を見せてちょうだい」

ルシアナの一声で彼らは畑に行くこととなった。

「……確かに、黒い斑点があるわね」

その畑ではトマトやキュウリ、ナスといった夏野菜を育てていたのだが、それらの一部に黒い斑点が広がっていた。葉っぱだけのものもあれば既に実にまで広がっているものもある。

畑の主に許可を取って、メロディは斑点の入ったトマトを一口食べてみた。

「――っ」

「どう、メロディ？」

「何というか、トマトのはずなのに酸味以上に苦味や渋みのような味が主張してきます」

「そんな、うちの畑が……」

「他の畑もこちらと同じような感じなんですか？」

「ああ。でも多分この畑が一番被害が大きいかな。うちはまだここまでじゃない」

村の出入口はルトルバーグ伯爵邸に面しており、つまりは西側にある。そこからほど近い場所にあるのがこの畑だ。畑の二割近くに斑点が広がっていた。他二つの畑はもう少し村の中心近くで、被害としては一割くらいだろうか。正直、それでもかなりの被害といえるだろう。

「原因は何なんでしょう？」

「ワンワンワンッ！」

「え？　グレイル？」

「あらグレイル、いたの？」

ルシアナの非情な言葉である。自分で連れてきておいてすっかり忘れてしまっていたらしい。いつの間にかついてきていたグレイルは、涎を垂らしながらメロディを凝視していた。いや、見ているのはメロディではなくて……。

「……これが欲しいの？」

「ワンッ！」

舌をハァハァ言わせながらグレイルはメロディが手にしているトマトを欲しがった。メロディはしゃがみ込み、グレイルの前に食べかけのトマトを差し出すが。

「でもこれ渋くて苦いのよ？　あまり美味しくなく、あ」

パクリ。

グレイルはメロディの説明など知らんとばかりに、差し出されたトマトにかぶりついた。呆気にとられるメロディを放置してグレイルはトマトを食べ続ける。そしてついに全てを食べ尽くしてしまった。

「全部食べちゃった」

「ワンワンッ！」

「え？　まだ欲しいの？」

まだまだ足りないとばかりに吠えるグレイル。メロディは畑の主に視線をやった。

「まあ、どうせ食べられないからあげてもいいんだが、腹を壊さないかな」

「そうね、それは気になるわね。やめておいたら、グレイル？」

「ワンワン、ワンワン！」

ルシアナの説得など理解しているはずもなく、グレイルはトマトを所望する。だが、食べさせてもらえる気配がないと知るや、グレイルは畑の方へ駆けだした。

だが、小さな体では作物に届かない。その結果グレイルは代わりとでも言うように葉っぱを口にくわえた。

「え、グレイル？　それも食べるの？」

「あみあみあむあむうまうま」

グレイルは葉っぱをかじるのではなく口に含むようにもぐもぐしだした。

「グレイル、やめなさい」

「キャワンッ！」

ルシアナは奇行に走り出したグレイルを抱き上げた。イヤイヤと暴れるグレイルだが、大した力もないのでルシアナに動きを封じられてしまう。

「変な子ね。そんなにあの斑点が美味しかったのかしら」

「不思議ですね。とても渋くて苦かったんですけど……あれ？」

メロディはグレイルが甘噛みしていた葉っぱに目をやったのだが、不思議そうに首を傾げる。

（……さっきの葉っぱ、黒い斑点があったと思ったけど……ない？）

グレイルが甘噛みしていた葉っぱには黒い斑点は見当たらなかった。見間違いだろうか。

（気のせいかな？　それにしても、小麦が不作な上に他の野菜にまで病気みたいなものが広がるなんて、どうなっているのかしら）

思わず眉をひそめたメロディはおもむろに斑点のついた葉っぱを親指と人差し指で摘まんだ。

（病気だったらもしかすると畑を全て処分しなければならないかもしれない。……こんなもの、消えてなくなってくれればいいのに）

葉っぱを睨みつけながら摘まんでいた親指で斑点をなぞった時だった。

ピシ、パキパキパキパキ、パリンッ！

「え？」

指でなぞった斑点が葉っぱから浮き上がり、ガラスが砕け散るように粉々になって飛び散ってしまった。思わず葉っぱから手を放すメロディ。砕け散った斑点は風に乗ってどこかへ飛んで行ってしまい、すぐに見えなくなった。

葉っぱへ視線を戻すと、まるで最初からなかったかのように葉っぱから斑点はなくなっていた。

（……えっと、どういうこと？）

「ん？　どうかした、メロディ？」

「あ、いえ、何でもありません」

「そう？　とりあえず、この畑の件も村長と叔父様に報告しておきましょう。詳しく調査する必要があるかもしれないし。とりあえず今日一日はこのままにしておいてちょうだい。これ以上広がるようなら叔父様にお願いして皆で協力して取り除きましょう」

「ありがとうございます」

「もう少しゆっくり村を見たかったけど、早めに帰って叔父様に報告した方がいいわね。メロディ、帰りましょう……メロディ？」

「あ、はい。すぐに準備します。リューク、行きましょう」

馬車に戻る直前、メロディはもう一度葉っぱを見た。斑点は見当たらない。

（考えられる原因は……私の魔力？　お嬢様が言うには王国一らしいし、もしかして私の魔力ならあの斑点を消し去ることができるのかな？）

メロディはこれからどうするべきかを考えながらリュークとともに馬車へ向かった。

（ああ、うまい。なんて純度の高い負の魔力の結晶なんだ。もっと我に食べさせてくれー！）

ルシアナの腕の中でグレイルがそんなことを考えているとは、誰一人として知りはしなかった。

深夜のメイド無双

「え？　ダナン村とテノン村でもあの斑点が？」

「ああ、ルシアナがグルジュ村に向かってしばらくしてそれぞれの村から報告が上がったんだ」

視察から帰ったルシアナは夕食後、東のグルジュ村の小麦畑や野菜畑の件をヒューバートに報告した。するとグルジュ村で発見されたものと同じ症状が他二つの村の畑でも発見されたそうだ。

「グルジュ村と同じで、昨日まではやはり何事もなかったらしい。だが、今朝になって畑を見たら野菜の実や茎葉に例の斑点が浮かんでいたそうだよ。村人が一応味見してみたがやはり渋みと苦味が酷くて食べられたものではなかったらしい」

「……なぜかグレイルは美味しそうに食べちゃってたけどね」

ルシアナとヒューバートは食堂の端に置かれたバスケットで熟睡するグレイルを見た。お腹を晒して惰眠を貪る姿はアホっぽい子犬にしか見えない。

「植物特有の流行り病かもしれないし、二、三日様子を見た方がいいだろう」

「ええ、気を付けるわ。あ、そうだ。グレイルほどじゃないけどメロディも一口食べたんでしょう。体調が悪くなったりしたらすぐに報告してちょうだい」

「はい、お嬢様」

ちょうど食後のお茶を持ってきたメロディに注意を促すルシアナ。メロディはニコリと微笑んで了承した。紅茶を受け取るとヒューバートはティーカップを口につけて軽く目を瞠った。

「これは、美味しいね」

「ええ、メロディが淹れてくれるお茶はいつも美味しいの」

「ということは、これはルシアナが持ち込んだ茶葉かな。どこの銘柄だい？」

「ベルシュイートだけど？」

「え？　本当に？」

「メロディはお茶を淹れるのが凄く上手なのよ」

ルシアナはちょっぴり自慢げな様子で紅茶を口にした。ヒューバートはティーカップの中で揺れる紅茶の水面をじっと見つめると、メロディの方を向いた。

「メロディ、よかったら我が家にベルシュイートの美味しい淹れ方を教えてもらえないかな。皆とても頑張ってくれているんだけど、ここまで美味しくはならなくてね。リュリア、メロディから教わってもらえるかな」

「畏まりました。メロディ、今からよろしいかしら」

「承知しました。お嬢様、少し失礼いたします」

メロディは優雅に一礼するとリュリアと一緒に調理場へと姿を消した。それを見届けるとヒューバートは小さく息を吐いて椅子の背もたれに体を預ける。

「メロディの紅茶は今日唯一のいいことだったかな」

「……叔父様、これからどうなさるおつもりですか？」

心配そうにこちらを見つめる可愛い姪に、ヒューバートは苦笑しながら肩を竦める。

「やれることをやるしかないさ。まずは現状の把握だね。明日以降も斑点が野菜に広がっていくなら病気の可能性が高い。汚染されたものを取り除くだけで済めばいいけど、そうでないなら……」

「畑を全て取り潰さなければならないかもしれない……？」

ルシアナが恐る恐る尋ねると、ヒューバートは眉間にしわを寄せて辛そうに首肯した。

二人の話し合いが終わり、ルシアナは就寝時間となった。二階の自室でメロディに髪を梳いてもらいながら、領地の問題に思いを馳せる。だが、画期的な対応策など思い浮かぶはずもない。

「お嬢様、終わりましたよ」

「え？　あ、うん。ありがとう、メロディ」

「昼間のことを考えていたんですか？」

「うん、何とかしたいんだけど、何も思い浮かばなくって……とんだ里帰りになっちゃったわね」

自嘲するようにクスリと笑うルシアナ。領地の屋敷に着くまではとても楽しい旅だったのに、気が付けば地震で実家は失われ、小麦は今年も不作、大切な村の野菜に病気が蔓延《はびこ》り――と、帰郷してたった二日でどれだけ災難に見舞われれば気が済むのだろうか。

「明日は朝から叔父様と一緒に三つの村を回って状況を確認する予定よ。あーあ、折角の誕生日だけどこうなったらどうしようもないわね」

「……そうですね。明日はお嬢様の誕生日でしたね」

「まあ、既に王都で両親や親友達に祝ってもらったから、明日何もしなくたって大丈夫なんだけどね」

ルシアナの後ろに立つメロディにはお嬢様の表情を窺い知ることはできない。だが、努めて明るく振る舞おうとしていることに気付かないはずがなかった。

「それじゃあ、お休みなさい、メロディ」

「お休みなさいませ、お嬢様」

ベッドに入り、部屋の明かりが消える。暗闇の中、天井を見上げるルシアナはふと数日前に見た怖い夢のことを思い出した。

内容はもう思い出せないが、とても怖かったことだけははっきりと覚えている。

（……あれは今回のことを暗示する夢だったのかしら？）

領地に帰る直前に見た夢。迷信だと思っても、弱い心が夢と現実を結び付けて考えてしまう。

（でも、もしあの夢が本当に今回の件を暗示している、夢だって……いうなら……）

精神的にも肉体的にも疲労が溜まっていたのだろう。ベッドに入ったルシアナの思考が、微睡の世界へと誘われていく。思考が溶けていき、意識が遠のく。

（……確かに怖い夢……だったけど、でも……それだけじゃ……なかった……うん、そう）

眠りにつくほんの一瞬。ルシアナはあの日の夢を思い出す。恐怖に囚われ膝をついたルシアナの前に、白銀の光とともに差し出されたか細い少女の手の温もりを。

暗闇に包まれたルシアナの部屋に小さな寝息が聞こえ始めた……。

◆◆◆

ルシアナが眠りについた頃、マイカは一人ベッドの上で考えを巡らせていた。

「ルトルバーグ伯爵邸が地震で倒壊。小麦の不作、野菜に斑点……ゲームでは聞いたこともない」

マイカが考えるのは今回の件と乙女ゲーム『銀の聖女と五つの誓い』との関連性であった。

「一年生の八月にこんな事件が起きたなんて話はなかったはず。そもそも八月は恋愛イベントメインでシリアスなシナリオ展開はなかったんだよね」

メロディが作った寝心地のいいベッドの上でゴロゴロと転がるマイカ。ゲームから何か解決の糸口はないかと考えるが、そうそう都合よく答えなど見つからない。

そう思った時だった。マイカはあることに気が付きバッと起き上がる。

「ちょっと待って。ルトルバーグ伯爵家って、この時点で既に取り潰しになってなかったっけ？」

ルシアナ・ルトルバーグ伯爵令嬢。乙女ゲーム『銀の聖女と五つの誓い』における中ボス。

通称『嫉妬の魔女』。

貧乏ゆえに伯爵令嬢としての体裁を保てなかった彼女は、王立学園で侮蔑の視線に晒される。劣等感に苛まれ心を閉ざしていった彼女は、同じ家格でありながら恵まれた環境にある主人公《ヒロイン》に嫉妬し、その心を利用されて魔王の操り人形となってしまうのだ。

ゲーム内で最初に登場するボスキャラ。それがルシアナ・ルトルバーグであった。

別名『悲劇の少女』。

主人公がルシアナとのバトルに勝利すると、役に立たなかったルシアナは魔王に殺されてしまう。貧乏貴族という背景、魔王に魅入られてしまう展開、そして死という結末。何よりゲーム内唯一の死亡キャラという境遇。そんな彼女をゲームのプレイヤー達は『悲劇の少女』と呼称した。

「確か、心を閉ざしたルシアナちゃんに心を痛めた伯爵は、失態続きで宰相府も免職されてついには悪事に手を染めてしまうんじゃなかったっけ」

だが、元々誠実が売りだった伯爵にまともな悪事を貫けるはずもなく、あっさりと露見して捕縛されてしまう。この事件をきっかけに、ルシアナとのバトル『嫉妬の魔女事件』をクリアするとシナリオの結末として、ルトルバーグ伯爵家が取り潰されたことを知らされるのだ。

「ゲームは基本的に王都を中心にシナリオが展開されるから、取り潰しにあった元ルトルバーグ伯爵領で事件が起きてもゲーム内で取り沙汰されることはなかったたってだけなのかな？」

そういう解釈もできるだろうが、どうにも釈然としないマイカである。枕を抱きしめ、マイカはベッドに寝転がった。天井を見上げながらブツブツと文句を零す。

「それにしたって今回の事件は酷い。地震で屋敷がぺしゃんこになるだけでも大損害なのに、昨年から続いて今年も小麦は不作で、他の野菜にまで病気が広がる始末。こんなんじゃ取り潰しがなくたってルトルバーグ伯爵家は立ち行かなくなって……あれ？」

マイカは目を見開いて再び起き上がった。

「……立ち行かなくなって……『貧乏貴族』に逆戻りする？」

何か嫌な予感がマイカの中を駆け巡った。

ルシアナが帰郷すると同時にルトルバーグ領へ降りかかった不幸の数々。小麦の不作だけなら乗り越えられたかもしれない。しかし、それを補う野菜に病気が蔓延し、何より伯爵家の本拠地が完全崩壊するという大災害。たまたまシュウの機転で全員がテーブル下に避難したおかげで倒壊から身を守ることができたが、そうでなければヒューバート達をあの時点で失っていたかもしれない。

そうなった時のルシアナの心の傷は如何ほどか。ルトルバーグ家が被る経済的損失はいくらか。

おそらく莫大な借金を背負うことになり生活は厳しいものとなるだろう。大切な人達を失ったルシアナは心を閉ざすかもしれない。そうなればヒューズも心安らかではいられず、宰相府の仕事で失態を重ねる可能性も否定できない。そしていずれは失望され宰相府から追い出されるようになる。

領地の収入は見込めず、宰相府からも見放されたヒューズに後はなく、唆されるままに悪事に手を染めスケープゴートにされてしまう。そして行き着く先はルトルバーグ伯爵家の取り潰しだ。大きな借金を背負い、伯爵令嬢としての体裁も保てなくなったルシアナは、周囲から侮蔑の視線を向けられるようになる。ただでさえ傷ついた心がさらに抉られ続ける学園生活。なまじ『妖精姫』などという通り名を得てしまったがゆえに、堕ちた少女を嘲る声は留まることを知らない。

そして彼女はいつしか思うのだ。自分以外の皆は幸せそうだ。ずるい――と。

『ああ、なんと美しい「嫉妬」の涙。それでこそ、私の手駒に相応しい！』

「……そうしてルシアナは新たな魔王の手下『嫉妬の魔女』として……って、ないない！　いくらなんでもそこまではないって！」

枕に顔を埋めながら、マイカは足をジタバタさせた。

（まさかルシアナちゃんを『嫉妬の魔女』にするために世界が事件を起こした。ゲーム的な強制力が働いた結果が今回の事件なんていうのは、さすがにないと……思うんだけど）

「ああ、アンナお姉ちゃんがいてくれたら一緒に考察できるのにー！」

何の答えにもならない思い付きに心悩ませながら眠りにつくマイカなのであった。

◆◆◆

ルシアナの部屋を出たメロディは自室に戻っていた。しかし、メイド服から着替えることはせず、部屋を暗くしたままベッドに腰を下ろしている。窓から差す月明かりだけが彼女の姿を映し出していた。

自分の手を見つめ、メロディは昼間の出来事を思い出す。

（あの時私は、あの斑点が消えてなくなってしまえばいいと考えていた）

そして斑点を指でなぞると、それはまるで硝子細工のように粉々に砕け散ったのだ。

「あれは、何だったんだろう？」

考えられる理由で今のところ思いつくのは、メロディの魔力だろう。自分ではあまり自覚がないが、メロディの魔力、魔法は普通とは異なるのだという。

自身と他の者の違いなどそれ以外考えられなかった。

（ということは、私の魔力を使えばあの斑点を取り除くことができる……？）

可能性はある。試してみるべきだ。今日はもう遅いから明日にでもルシアナとヒューバートに相談するべきだろうか。そう考えてメロディは首を振った。

（これで上手くいかなかったらぬか喜びさせてしまう。そんなことできない）

ついさっき目にしたルシアナの後姿が脳裏に浮かぶ。明るく振る舞っていたがとても辛そうにも見えた。希望を与えるだけ与えて、やっぱり無理でしたなどと口が裂けても言えない。

（だったら今すぐ確かめてみるしかないじゃない！　本当に私の魔力であの斑点を取り除くことができるかどうか、今から村に行って検証してみよう）

決断したメロディの行動は早かった。窓を開け、魔法の呪文を唱える。

「我が身を隠せ『透明化』。我に飛翔の翼を『天翼』」

誰にも見えなくなったメロディは、窓から空高く舞い上がった。星の光に満たされた空の下、メイド服姿の少女が飛翔する。だが、周囲を見渡すメロディはとても困っていた。

(真っ暗で何も見えない)

多くの者が眠りにつく時間。それは同時に全ての明かりが消え去る時間でもある。メロディは空から東のグルジュ村へ向かうつもりでいたが、これでは方向さえも分からない。

『通用口』で転移する手もあるが、メロディはルシアナと約束したのだ。自身の魔法を隠し通すと。夜道を歩く村人はおそらくいないと思われるが、危険を冒すくらいなら透明になって空から向かう方が安全だとメロディは考えた。しかし、視界が真っ暗で進むべき道がさっぱりである。

(『灯火』を使ったところで自分の周囲しか照らせないから意味がない。かといってスポットライトのような強い光を作ったら透明化した意味がないし、どうしたらいいかな?)

光源を作るのではダメ。では他にどうやって闇夜で視界を確保できるだろうか。そうして思い至ったのは、リュークのことだった。

(確か、リュークは瞳に魔力を集めて動体視力を高めることができたはず。だったら、同様のやり方で夜目が利くようにできるかもしれない)

メロディは両目を閉じて魔力を流し込む。

(暗視ゴーグルのように緑に見える感じじゃなく、闇を闇と捉えたまま正しく世界を見通す瞳を)

そしてメロディは目を開いた。

(やった、見える!)

魔法は成功し、メロディは暗闇を見分ける瞳を手に入れた。

（グルジュ村へ！）

満天の空の下、メロディは東の空へ飛び立った。数分後、メロディはグルジュ村に到着する。人影がないことを確認し、上空から壁を通り抜けて昼間訪れた畑の前に降り立った。

（これは……斑点が広がっている？）

強化された目で見ると、畑に占める斑点の数が増えているようだった。昼間の時点では畑全体の二割だったものが既に三割近く浸食されている。あまり猶予はなさそうだ。

（……どうか成功しますように）

メロディは斑点が浮かんでいるトマトにそっと指を重ねた。そして指先に魔力を流す。

（お願い、消えてなくなって！）

ピシ、パキパキパキパキ、パリンッ！

指先に魔力が灯った瞬間、トマトに浮かんでいた斑点がガラス細工が砕けるように粉々になって弾け飛んだ。トマトにはもう斑点は見当たらない。

（やった！　成功した。これなら……あれ？）

魔力によって強化されたメロディの瞳は、斑点が砕け散り粒子状になった『何か』をしっかりと目で追うことができた。粒子は風に乗り、ふわりと流されていく。やがて粒子は他のトマトの茎や葉、実に触れると斑点の元となってトマトの中へ浸透してしまうのだった。

その光景にメロディは目を見開く。メロディの魔力によって砕け散った斑点は、形を変えただけで本当の意味では消えてなくなったりなどしていなかったのである。

（どうすればいい。どうすれば畑を救える？）

目を閉じてしばし思考する。メロディの魔力でできるのはあくまで斑点を砕け散らせることだけ。砕けた粒子は放っておけばまた畑の作物のもとへ戻ってしまう。だったら――。

「……ごみはちり取りに集めればいいんだ。『天翼』！」

飛翔の翼が再びメロディを空へ導く。村の中心あたりにやってくると強化された瞳で村全体を見回した。闇に潜む漆黒の斑点が浮き彫りになっていく。

（斑点が村全体に広がりつつある）

思っていた以上に浸食は進んでいるらしい。ただその分布図に多少の偏りが見られる。村の西側に一番斑点が広がっており、東へ進むほど浸食は弱まっているようだ。とはいえ、その理由まではさすがのメロディにも判断がつかないし、今は考える必要はない。

空中にて両腕を広げ、メロディは魔法を発動させた。

「魔力の息吹よ舞い踊れ『銀の風《アルジェントブレッザ》』」

その時、村の中で風が吹いた。強くもなく弱くもなく、樹木に触れればサワサワと枝葉が揺れる程度の気持ちの良い風が、村全体を包み込んだ。

（夜中に誰かが目を覚ましても、夜風が吹いているだけだと感じる程度の自然な風を）

村の中心の上空で、まるで楽団を指揮するかのようにメロディは両腕を振るい大気の流れを支配する。メロディの魔力が込められた緩やかな風が村中の畑を通り抜け、畑に広がった全ての斑点に破壊をもたらす。

ピシ、パキパキパキパキ、パリンッ！

ピシ、パキパキパキパキ、パリンッ！

ピシ、パキパキパキパキ、パリンッ！

そこかしこで斑点が砕け散る音が鳴る。だが、それを耳にする者はいない。なぜならこれは物理的な音ではないから。魔力の風を操り、斑点を破壊し続けメロディは気が付いた。

あの斑点は魔力なのだと。黒色に可視化された魔力が作物にこびりついていたのだ。メロディの魔力を前に黒い魔力は形を保つことができない。耳のいい魔法使いにしか聞こえない、魔力が砕ける音が村に響く。だがその音さえもメロディの魔法『銀の風』が閉じ込める。余程近づかない限り耳に届くことはないだろう。

魔力の風が作物を撫でると黒い斑点は砕け散って宙を舞う。何もしなければ、それは再び作物に侵入し新たな斑点を生み出すだろう。しかし、メロディの魔法『銀の風』は砕けた粒子状の黒い魔力を決して逃がさない。砕けた魔力の粒子は風に乗って上空へ巻き上げられ一ヶ所に集められていく。黒い魔力は粒子状になっても作物に侵入し斑点の形に凝集した。つまり、この魔力には一つにまとまる性質があると考えられる。

メロディは砕いた黒い魔力を風のレールに乗せて一ヶ所に凝集させていった。村中の作物に宿った黒い魔力をたった一つに凝縮する。

『銀の風』が吹き続けること一時間。メロディの強化された瞳は、畑から全ての魔力が抜けきったことを確認した。メロディの上空、『銀の風』によって全ての黒い魔力がひとまとめにされている。

人間一人が入れそうな球体状の黒い魔力。メロディは両腕を掲げ、村中に拡散させていた『銀の風』を上空へ集わせる。黒い魔力とメロディの魔力による戦いの火ぶたが切られた。

『銀の風』による全方位へ向けた圧縮が始まる。黒い魔力はそれに抗おうとしていた。どうやらこの黒い魔力、一つにまとまる性質と同時にある程度集まると拡散しようとする性質もあるらしい。その結果が広範囲に広がった斑点という現象のようだ。

黒い魔力は『銀の風』に押され徐々に圧縮されていく。気が付けば人間の顔ほどまで縮んだ黒い魔力はまだまだ小さくなっていき、やがて圧縮限界に達した。

風がやみ、限界まで圧縮された黒い魔力は物理法則の影響下に入りメロディの元へ落下する。手の平で受け止めたメロディは、それをしげしげと見つめた。

黒い魔力の塊は最終的にビー玉サイズにまで圧縮された。つやのないマットな質感。試しにメロディの魔力を流してみる。すると魔力の玉に小さな亀裂が走った。どれだけ圧縮してもこの黒い魔力はメロディの魔力と相性が悪いらしい。だが、しばらくすると玉の亀裂は自然と修復された。

とりあえずこの玉は魔法の収納庫に一旦片付け、メロディは例の畑の前に降り立った。畑の作物に斑点は見当たらず、瑞々しいトマトが生っている。メロディは周囲を見渡すと小さな声で「ごめんなさい」と呟き、トマトを一つ収穫すると思い切って一口パクリと食らいついた。

「……美味しい。よかった」

斑点の影響は完全に消え去り、作物の味も回復したようだ。上手くいってよかったと、メロディの瞳に涙が溜まる。全て美味しくいただいて、涙が零れる前に瞳を拭った。

（でもこれで、私の魔力を使えば畑を救えることが分かった。魔法を隠すことを考えれば今夜のうちに全てを終わらせてしまうのがいいはず。……よし、やりますか！）

次は南西のダナン村へ行こうかと一歩踏み出した時だった。

「――え？」

メロディは後ろへ振り返った。そこには静寂に包まれた闇夜の村が広がっているだけ。そのはずなのに、なぜだろうか？　メロディは何かに呼ばれた気がした。

まだ終わっていない。そう告げられた気がして足を止める。理屈ではない。何か直感のようなものが働いたのだ。

メロディは村の中を歩いた。彼女の直感が何に反応したのかも分からず。

そして彼女は辿り着く。

「まさか、ここもなの……？」

不作に悩む生育途上な小麦畑。メロディの直感がここだと告げていた。

強化された瞳で小麦畑を凝視する。しかし、麦穂や茎、葉のどこにも例の斑点は見られない。

（でも、きっとここにもあの魔力があるんだ）

不思議とそれだけは間違いないと思った。そっと麦を掻き分け黒い斑点を探すがやはりどこにも見当たらない。

（もしかして、斑点の状態じゃないのかも……そうだとすると、魔力の居場所は……）

目の前の小麦畑。不作と言われているがその主な原因は生育不良だ。十分に育たず、必要な収穫量を得ることができない。土壌の栄養は十分で水も足りている。だというのに小麦が育たないというならば、考えられる原因は――。

（小麦の根が正常に栄養を吸収できていない）

つまり、黒い魔力は土の中にある。それがメロディの出した結論であった。

（きっと畑の斑点も地面から作物に浸透していったんだ。でも、トマトは斑点が浮かんで小麦にはない。違いは何？　……水分？）

小麦の栽培は稲と違ってそれほど多くの水を必要としない。瑞々しいトマトやキュウリに斑点ができ、小麦は生育不良だけで斑点がないことを考えると、土からやってきた黒い魔力は基本的に水の通り道に便乗して作物に宿ったのかもしれない。

トマトやキュウリと比べれば小麦の管はあまりに細い。斑点を作るほども集まれず、土に留まって栄養摂取の障害になっているのではないか、というのがメロディの仮説である。

とはいえ、別にメロディもそれを証明するつもりはない。彼女は小麦畑の土に両手を置いた。それは以前、ルシアナの魔力を確認するために使った方法。対象に魔力を流し循環させ、それに対する反応を見て相手の魔力の有無を確かめるというものだ。

そして土の中で魔力を循環させると早速反応があった。メロディの魔力に触れた瞬間、土の中にあった黒い魔力が弾け飛んだのだ。そこかしこで炸裂する黒い魔力。これを取り除くことができれば小麦の不作も解消できる可能性が高い。

（でもどうやって回収しよう。土の中じゃ風は通らないし……あ）

魔法の収納庫から先程の黒い魔力の玉を取り出すメロディ。メロディの考えでは、この魔力には引き寄せる性質と拡散する性質の二つが同居していると思われる。そして圧縮を終えた今、玉が拡散する様子はない。つまり、ここまで圧縮されると引き寄せる力の方が強いのではないだろうか。

メロディの考えは当たっていた。玉を畑の土の上に乗せると地面から魔力の粒子が飛び出して黒い玉へ吸収されていくのだ。ただし、メロディの魔力によって砕け散った細かい粒子だけで、まだメロディの魔力に触れていない土中に眠っている魔力は対象外のようだ。

メロディは小麦畑の地下へ魔力を広げ循環させていった。東のグルジュ村、南西のダナン村、そして北のテノン村と、メロディが全ての村に蔓延っていた黒い魔力の回収に成功したのは、東の山の稜線にほんのり橙色の光が見え始めた頃のことだった。

自室に戻ったメロディはクタクタになりながらもサッと寝間着に着替え、ベッドの上へ力なく倒れ伏す。柔らかいマットの感触に思わず息が零れる。

メロディは魔法の収納庫から黒い魔力を集めた玉を取り出した。ベッドに寝転がりながら手の平に乗せたそれをボーっと見つめる。結局、全ての魔力を一つにまとめたが二つの村の分を合わせてもビー玉サイズより大きくなることはなかった。

正直、どういう理屈なのかよく分からないが、疲労と達成感から自然と笑みが零れる。ほとんど徹夜になってしまったせいもあるが、やはり今回はかなりの魔力を消費したという自覚がメロディにもあった。気が抜けてしまったのか意識が遠ざかっていく。

（これで、今日のお嬢様の誕生日はきっと……少しだけ寝て、すぐに起き……）

黒い玉を握ったままメロディは眠りについた。日の出は近い。きっとすぐに目を覚まさなければならないだろう。メロディはほんの少しの短い休息を取るのだった。

◆◆◆

──がい。

（……なんだろう、声が聞こえる）

暗い世界、何も見えない不思議な場所でメロディはそう思った。

──がい。──か、き──。

暗闇の中から誰かの声が聞こえる。子供のようにも大人のようにも聞こえる不思議な声。

──がい。ど──、──なら──。

声は少しずつメロディのもとに近づいていた。しかし、暗い闇の中にいるせいか人の気配は全く感じない。誰かと尋ねようと思っても声を出すことはできず、少しずつ少しずつ声は近づく。

不思議と恐怖は感じなかった。そしてその声はメロディの耳元まで近づき──。

──お願い。どうか、嫌いにならないで。

メロディはハッと目が覚めた。視界に映るのは彼女自身が作り出した見慣れた天井。全壊したルトルバーグ伯爵邸の代わりに建てた仮宿の小屋敷。その使用人部屋の天井であった。

つまりは自分の部屋。よく分からないが、メロディは思わず安堵の息を漏らした。

（まだちょっと……ううん、正直とても眠い……）

窓を見れば、東の稜線に太陽が半分ほど出たところだった。あれからまだ一時間も経っていないようだが、そろそろ起床しないと申し送りに遅れてしまう。

のそりと立ち上がろうとして、メロディは右手に握る物に気が付く。

「あ、これ、出しっぱなしで眠っちゃったんだ」

三つの村から回収した黒い魔力の塊。ビー玉サイズのそれをじっと見つめるメロディ。処分したいところだがメロディの魔法では砕いて拡散することしかできず、そんなことをすればまた村に被害が出るかもしれない。思わず鋭い目つきで睨んでしまう。

（……対処法が見つかるまでは私が保管するしかないか）

メロディは魔法の収納庫に黒い玉を片付けると急いでメイド服に着替えて部屋を出るのだった。

「おはようございます、ライアンさん、リュリアさん」

「おはようございます、メロディ」

「おはよう、メロディ」

今日も先を越されたらしい。玄関ホールにはライアンとリュリアが既に来ていた。挨拶を交わし二人に近づこうとした時だった。

メロディの足から突然力が抜けてしまう。

「え？」

「『メロディ!?』」

突然カクンと崩れ落ちたメロディにライアン達は慌てて駆け寄った。

「大丈夫かい、メロディ」

「あ、すみません、急にどうしちゃったのかしら。躓いちゃったのかな」

「メロディ、何だか少し顔色が悪くないかしら。ちょっと失礼」

リュリアはメロディの額に手を当てた。メロディはそれを冷たくて気持ちいいと感じる。

「少し熱もあるみたいね。メロディ、今日は休んだ方がいいわ」

「え、でも、そんな」

メロディはギョッと目を見開き反論しようとするが、リュリアは首を横に振って受け入れない。

「きっと旅の疲れが今になって出てきたのよ。屋敷についてからも大変なことばかりだったし、体調を崩す者が出てもおかしくないわ。メイド長として命じます。メロディ、今日は一日休みなさい。体調管理も立派なメイドの仕事ですよ」

「……はい」

八月七日、ルシアナの誕生日。この日、メロディはメイドライフ初の病欠が決定した。

メイドに無双する伯爵令嬢

八月七日。ルシアナの誕生日の朝、リュリアに起こされたルシアナは彼女から聞かされた内容に思わず渡されたティーカップを落としそうになった。

「メロディが病欠⁉　本当なの？」

「はい、お嬢様。昨日と同じように申し送りにやってきたのですが途中でふらついて倒れてしまい、熱も少々あるようだったので今日は大事をとって休ませることにしました。幸い、人員は普段より多いくらいですし、そこまで困ることもありませんので」

「そ、そう……もしかして昨日食べたトマトのせいじゃ！」

「今のところ腹痛や嘔吐の気配はありませんのでしばらく様子見が必要かと」

「だったら一度お見舞いに……」

「しばらくはお控えください。風邪の可能性もありますし、何より今は眠っています。少々渋っていましたがベッドに入れたらあっという間に眠ってしまいましたので」

「……分かったわ」

渡されたティーカップに口をつけることも忘れて、ルシアナはしばし窓の外を眺めるのだった。

メロディに代わってリュリアに身支度を整えてもらうと、ルシアナ達は馬車に乗り込む。今回のメンバーはルシアナとヒューバート、護衛にダイラルとリューク、ルシアナの世話係としてマイカが同行する。

「ではライアン、屋敷のことは任せたよ」

「畏まりました。行ってらっしゃいませ」

「リュリア、メロディのことお願いね」

「ええ、仕事の合間に様子を見ておきます。ご安心ください」

ライアンとリュリアに見送られ、ルシアナ達は出発した。今回、御者はダイラルがしてくれるようだ。車内には御者側にヒューバートとリューク、向かい合ったルシアナとマイカが座る。

「それにしてもメロディ先輩が病欠だなんて驚きましたね、お嬢様」

「ええ、本当ね。王都ではこんなこと一度もなかったのに」

窓の向こうを見やりながらため息をつくルシアナ。災難続きで精神的にかなり堪えているのかもしれない。まず実家がぺしゃんこになった時点でショックを受けて倒れていてもおかしくないのだから。

「……今日は雪が降るかもしれない」

「雪？　今は夏よ、リューク。どういう意味？」

車窓を眺めながらポツリと呟くリュークに首を傾げるルシアナ。マイカは「ああ」と納得の声を上げて頷いた。

「今日は槍の雨が降るかもとかってやつね。要するにとても珍しい日だって意味ですよ、お嬢様」

「メロディが体調を崩すことはそんなに珍しいことなのかい？」

「ええ、叔父様。メロディは普通の休みの日だって趣味で自主的にメイドの仕事を勝手にやって私達に叱られる程度にはとても元気な子なの。熱を出して倒れるなんて初めてのことよ」

「私はまだ付き合いは短いですけど、体調を崩してメイドをお休みするようなヘマするイメージはないですよね、メロディ先輩って」

「そ、そうなんだ。休みの日まで仕事をしていたのかい？」

「そうなの。ただ休むよりメイド業に勤しんでいた方が心も体もリフレッシュできると豪語して、私達の目を盗んではこっそりメイドをやるような子よ」

「人目を盗んで仕事をさぼる話はよく聞くけど、雇用主に隠れてこっそり真面目に働くってよく分からない子だね……」

「それだけメイドが好きなのよ、メロディは。だからこそ体調管理には気を付けていたのに」

「昨日まで普通に元気だったんですけどね。やっぱり昨日のトマトがあたっちゃったんでしょうか」

「グレイルは何事もなさそうだったんだけどな」

ルシアナの脳裏に思い返される今朝のグレイル。リュークから朝食をもらってお腹がいっぱいになったらそのままバスケットに直行した我が家の駄犬……ルシアナはハッとした。

（やだ私ったら。可愛いグレイルを駄犬だなんて……）

思い出されるグレイルの姿。悲鳴を上げて逃げ惑うグレイル。がむしゃらにえさを食べる食いしん坊なグレイル。実は猫なのではと疑ってしまうほど昼間からよく眠るグレイル。

「……駄犬の要素しかないわね」

結論、可愛いけれどグレイルはやっぱり駄犬でした。魔王の威厳よ、さようなら。

「何か言いました、お嬢様?」

「ううん、何でもないの気にしないで」

グレイルにとって非常に不本意な結論がルシアナの脳内で完成したが、この場ではどうでもよいことである。

一旦話が途切れ車内に沈黙が走る中、ヒューバートが口を開いた。

「改めて今日の予定を確認しよう。これから俺達は三つの村全てを回って現状確認を行う。まずは東のグルジュ村、次に北のテノン村、最後に南西のダナン村と一日で領地を一周するかたちだ。全ての村の野菜畑と小麦畑を確認し、村長以下村人達から話を聞き今後の対応を考える。一日仕事になるだろう。ルシアナ、一応確認するけど今日はずっと付き合ってくれるということでいいかな」

「ええ、叔父様。そのつもりよ」

「だけど今日は君の誕生日だ。お祝いの時間が取れなくて申し訳ないけど、屋敷でゆっくりしてくれてもいいいんだよ」

気遣わしげなヒューバートだが、ルシアナは首を左右に振って答えた。

「気になってとても誕生日気分でなんかいられないわ。だったら私も領地のために何かしたいの。このまま一緒に手伝わせて、叔父様」

「……そうだね。分かった、よろしく頼むよ。それじゃあ、ルシアナには今日一日付き合ってもらうということで、マイカはルシアナの世話を、リュークはルシアナの護衛をよろしく頼むよ」

「……畏まりました」

「任せてください！　お昼ご飯もちゃんとリュリアさんに用意してもらっているので万全です」

マイカは膝に置いてあった箱型のバスケットを自慢げに持ち上げた。十歳の女の子が大きなバスケットを掲げる姿がなんだか微笑ましくてルシアナとヒューバートはつい口元を綻ばせる。

「メロディ先輩がいたら手ぶらで済んだんですけどね」

バスケットを膝の上に戻すとマイカは眉尻を下げて微笑んだ。御者台にいるダイラルを除けば車内にいるのはメロディの魔法の存在を知る者だけ。気軽に話せて少しだけ気楽なマイカである。

「では各自、村についたら自分の仕事をしっかり頑張ろう」

ヒューバートの言葉に各々が了承の返事をした。だが、彼らはまだ知らない。馬車の中で掲げた意気込みが見事なまでに空回りしてしまうという事実に。

グルジュ村に到着すると馬車は村長の家に向かった。やはり知らせが来ていたのか、家の前には村長とキーラがルシアナ達を出迎えてくれる。

「ようこそいらっしゃいませ、ヒューバート様、ルシアナ様」

「出迎えありがとう、村長。早速なのだが昨日報告にあった野菜畑の件について話がしたいんだが」

ヒューバートがそう言うと、村長とキーラは互いにチラチラと視線を交わし始めた。

「どうかしたのかい？　何か新たな問題でも」

昨日の今日で何か大きな変化でも起きたのだろうか。少々不安な気持ちでヒューバートが尋ねるが、村長もまた困惑しているようだった。

「……つまり、村中の野菜から斑点が消えてしまったと？」

「はい、その通りでございます」

ルシアナ達が昨日確認した野菜畑に向かう道すがら、村長から説明を受けるヒューバート。その隣ではルシアナがキーラから話を聞いていた。

「今朝、昨日から変化はあったか確認するために畑を見に行くと、昨日は確かにあったはずの斑点が全ての野菜から消えてなくなっていたんです」

「全て？　じゃあ、あの畑だけじゃなくて他の畑も？」

「はい。つい先ほど全ての畑を見て回りましたが、どこも完全に斑点が消えていたのです」

ルシアナ達は野菜畑に到着した。昨日困り果てていた畑の村人は嬉々とした様子で畑の手入れに精を出している。昨日の陰鬱そうな雰囲気が嘘のようだ。

「確かに斑点は見当たらないね」

「ヒューバート様、私どもは決して嘘など申してはおりません」

「あはは、分かっているよ村長。他の村からも報告は上がっているし、ルシアナも見ているのだから見間違いとも思っていないさ」

「そもそもメロディが味見をしてるんだから間違いないわよ」

「あら、そういえば今日はメロディさんはいらっしゃらないのですね」

「……ええ。彼女、今日は体調を崩して休んでいるの」

「まあ。まさかあのトマトのせいで？」

「まだよく分からないわ。少し熱があったから休んでもらっているんだけど」

「うーむ」

各々が会話をするなか、ヒューバートは野菜畑の前で考え込む。発生した原因も不明なら斑点が突然なくなった理由も不明。斑点を直接見ていないヒューバートからすると化かされたようにさえ思える状況であった。だが、事態はそれだけでは済まないらしい。

「ヒューバート様、ご報告したいことがまだございまして」

「まだ何かあるのかい？」

「はい。それが、小麦畑についてなのですが」

「小麦に何かあったのかい？　ただでさえ収穫の見込みが厳しいというのに」

「いいえ、そうではなくて……やはりこれも直接見ていただいた方が早いかと」

説明に困る村長の姿にヒューバートは首を傾げた。今度は何だというのだろうか。頭に疑問符を浮かべながら小麦畑に向かったヒューバートは驚きのあまり絶句することとなる。

「…………」

「お気持ちは分かります、ヒューバート様」

「如何でしょう、ルシアナ様」

「……凄いわ」

目の前の光景にルシアナも呆然としてしまう。小麦畑の姿が昨日とは全く違うものに変貌していたからだ。

そう、豊作の小麦畑にルシアナ達は圧倒されていたのである。

「これは、どういうことだい？」

ヒューバートは呆然としながら尋ねるが、村長もその答えを有してはいなかった。

「残念ながら私にもよく分かりません。今朝、いつものように小麦畑の様子を見に行ったら既にこうなっていたのです」

風に揺れるずっしりとした大きな麦穂が一面に広がっている。昨日までは確かに生育不良で今年の収穫が危ぶまれていたというのに、今や来月の収穫を待たず今から行っても問題ないかのような出来の小麦が畑を埋め尽くしている。

ヒューバートは村長とともに畑の中に入り、小麦の状態を直接確かめ始めた。遠くからでも分かるほど、ヒューバートから喜色に富んだ雰囲気が溢れ出していることが分かる。

「こんな、凄い……たった一晩で麦が急成長したっていうの？」

「私にも理由はさっぱりです。ですが、まるで昨日まで溜めに溜め続けた成長が一気に起きたかのような景色に圧倒されるばかりですわ」

「そうね……」

こちらも野菜畑同様、不作になった原因も不明なら急成長した理由も不明。分からないことだらけだが、この調子ならグルジュ村の収穫は期待できそうである。懸案事項が一つ減って、ルシアナはホッと安堵の息を零した。

そう、キーラからあの言葉を聞くまでは。

「本当に素晴らしいです。まるで絵本に登場する大魔法使いの奇跡を目の当たりにしたようで」

「「え？」」

「え？」

ルシアナとマイカが声を揃えてキーラを見た。突然の反応にキーラから疑問の声が上がる。

「キーラ、今何て言った？」

「今ですか？　……ああ、まるで絵本に登場する大魔法使いの奇跡のようだという話ですか？」

「「…………」」

「あの、どうかなさいましたか？」

「いいえ、何でもないのよ、キーラ。そうだ、ちょっと喉が渇いてしまったわ。悪いんだけど何か飲み物をいただけないかしら」

「まあ、それは気付かず申し訳ございません。実は最近とても美味しいハーブティーを作ったんです。早速用意してまいりますわ」

「ありがとう、キーラ」

村長の家へと走るキーラの後姿を見送りながら、ルシアナとマイカは大きなため息をついた。

「……おかしいと思ったのよ。メロディが体調不良でメイドを休むなんて」

「あれで体調管理には気を付けていましたもんね、メロディ先輩。でも、さすがのメロディ先輩も絵本に登場するような大魔法使いの夢や奇跡みたいな魔法を使えば倒れてしまうんですね」

「……もう、先に教えてくれたっていいじゃない」

ルシアナとマイカは分かってしまった。目の前に広がる夢や奇跡のような光景を作り上げたのが一体誰であるかということに。そんなことができる人物は一人しか思い浮かばない。

「お嬢様、ヒューバート様に報告します？」

「……今はやめておきましょう。村長もいるし、本人に確認をとってからじゃないと」

「ほぼ確定だと思いますけど、確かにそうですね」

「とりあえず、今私達が思い至った事実については他言無用よ。分かったわね、リューク？」

「はい」

ヒューバートはいまだに豊作の小麦畑の中で喜びを表現していた。無邪気で羨ましいとルシアナが思ったことは内緒である。

「……これ、もしかして他二つの村もこうなんですかね？」

「多分そうじゃない。あの子がそれを放っておくとは思えないもの」

「そりゃぶっ倒れもしますよね、あはは」

「そうね、ふふふ」

ルシアナとマイカの口から乾いた笑い声が漏れ出す。そこにキーラが戻ってきた。

「お待たせしました。喉や鼻がスッとしてとても爽やかな味わいのハーブティーです」

おそらくペパーミントのようなハーブから作ったお茶なのだろう。ルシアナ達ははしゃぐヒューバートをお茶のお供にハーブティーを楽しんだ。

その後、テノン村とダナン村にも回ったがグルジュ村同様に問題は解決していて、ヒューバートはキツネにつままれたような顔をしつつも事態が改善されたことを素直に喜んでいた。

この背景にメロディが関わっている可能性にはまだ気が付いていないようだ。各村の村長達との協議で少々時間は取られたが、最初に想定していたスケジュールよりははるかに早く屋敷に帰ることができた。

◆◆◆

「……んんっ」

重い瞼がゆっくりと開き、ぼやけた視界が少しずつはっきりしてくる。そこはまだ見慣れたとはいえないが知っている天井……などではなく。

「おはよう、メロディ」

「……お嬢様？」

よく知っている美少女の相貌であった。メロディは思わず目をパチクリさせて驚く。

「どうしてお嬢様が？」

「お見舞いよ、お見舞い。もう夕方だし、いい加減起きるかなって」

チラリと窓を見れば、空は既に茜色に染まろうとしていた。どうやら自分は朝から夕方までぐっすり眠ってしまったらしい。そう思っているとメロディの額にルシアナの手が触れる。

「……うん、熱はもうないみたいね。起き上がれる？　水でも飲む？」

「あ、はい。ありがとうございます」

まだ寝ぼけている部分はあるが、体調は問題ないようだ。ベッドから起き上がりルシアナから水をもらった。喉が渇いていたようで一気に飲み干してしまう。

「ありがとうございます、とても美味しかったです」

「そう。どこかつらいところとかはない？」

「はい、おかげ様でもう大丈夫です」

「よかった。一日中眠りこけるほど大量に魔力を消費した後遺症とかはないみたいね」

コップを持つメロディの体がピタリと硬直した。ルシアナは微笑んでいる。

「今朝、三つの村を回ってきたの。凄かったわ。野菜の斑点は消えるわ小麦畑は豊作だわ」

「……」

「叔父様ったら村に入るたびに小麦畑ではしゃぐんだもの。こっちが冷静になるってものよ」

「えっと……」

「そうなると考えられる原因は一つしか思い浮かばない。メロディが魔法でどうにかしてくれたんでしょう？」

「それは、えーと……」

言い淀むメロディに、ルシアナは小さくため息をついた。

「せめて何かする前に教えておいてほしかったわ……急に倒れたって聞いて心配したんだから」

「あ、お嬢様……」

ルシアナはメロディの腰にしがみつき顔を埋めた。ギュッと抱きしめられメロディは動けない。

「凄く、心配したんだからね」

「……はい。申し訳ありません、お嬢様」

「それに、ありがとう。村を救ってくれて……村の皆は私の大切な人達だったの。メロディがいなかったらきっと、私達大変なことになってた。本当に、ありがとう」

メロディのお腹に顔を埋めるルシアナの表情を読み取ることはできない。震える声だけが彼女の心情を物語っていた。

ルシアナの頭にメロディの手がそっと重なり、頭を優しく撫でられる。

「お嬢様の笑顔を守るためなら、メイドたる者、村の一つや二つ救ってみせるものなのですよ」

優しい柔らかい声がルシアナの耳を包み込む。メロディの服を涙で濡らさぬよう、ルシアナは必死に堪えるのであった。

ようやく気持ちの落ち着いたルシアナはメロディから離れ、ニコリと笑った。

「実はね、村回りが早く終わったから今リュリアが腕によりをかけて私の誕生日祝いの夕食を作ってくれているところなの。メロディも体調が戻ったなら参加してくれるよね」

「ええ、もちろんです。あ、だったら今日のお詫びも兼ねてすぐに手伝いにいかないと」

「ダメに決まってるでしょう。あなたは今日一日メイドはお休みです」

「そ、そんな、お嬢様」

「それどころかなんと、明日も一日お休みでーす！」

「え？　ええええええええええ⁉」

ルシアナのとんでもない知らせに驚きを隠せないメロディ。慌てる彼女にルシアナはほくそ笑む。

「これは私に内緒でぶっ倒れるような真似をした罰です。村を救ってくれたことには感謝するけど自分を大切にしないメイドさんには罰としてしっかり一日メイドを休んでもらいます」

「そんな、お嬢様！　後生ですからそれだけはどうか許してください！」

「皆だって突然あなたが倒れて心配したんだからね。既にリュリアに提案して叔父様にも許可をもらっているからどうにもならないわ。諦めなさい、ふふふ」

「そんな～」

ガクリと肩を落とすメロディをルシアナは悪戯が成功した妖精のような笑顔で見つめた。

「メロディ、明日は久しぶりの休日を思う存分楽しんでね！」

ルシアナの楽しげな声が屋敷に響く。ルトルバーグ家はこうでなくては。きっと誰もがそう思ったに違いない。

シュウとデート？

「メロディ、これはどういうことなの？」

八月八日の朝。メロディの自室にてルシアナは怒っていた。

「えっと、その……」

仁王立ちするルシアナの前で、床に正座させられているメロディ。彼女はメイド服姿だった。本日のメロディはルシアナの命令で休日となっている。なのにメイド服姿である。

「ダメです、ルシアナお嬢様。やっぱりありません」

開いたクローゼットの陰から顔を出すマイカ。その表情には呆れと失望の色が浮かんでいる。

ルシアナは怒りと悲しみとやっぱり呆れを含んだ大きなため息をついてメロディを睨んだ。

「……メロディ、どうしてクローゼットにメイド服しか吊るされてないのよ！」

「あわわわ、ごめんなさーい！」

メロディ、今回の旅に私服を持ってこなかったらしい。それが意味するところは……。

「今回の旅で休みを取らないつもりだったわね！」

「す、すみませーん！」

「否定しないんですね、メロディ先輩……」

移動時間を含めたおよそ三週間強のルシアナの帰省。メロディは休まずメイド業務を楽しむつもりであった。そのため私服を持っていこうなどという発想は全く思い浮かばなかったのである。

「いつもいつも言ってるでしょ、メロディ！　休みはちゃんと取りなさいって」

「メロディ先輩、上がちゃんと休んでくれないと下が休みにくいんですよ」

「うう、申し訳ありません……」

床に縮こまるメロディを前に、ルシアナとマイカは深いため息をつくのであった。

今より少し前、ルシアナはマイカを連れてメロディの部屋にやってきた。そろそろ朝食の時間だというのにメロディの姿が見えないからだ。まさか体調がまだ回復していないのかと心配し、マイカと二人で訪ねたところ、彼女らを出迎えたのはメイド服姿で気まずそうにしているメロディで。

「メロディ、今日は休みだっていったでしょう。そんな格好してもダメだからね」

「は、はい。それは分かってるんですが……」

「だったら早く私服に着替えて……まさか。マイカ、ちょっとそこのクローゼット開けて」

「はーい」

「あ、マイカちゃん、ダメ！」

という経緯により、メロディが私服を持ってきていないことが発覚したのである。

「とりあえず今はその格好でいいわ。もう朝食の時間だし」

「服については食後にきっちり考えましょうね、メロディ先輩！」

「……はい、分かりました」

項垂れるメロディを引き連れて、ルシアナ達は食堂へ向かうのだった。

朝食を終えると、三人は再びメロディの部屋へ。メロディの服について議論を交わす。

「幸いメロディ先輩には服を作る魔法がありますからどうとでもなるのが救いですね」

「そうね。とりあえずメイド服の一着を解体して新しい服を作りましょう」

「お嬢様、それは悪魔の所業ですよ!?　許されざる大罪です！」

「メロディ先輩、どんだけメイド服を神聖視してるんですか」

「自業自得、身から出た錆よ、メロディ。あなたがきちんと私服を用意していればメイド服は死なずに済んだの。あなたの軽率な行いがメイド服を殺したのよ！」

「そ、そんな……私のせいで。ああ、私は何てことを……」

「……私、何のコントを見せられてるんでしょうか」

メロディをビシッと指差すルシアナ。膝から崩れ落ちて両手で顔を覆って嘆くメロディ。どっちも本気でやっているのだとは分かるのだが、言わずにはいられないマイカであった。

そんなこんなでルシアナとマイカによるメロディのドレスアップ談義が始まった。

「あの、お二人ともお手柔らかにお願いします」

「ルシアナお嬢様、こういう大胆な肌見せドレスなんてどうですか？　絶対に似合うと思います」

「さすがにこんなに短いスカートはダメよ、マイカ。太ももまで見えてるじゃない。可愛いけど」

「タートルネックのノースリーブサマーニット！　胸のラインを強調したセクシー路線です！」

「メロディにはもっと清楚なイメージの方が似合うんじゃない？　袖をヒラヒラさせるとか」

「パンツルックもありじゃないですか。ローライズのへそ出しとか見てみたいです」

「メロディはツインテールも似合いそうね。夜会のドレスを昼間風にアレンジするとか」

「ゴシックドレス風ですか？　それも可愛いかも。だったらこういう感じの――」

「あの、本当にお手柔らかにお願いしますね――！」

乙女ゲージャンキーヒロイン推しなマイカとメロディ大好きっ子ルシアナによる、仁義なきメロディコーデの幕が切って落とされたのであった。そして――。

「ふぅ、完成したわ」

「はぁ、可愛いです、メロディ先輩」

「やっと、終わった……」

ルシアナとマイカがあーだこーだと話し合うこと一時間。ようやくメロディの服が完成した。

上は袖口がふわりと開いた白色のフリルブラウス。空気も取り込んで涼しげな印象だ。

下はミモレ丈のフリルスカート。白のスカートに黒のスカートを重ねた二層構造で、ウエストの真ん中に縦に三つ白色のボタンがあしらわれている。

黒の靴下と黒のショートブーツを履き、スカートと靴下の間でチラリと見える肌色が印象的。髪型は普通に下ろしただけだが、スカートに合わせた黒色のリボンを巻いた麦わら帽子を被るので下手なアレンジは必要ない。

右手には麦わら製のトートバッグが掛かっている。外出時の荷物を運ぶのにちょうどいいだろう。

「メロディ先輩のお散歩コーデの完成ですね！」

「でも、結局選んだ色が白と黒って、メイド服っぽくなっちゃったのはなぜかしらね？」

「これが一番似合ってたんだからしょうがないですよ。それにメイド服には見えませんよ」

「当然です。こんなのメイド服じゃありません！」

そんなこんなでメロディは休日の服を手に入れたのであった。

「私は今から叔父様について領地の勉強をするわ」

「私はルシアナお嬢様のお付きです」

やることをやった二人はそう言ってメロディのもとを去って行った。「休日を楽しんでね」と言われたが、お散歩コーデ姿のメロディは廊下をトボトボ歩きながら途方に暮れている。

「実際問題お休みって、どう過ごせばいいのかな……?」

メイド以外への興味がとことん薄い少女メロディは、休日の過ごし方がよく分からないということもあるが、そもそもルトルバーグ伯爵邸の立地が休みを楽しむのに向いていないということも、メロディが困ってしまった原因だろう。

領内の三つの村に公平に対応するため、ルトルバーグ伯爵邸は三つの村の中心地に立っている。そのため、屋敷は平原の真ん中にポツンと立っているので、休日に遊ぶといっても何もないのだ。シュウ以外の屋敷の使用人達は三つの村の出身である。彼らは数日まとめて休暇をもらい、実家でゆっくり過ごすのだそうだ。残念ながらメロディの参考にはならない。

(仕方ない。マイカちゃんもお散歩コーデって言ってたし、屋敷の周りを少し散歩してあとは部屋で縫物でもしてようかな)

十五歳の少女の休日とは思えない、つまんないスケジュールである。メロディは屋敷の裏口へ向かうのだった。

メロディが建てたこの仮宿は、ルシアナ達が通る正面玄関と使用人が通る裏口が存在する。さすがに仮宿に庭までは作らなかったメロディだが花壇ぐらいは用意してあった。

メロディが裏口に出ると、その花壇の手入れをしている人物と遭遇した。花壇のそばには抜いた雑草を入れる袋が置かれ、その人物は鼻歌を歌いながら花壇に水やりをしている。

「シュウさん？」

「ふっふふーん♪　んん？　メロディちゃん？　……何それメッチャ可愛い」

メロディに気付いたシュウはしばし口をポカンと開けて呆けてから、素直な気持ちを呟いた。如《じょ》雨露《うろ》を手放し、つかつかとメロディの元へ歩み寄る。

「すげーよく似合ってるね、メッチャ可愛いよ、メロディちゃん！　あ、そういえば今日休みだっけ。俺も休みなんだ！　ああ、メッチャ可愛い」

「えっと、ありがとうございます？」

「ふはは、なんで疑問形？　かーわいーなー」

シュウはニヘラッと締まりのない笑顔を浮かべた。可愛いと連呼されてさすがにちょっと恥ずかしいメロディである。とはいえ、確かに可愛いことに間違いはなかった。きっとレクトあたりが見たら硬直して押し黙ることだろう。シュウはレクトとは対照的な反応を見せる男であった。

「シュウさんも休みだったんですか？　休日に花壇の手入れを？」

「俺、土弄りが好きなんだ。楽しいからちょっとやってたんだよ」

「それで休日なのにいつもの恰好《かっこう》だったんですね」

休日と言いながらシュウは普段と変わらず使用人服を着ていた。作業着の代わりとして使ったのだろうとメロディは考えたが、シュウは笑ってそれを否定する。

「いやぁ、俺、私服って持ってないんだよね。なくても困らないし」

「私もメイド服で十分なんですけどお嬢様にダメだって叱られちゃいました」

「それは仕方ないよ。こんなに可愛い格好が見られないんじゃお嬢様が怒るのも分かるよ」

「そ、そういうものでしょうか」

「そういうものだよ。女の子はおしゃれしなくっちゃ」

シュウは楽しそうにウンウンと頷いた。おしゃれに興味のないメロディには分からない世界である。ルシアナを着飾るのは好きなくせに、なぜ自分のことになると分からないのだろうか？

「メロディちゃんは今からお出かけ？」

「はい。休みといっても特にすることもないので少し散歩でもしようかなって」

「やることないの？　……だったらさ、今から俺と一緒に遊ばない？」

「シュウさんとですか？」

「今厩舎にはメロディちゃん達が乗ってきた馬車の馬がいるでしょ。そいつに乗って少し遠出しない？　馬なら村にも早く行けるし、日帰りでも結構楽しめるんじゃないかな」

「馬で遠乗りですか。シュウさんは馬に乗れるんですか？」

「バッチリ任せてよ！　馬の扱いには自信あるんだ！」

シュウはニヘラッと笑って自慢げに胸を叩いた。

メロディはしばし考える。確かに、暇つぶしで散歩するよりはずっと楽しそうではある。村にも寄れるなら、グルジュ村へ行って自分の目で野菜畑や小麦畑を確認するのもいいかもしれない。

「分かりました。じゃあ、よろしくお願いしますね」

「やったー！　メロディちゃんと乗馬デートだ！」

「えっと……」

素直にはしゃぐシュウの姿にちょっと否定しにくいメロディであった。

シュウが馬の準備を整える間にメロディは調理場へ行って昼食を作ることにした。簡単だが二人分のサンドイッチを作り、早速ルシアナ達がデザインした麦わらのトートバッグが活躍することに。二人がこんな状況を想定していたとは思えないが、いきなり役立ったことに苦笑いを浮かべて厩舎へ向かうのだった。

「お待たせしました、シュウさん」

「全然。俺も今来たところだよ、ってホントにデートっぽくて楽しいなぁ」

些細なことでも楽しそうに笑うシュウにつられてか、メロディもクスリと笑ってしまう。

馬には既に馬具が取り付けられており、シュウは軽やかに鐙《あぶみ》を蹴って馬に跨った。ニヘラッと笑うシュウから手を差し出され、メロディがその手を掴むとシュウは軽々と彼女を自分の後ろに座らせる。スカートを穿いているのでメロディは横座りになってシュウの腰にしがみつくかたちだ。

「それじゃあ、行くよ」

馬がゆっくりと動き出す。パカラパカラと蹄の音が鳴り、メロディ達は屋敷の外へ出た。馬に乗ったメロディは、ほんの少し視点が高くなっただけなのにいつもとは違った景色に見えて感動を覚える。空を飛んだ時とはまた違う、身長の延長線上にある見えそうで見えなかった景色が妙に新鮮に映った。

「どう？　怖くない？」

「はい。なんだか不思議です。いつもより少し高いところから見ているだけなのに、別の世界を見ているみたいで……ずっと見ていたくなります」

「そう。それはよかった。じゃあ、もうちょっと速く走ってみようか」

「え？　きゃっ」

シュウが手綱を握り、馬の歩調を速めた。その分馬上の快適性は失われ、メロディは揺れる馬上で思わずシュウにしがみついてしまう。……シュウはニヘラッと笑った。

「メロディちゃん、草原に出るよ。俺にしがみついていればいいから景色を楽しんで」

「え、きゃ、はう、わ、分かりまし、きゃっ！」

乗馬というものは自転車やバイクほど乗り心地のよいものではない。四本の脚で軽快に走ればバランスを取るために背中はとても揺れるのだ。シートベルトなどない馬上でメロディがバランスを保つにはシュウにしがみつく以外に方法はなかった。

結構な密着具合にシュウさんはご満悦である。しばらくして速さにも慣れてくると、メロディはようやく流れる草原の景色を堪能することができた。

「わぁ、綺麗……」

風を切り、草が揺れる音が一瞬で耳を通り過ぎていく。生き物に乗って駆け抜ける感覚は馬車を急がせて走るそれとは全く異なるだろう。有り体に言って……とても気持ちよかった。

三十分くらい走っただろうか、やがて馬の速度が落ち、草原の上をゆっくり歩くようになる。

「どうだった、メロディちゃん。楽しんでもらえた？」

「はい、とても。ちょっとだけお尻が痛いですけど」

「やはは、ごめんね。二人乗り用の鞍でもあればよかったんだけど」

「気にしないでください。乗馬に誘ってくれてありがとうございます」

「あう、いい子だなぁ、メロディちゃん。よかったら俺と付き合ってください！」

「ごめんなさい。私、メイドに集中したいのでそういうのはちょっと」

「一瞬で振られちゃった！　まあ、いいや」

（いいんだ……？）

告白を即答で断られたシュウはガーン！　とショックを受けた顔になったがすぐに元に戻った。既に村の女の子達から全敗している男の精神は振られたくらいでグラついたりはしないのである。

「これからどうしようか。もう少しこのあたりを回ってもいいけど、村とかも行けるよ」

「だったらグルジュ村へ行ってみたいです。野菜畑がどうなったか見たいですし」

「ああ、なんか大変だったらしいね。分かった、行ってみよう」

「畑を見たらお昼にしましょう。サンドイッチを作って来たんです」

「やったー！　メロディちゃんの手作り弁当だ！」

二人はグルジュ村へと向かった。馬に負担をかけない範囲で進み、一時間くらいで村の門に到着すると、シュウは門番に呼び止められてしまう。

「シュウ、何だよあの子！　メッチャ美人じゃんメッチャ美人じゃん！」

グルジュ村の門番の青年ランドは、シュウを引き寄せるとメロディに背中を見せて小さな声で叫ぶという器用な真似をして見せた。

「いいだろう。さっきまで俺、あの子に後ろからしがみつかれながら馬で遠乗りしてたんだぜ」

「何だよそれ羨ましすぎるぞ！」

どうやらランドはシュウと似た者同士で仲が良いようだ。コソコソと話している二人を、メロディは首を傾げて見ていた。

「王都にいたルシアナお嬢様のメイドなんだ」

「王都のメイドかぁ。垢抜けていて美人だなぁ。やっぱり王都は違うなぁ」

「そのうえ優しくて気立てもよくて可愛くて可愛いんだぞ」

「だよなぁ。可愛いよなぁ」

「……あなた達、いつまでやっているんですか」

メロディの可愛さを讃えていると、門の内側から二人に話しかける声がした。

「げっ、キーラ!?」

「キーラちゃん！　久しぶり！　まさか俺に会いに来てくれたの？」

「ランド、『げっ』とは何ですか『げっ』とは。お久しぶりですね、シュウさん。もちろんあなたに会いに来たわけではありません。たまたま通りかかったらお二人がコソコソしていたので様子を見に来ただけです。そして案の定、炎天下に女性を待たせる無粋なお二人を発見したわけですね」

「あ、ご、ごめんね、メロディちゃん！」

キーラに指摘され、慌てて振り返るシュウ。メロディは気にした様子もなくニコリと微笑んだ。

「ようこそ、メロディさん。体調はもう大丈夫ですか？」

「お気遣いありがとうございます、キーラさん。おかげさまでもう大丈夫です」

ニコリと笑い合うメロディとキーラ。何だか遠巻きにされたようで戸惑うシュウ。

「本日はどういったご用件で？」

「畑の様子を見てみたいと思いまして」

「まあ、そうでしたの。気に掛けていただきありがとうございます。どうぞ見て行ってください。ご案内します」

「ありがとうございます」

キーラに先導されてメロディも歩き出す。

「シュウさんは馬を門の近くにでも繋いでおいてください。私はメロディさんを案内しますので」

「えっと、終わるの待ちますよ、シュウさん」

「あはは、気にしなくていいよ。すぐ追い掛けるから先に行ってて」

シュウがそう言ってくれたのでメロディはキーラに案内されて例の野菜畑へ向かった。

「わぁ、本当に斑点がなくなりましたね」

「ええ、一時はどうなることかと思いましたけど、何事もなくてよかったです」

畑から斑点が消えたことはあの日、しっかり確認したがやはり昼間に見ると印象がガラリと変わる。瑞々しく青々とした野菜畑の姿にメロディもやっと安心することができた。

小さく安堵の息を漏らし、再確認も込めてメロディは瞳に魔力を集めた。そして――。

「……え？」

「どうかしました、メロディさん？」

「あ、いえ、何でもないです」

目にしたものが信じられず一瞬呆けてしまったメロディ。キーラに尋ねられるが慌てて首を振って何でもないのだと主張した。しかし……。

（この前、完全に吸い尽くしたと思ったのに……）

野菜畑の地表に、例の黒い魔力を見ることができた。それはまだとても小さく、斑点になるにはまだまだ時間が掛かりそうではあるが、確かに黒い魔力の粒子であった。

その後、小麦畑の方も確認したがやはりそこにも黒い魔力の粒子が散見された。こちらもすぐに影響は出なさそうだが、どこかから黒い魔力が土に浸透してきていることは間違いないようだ。

（この魔力がどこから来ているのか分からないと、また同じことが起きるかもしれない……）

キーラに案内され、シュウと村を回りながらメロディはどうしたものかと考えたが、今のところ解決策は思い浮かばなかった。


夕方になり、二人は屋敷に帰ってきた。厩舎に馬を返し、裏口に向かう中シュウがメロディに話しかける。

「いやー、楽しかった。今日はありがとね、メロディちゃん」

「私も楽しかったです。ありがとうございます、シュウさん」

「また遊びに行こうね！」

「ええ、機会が合えば」

ニヘラッと笑うシュウに、メロディも笑顔を返す。そして二人が裏口の方へ目をやると、待ち構えるように立つ人物が。

「あ、ルシアナお嬢様。メロディ。只今帰りました。休日は楽しめた？」

「おかえりなさい、メロディ。只今帰りました」


「はい。シュウさんが馬で遠乗りに連れて行ってくれたんです」

「そう、よかったわね。今日は疲れたでしょう。部屋に戻って休むといいわ。マイカ、案内して」

「はーい」

「マイカちゃん？　私、一人で行けるけど……」

「気にしないでください。行きましょう、メロディ先輩」

「えっと、それじゃあ、失礼しますお嬢様。シュウさん、今日はありがとうございました」

「う、うん。俺も楽しかったよ。付き合ってくれてありがとう」

ニヘラッと笑いつつもどこか顔色が悪いように見えるシュウ。メロディは疑問に思いつつもペコリと一礼して部屋に戻った。

……しばらくしてどこからか男の悲鳴が聞こえた気がしたのは、きっと気のせいだろう。

ここ掘れワンワン！　魔王ガルム

八月十三日。夜の帳に包まれたグルジュ村の空に、輝く翼を生やした少女が浮かんでいた。もちろんメロディだ。『透明化』の魔法のおかげで見つかる心配はない。

「魔力の息吹よ舞い踊れ『銀の風』」

村全体に心地よい風が吹き、大気の流れに沿って黒い魔力がメロディのもとへ集まっていく。魔力は彼女の手に置かれたビー玉サイズの黒い玉へと吸収されていった。

「とりあえずこれで大丈夫だけど、このままじゃまずいよね……」

強化した瞳で村全体を見渡す。その瞳に黒い魔力は欠片も映らない。除去作業は完了したようだ。

（あれからたった五日でまたあんなに溜まるなんて、早く汚染源を見つけないと）

メロディは嘆息しつつ、次の村へ向かって飛翔するのであった。

五日前、シュウと訪れたグルジュ村でメロディは取り除いたはずの黒い魔力が再び発生していることに気付いた。その時はまだ大した影響が出ない程度だったのだが、今日の昼間、ルシアナに付き添って再度村を訪れると事態は一変していた。たった数日様子を見ているうちに、明日にでも再び斑点が生まれかねないほど大地を黒い魔力が浸食していたのだ。

その日の夜、メロディは再び夜の空を飛翔し、三つの村から黒い魔力を回収した。一度実行した経験のおかげか、三つの村を回り切っても大した消耗にもならず、翌朝普通に目を覚ますことができた。

いや、普通ではないかもしれない。


――お願い。どうか、嫌いにならないで。


「……また」

黒い魔力を回収した翌朝。メロディは目が覚めると同時にそう呟く。ここのところ毎日夢を見る。いや、夢といえるほどでもない。目が覚める頃になると声が聞こえるのだ。

性別も年齢もはっきりしないか細い声が、メロディに縋るように懇願する不思議な声の夢。

（……やっぱりあれと関係があるのかな？）

魔法の収納庫からビー玉サイズの黒い魔力の玉を手に取る。じっと見つめるが、何か変化があるわけでもない。少し魔力を込めると簡単に罅《ひび》が入り、しばらくすると元に戻る。

初めて黒い魔力を回収した日から毎日この声とともに目覚めている。最初のうちは覚えていなかったが、さすがに一週間近く毎朝聞いていれば覚えるものだ。

「……嫌いにならないで、か。誰のことなんだろう？　あなたが言ってるの？」

思わず黒い玉に問い掛けてしまった。しかし、玉がしゃべるはずもなく何の反応もない。

しばらく無言で玉を見つめていたメロディだったが、玉を収納庫へ片付けるとベッドから起き上がるのだった。

◆◆◆

昼食を終えたメロディは、休憩時間の余暇を利用して食堂のテーブルに三枚の紙を広げた。そこに地図を書き込んでいく。東のグルジュ村、北のテノン村、南西のダナン村の感染マップだ。

ルトルバーグ領の三つの村はほとんど似た形をしている。王都の小麦畑はその広さもあって王都の壁の外に広がっているが、人口の少ないルトルバーグ領の村の小麦畑は壁の中に作られていた。大まかに説明すれば、丸い壁の内側、外へ通じる門のある方から半分が居住区とトマトなどの野菜畑が配置されており、残りの半分が小麦畑となっている。

メロディは先日と昨夜に見て確認した感染範囲を地図に記入していく。これで何か分かることはないかと見てみるが、やはりそう簡単に答えは出ない。

「……大小あれど村全体に感染してるのよね」

ほぼ村の全域に黒い魔力は浸透していた。まだ斑点が出ていない野菜畑もあくまで斑点が出ていないだけで黒い魔力自体は広がっていたのだ。

「この調子だとまた五日後には魔力を回収しないといけない。……まだ何も掴めていないけど、お嬢様とヒューバート様には早めに報告した方がいいのかも」

メロディは今回の件をまだ誰にも伝えていなかった。気付いた当時は少し様子をみようと思っていたからだが、昨日の段階で報告しなかったのは報告しようにも確証のある情報が何一つなかったからでもある。

分かっていることは、原因は黒い魔力であること。たったそれだけ。黒い魔力の正体も、汚染源も、メロディの魔力以外の対処法も何も分かっていない。

報告したところで不安を煽ることしかできないという、何とも報告しがいのない情報だ。

せめて他に対処法があればいいが、ルシアナ曰く王国一の魔力を持つ自分がクタクタになってようやく回収することができた黒い魔力を、ルトルバーグ領でどうにかできるとも思えない。

……まぁ、一回やったらもう慣れて次は大して消耗しなかったんだけど。

現在、ルトルバーグ領で自分に次いで魔力があるのは、魔法の使い方を知らない記憶喪失のリューク、そこから大分離されて護衛のダイラル。彼も魔法を使えない。たった二人だけである。

やはり何かもう少し建設的な情報が必要だろう。

とりあえずメロディの力でしばらく時間稼ぎはできるだろうから、もう少し頑張ってみようと思うメロディであった。

「あ、メロディ先輩。ちょっといいですか、って何してるんですか？」

三枚の地図とにらめっこしていたメロディのもとへマイカが尋ねてきた。

「あら、マイカちゃん。ああ、これ。この前の村の斑点被害とか不作に関する簡易マップを作ってみたの。原因がよく分からなかったから参考になるかと思って」

「はぁ、メロディ先輩は真面目ですね」

「ところで私に何か用？」

「あ、そうでした。グレイルを見ませんでした？　さっきからどこにも姿がなくて」

「そういえばお昼も食堂に来ていなかったわね。ちょっと見てないな」

「そうですか。今日はお昼ご飯にも来なかったからちょっと心配になって。どこかで見かけたら教えてください」

「ええ、分かったわ」

それだけ言うとマイカは食堂を後にした。

「グレイルったらどこに行っちゃったのかしら」

首を傾げつつもメロディは地図へ意識を戻した。感染範囲について書き込んだので、次は感染レベルについても加筆していく。畑によって斑点の発生率が異なっているのだ。分布図を作れば何か分かるかもしれない。

そうして書き込んでいくとはっきりしたことがあった。

「……門に近い畑ほど感染被害が大きい？」

三つの村全てに同様の傾向が見られた。多少の誤差はあるが大体似たような状況だ。

「言われてみれば小麦畑は広範囲に影響が出ていたけど、土の中の魔力量はそれほどでもなかった気がする。斑点とは違う形で影響が出ているから感染レベルは別で考えて判断しないと」

小麦畑の感染レベルを一とした場合、二回に渡る回収で覚えている限りで他の畑の感染レベルを設定していくと――。

「やっぱり、門に近いほど感染レベルが高い。これってつまり、門の方から汚染源が広がってきてるってことだよね？　ということは……」

メロディはルトルバーグ領の地図を広げた。ペンと定規を持って地図を見る。

「えっと、確か北のテノン村の門の位置はほぼ真南にあったはず。もし汚染源が同じく南から来ているのだとしたら」

メロディはテノン村から南に向かって直線を引いた。

「次に東のグルジュ村。確かここも門の位置はまっすぐ西だったから、こっちも……」

メロディはグルジュ村から西に向かって直線を引いた。そして二本の線が交差する。

「え？　これって……うん、とりあえず最後までやろう。南西のダナン村の門は、ここもまっすぐ北東に向かって門があるから……」

メロディはダナン村から北東に線を引いた。そして、三本の線がちょうど重なる点があった。

「……ここ？」

メロディは周囲を見回した。三つの村の門は全て、ルトルバーグ伯爵邸に向かって作られていたのである。それが意味するところは……。

「まさか！　我が身を隠せ『透明化』。我に飛翔の翼を『天翼』！」

体を隠し、背中に生やした輝く翼でメロディは太陽の光降り注ぐ空へ飛び立った。

高く、高く、これまでよりもずっと高く。上空から三つの村が見渡せるほど高いところまで上昇したメロディは、瞳に魔力を集中させる。

「もっと、もっと！　今までよりもずっと強く。空から大地を見通せる瞳を！」

これまでにないほどの魔力の高まりが瞳に宿る。瞳を閉じ、そして開いた時、瞳からまるで銀色の炎が宿ったかのような魔力の迸りが生まれた。

最大限に強化されたメロディの瞳が、ルトルバーグ領全体を見通す。

「……ああ、そうだったんだ」

三つの村から魔力の流れが窺えた。どういう理屈か黒い魔力は街道に沿って流れ続け、三本の魔力の線が行き着く先は予想通りルトルバーグ伯爵邸へと続いていた。

本当は逆で、ルトルバーグ伯爵邸から三つの村へ魔力が流れていたのだ。多少周囲にも広がっているものの、まるで最初から狙っていたかのように街道沿いに村へ魔力が至っている。

黒い魔力には何かメロディもまだ知らない性質があるのかもしれない。

「例えば、人間のいる方を目指して動くとか？　……そんなことってあるのかな？」

元々植物が生えていない剥きだしの土の街道沿いに魔力は流れているので、村に被害が出るまでその存在には誰も気が付くことができなかったようだ。

「でも、汚染源が分かったのなら対応できる……！」

なぜルトルバーグ家に汚染源があるのか不明だが、とにもかくにも位置を特定できたのなら何かしらできるはずだ。メロディは急いで地上へ戻るのだった。

小屋敷の陰でこっそり魔法を解いたメロディが向かった場所は、瓦礫の山となった伯爵領跡地。まさに本当のルトルバーグ伯爵邸が立っていた場所に最も色濃く黒い魔力を見ることができた。

瞳の強化は通常に戻してある。地面に降り立った今ならそれでも十分に魔力を辿ることができる。

小麦畑の時は魔力循環によってしか認識できなかった地中の魔力を、気が付けば普通に見ることができるようになっていた。

おそらく何度か繰り返しているうちに、メロディの目が地中の魔力にも焦点を当てることができるようになっていったのだろう。持っている力も大きいが成長速度もバグっているメロディである。

「伸びろ、仮初めの手『延長御手・千手』」

見えざる千本の腕がメロディから溢れ出る。音を立てずゆっくりとそれでいて正確に、メロディは魔力の中心点へ向かって瓦礫の山を崩していった。まるで道が拓かれるように瓦礫が動き、メロディの歩みを助ける。見る人が見れば何かの神事かと誤解しそうな光景である。

そしてメロディはようやく目的地に辿り着いた。だが、そこには先客がいた。

「……グレイル？」

「ワンワン！　ワンワン！」

グレイルはそこで土を掘っていた。かなり前から掘っていたようで、既にグレイルが五匹は重なれそうなほど深く掘られている。

（え？　何してるの、グレイル？　……ここ掘れワンワン？）

たぶん違うだろう。

そこでメロディは思い出した。グレイルが黒い魔力を含んだトマトを美味しそうに食べていたことを。我慢できず斑点が浮かんだ葉っぱにまで口に含んでいたことを。

「グレイル、あなた、あの黒い魔力が分かるの？」

「ワンワン！　ワンワン！」

グレイルは吠えながら力強く地面を掘り続けている。ワンワン吠えているが、メロディの存在にさえ気が付いていない。かなり集中しているようだ。

がむしゃらに土を掘り続けるグレイル。その向こうにある何かを確信しているかのように。

「……そう、グレイルには分かるのね。そこに、あるのね？」

メロディは見えざる手でグレイルを抱き上げた。

「キャワンッ⁉」

そこで初めてメロディがいることに気が付いたグレイルは犬だというのにギョッと目を見開いて驚いてみせた。メロディは柔和な笑みを浮かべて自分の腕でグレイルを抱きしめる。

「そっか。私より先にグレイルは汚染源を見つけていたのね。それを自分で掘り起こそうとして」

「キャワワンッ⁉　キャンキャンキャン！　ワンワンワンワン！」

（見つかった⁉　あ、あれは我のだからな！　地下に眠っている巨大な負の魔力は我のだぞ！）

「あなたも皆が大好きで役に立ちたかったのね。優しい子ね、グレイル」

全然そんなんじゃなかった。メロディはとても都合のいい勘違いをしている。

ドロドロに汚れたグレイルの前足を、宝物に触れるかのようにそっと撫でるメロディ。

「キャワーン⁉　キャイーン！」

（ちょっと痛い⁉　浄化するなー！）

グレイルを慈しむメロディの優しい心がグレイルに聖女の祝福を与えていた。酷い勘違いによる大変ありがたくない祝福が魔王グレイルに齎されていた。

「グレイル、安心して。あとは私がやるから」

グレイルを下ろすと、メロディはグレイルが掘った穴を見た。間違いなく、この先に、それもかなり深い地下に目的の物、黒い魔力の汚染源がある。

「地下を探して『延長御手・千手』」

千本のうち数十本の見えざる腕が大地を透過して地下深い場所へと潜行していく。それから数分後、魔法の腕は目的の物を見つけた。

「引っ張り出して『延長御手・千手』！」

数十の腕が地下に埋められたそれを力技で引っ張り上げていく。地面の圧力などものともせず、時に引っ張り時に押し出し、少しずつ少しずつ目的の物は地表に近づいて行った。

掘り返した方が楽なのでは、と聞く者もいるかもしれない。しかし、それが埋まっている場所はとんでもなく深いところにあり、掘り返して手に入れようと思うとここにどれだけの土が盛り上がるのかという話だ。それを嫌ったメロディは、力業であっても引っ張り上げることにしたのだ。

そして、それはとうとう実現する。メロディの足元が少しずつ揺れ始めた。魔法の腕が周囲を支えているので瓦礫の山が崩れることはない。そうして地面が揺れる中待っていると、それがピタリと止まった。そしてグレイルが掘った穴の底がモゾモゾと動き出し――ポンッと。

見えざる腕に包まれて宙に浮かぶそれは、バスケットボールほどのメタリックな球体であった。黒ずんだ銀のような色合いの大きな球体。指裏で叩いてみればやはりコンコンと金属音が鳴る。

「これが、汚染源……？」

間違いないだろう。メロディの強化された瞳が球体全体から漏れ出す黒い魔力を認識していた。

「ワンワンワン！　ワンワンワンワン！　ワンワンワンワン！」

（それは我のだぞ！　我が掘ってたんだから我のだぞ！　所有権を主張する！）

メロディの足元をグルグル回りながらグレイルが激しく吠え出した。

「そう、グレイルもこれが見つかって喜んでいるのね」

メロディはニコリと微笑んだ。喜んでいることに間違いはないが、勘違いが酷い。

「あ、グレイル、こんなところにいた！」

「マイカちゃん？　それにお嬢様とリュークも」

メロディが拓いた瓦礫の道からマイカとルシアナ、そしてリュークが入ってきた。

「私達もグレイルを探してたんだけど、こっちから鳴き声がしたから来てみたの。そしたらこんな有様で……」

「お嬢様、有様って何だかちょっと酷いです」

「ここは危ない。早く出よう」

周囲を見回しながらリュークが言った。確かに瓦礫に囲まれている状況は危険だろう。

「もう、グレイル。勝手にどっか行って心配したんだからね！」

「キュウーン」

マイカに抱き上げられて怯えた様子のグレイルにメロディ達は苦笑した。

「それで、グレイルもメロディもどうしてこんなところに？」

「実は……」

首を傾げて尋ねるルシアナに、メロディはこれまでの事情を説明するのであった。

「……メロディ、あなたまた……」

「も、申し訳ありません」

昨夜こっそり魔力回収をしたことも含めてルシアナに報告すると、彼女は不機嫌そうにこめかみを押さえだした。

「もう！　だからちゃんと前もって教えてって言ったじゃない！　報告・相談・連絡！　ホウ・レン・ソウよ！　はい、リピートアフタミー！」

「ホ、ホウ・レン・ソウ」

「ワンモア！」

「ホウ・レン・ソウ！」

「そう！　心配させたくないとか考える前に相談して。してくれない方が怖いの、心配なの！」

「はい。申し訳ございませんでした」

「はぁ、とりあえずその大きな玉が今回の元凶ってことでいいのよね」

「はい。これから黒い魔力が溢れ出していますから間違いないかと」

「……メロディ先輩、今何ていいました？」

グレイルを抱いたマイカが目をパチクリさせてメロディに尋ねた。

「黒い魔力って、言いました？」

「ええ。これがそうなんだけど」

メロディは魔法の収納庫から例の黒い玉を取り出してマイカに見せてやった。

「村中に広がっていた黒い魔力を集めて固めた物よ」

「キャワーン！」

「ダメよ、グレイル！」

マイカに差し出した黒い玉をグレイルがうっかり食べようとした。メロディはすかさずグレイルから離し、年上のお姉さんのように注意した。

「いけない子ね、グレイル。目の前に出されたからって何でも食べてはダメよ」

「なんてもの持ってるんですか⁉」

「マイカちゃん？」

マイカの突然の剣幕に驚くメロディ。だが、マイカは思考の渦に飲み込まれそれどころではない。

（黒い魔力……そんなものゲームではたった一つしか思い当たらない。でも、どうしてそんなものがここにあるの？　あんな球体、ゲームには登場しなかったはず。何が一体どうなってるの⁉）

「とりあえず一旦ここを離れましょう。続きは私の部屋で」

「畏まりました」

メロディは魔法の腕を解除し、大きな球体をその手に持った。

「キャワーン！」

「あ、グレイル、ダメだって言ってるでしょ」

グレイルはマイカの腕から身を乗り出し、球体に小さな口でかぶりつく。何にでも噛みつきたい年頃なのねとメロディ達が呆れたその時、球体に変化が起きた。

ピピッ、ピイイイイイイイイイイイ！

「きゃっ、何？」

球体から突然電子音のような音が鳴り響いた。咄嗟のことに思わず球体に落としてしまうメロディ。そして球体全体をまるで電子回路のような光が走り始める。

「な、何よこれ……」

見たことも聞いたこともない反応を見せた球体にルシアナは恐怖を感じた。全員が球体に注目する中、球体から再び音が鳴った。それはまるで言葉のようにも聞こえ――。

『緊急起動要件：特定指定魔力二種との接触を感知』

『特定指定魔力：魔力波長『銀』。魔力量測定不能――推定役割《ロール》『聖女』』

『特定指定魔力：魔力波長『黒』。魔力量『黒』微弱――推定役割『聖杯』』

『識別魔力情報：『銀』該当なし。新規『聖女』の可能性八十七パーセント』

『識別魔力情報：『黒』該当あり。聖杯計画第九実験器『ヴァナルガンド』』

『『ヴァナルガンド』の浄化レベル：浄化率八十九パーセント。許容範囲』

「ねえ、これ、なんて言ってるのかしら？」

「分かりませんけど、あまりいい予感がしないですよぉ」

球体は言葉を発しているように見えるが残念ながらメロディ達には理解できなかった。しかし、たった一人、いや、一匹にははっきりとその言葉を理解できた。

(ヴァナルガンドだと……こいつ、我を知っているのか？)

だが、グレイルにも分からない。球体の言葉は理解できても内容はさっぱりであった。

『当封魔球現状確認：耐用年数を大幅に超過。稼働率十九パーセント。魔障の漏洩を確認』

『対応策の提示：封魔球緊急対策条項第五条第六項に基づき早急なる当器の破棄を推奨』

『封魔球緊急対策条項第七条第三項に基づき自立型管理術式を起動。対話モード開始』

『……第九実験器『ヴァナルガンド』の浄化レベルから察するに、当器の前にいるあなたは完成された『聖女』であることでしょう。残念ながら当器には第九実験器『ヴァナルガンド』の完成情報は更新されていないが『聖女』の隣に『聖杯』があるという事実が、実験の成功を物語っていると当器は信じたい』

「凄く長々としゃべってますけど、何て言ってるんでしょうか？」

「メロディ先輩、まだしゃべってますよ」

『誠に遺憾ながら当器は既に活動限界を迎えており、周辺環境を正確に確認できない。接触感知による魔力認識が限界であり、対話モードも長くは持たないだろう。そこで提案がある。当器の破棄はもはや覆らない。よって可能であればここで浄化処置を行っていただけないだろうか。もし環境に問題があるようなら今より十秒間当器への接触を避けてほしい。その場合、可能な限り現状を維持するがいつ機能停止するかは確約できない。もし、この場で対応可能であれば『聖女』の魔力を接触感知させてくれ。即座に封魔球を機能停止し、浄化処置に入っていただく。返答や如何に』

不思議な球体は、それ以降動きを止めた。光も消え、声も止まった。

「……止まりましたね。どうしましょう」

「うーん、よく分からないけどとりあえず私の部屋へ運びましょう。調べないと何とも言えないわ」

「畏まりました」

「キャワアアアアアン！」

（ちょっと待て、何かおかしいぞ！）

だが、グレイルの制止など分かるはずもなく、メロディは球体――封魔球に触れた。

『『聖女』に感謝を――封魔球機能停止。聖杯計画第三実験器『ガルム』。緊急排出』

『健闘を祈る――聖なる乙女に白銀の祝福がありますように』

「え？」

メロディが球体を持った瞬間、球体の真ん中に線が走り、カプセルを開くように上部がクルリと回った。すると中から黒い靄のようなものが勢いよく噴出しだす。

「きゃあああああっ！」

「メロディ!?」

思わず球体を放り投げるメロディ。今もなお球体から黒い靄は出続け、それがドーム状にメロディ達を包み込んでいく。

「メロディ、ここから早く出――」

ルシアナが言い切る前に、黒い光に包まれた。視界が遮られ一瞬全員が視力を奪われる。その状態は数秒で終わり、全員の視力が戻ったがそこは先程までいた瓦礫の中ではなくなっていた。

「お嬢様、皆！」

全員が一ヶ所に集まる。周囲は理解不能な景色に変貌していた。硬質な黒い地面。空は黒と白が入り混じったような歪なマーブル模様に彩られ、はっきり言えば気持ち悪い。そんな空間が永遠に広がっているような不可思議で奇妙な場所にメロディ達は立っていた。

だが、ルシアナは奇妙な既視感を覚えた。

「ここ、ルーナと戦った時の場所に何となく似ているような……？」

そしてマイカもまた、この状況には覚えがあった。

（こ、これって……どう考えても、あれにしか思えない。でもなんで？　だって、これって——）

「開け奉仕の扉『通用口』！　……扉が現れない？」

メロディは転移の扉を出そうとしたが、なぜか呼び寄せることができなかった。マイカは絶望的な気持ちになる。

（ああ、やっぱりだ。間違いないよ。そうだよね、ヒロインちゃんがここから逃げられるわけがないんだ。だってこれは——）

ドシン！　と、地面が揺れるかのような大きな音がした。メロディ達は音がした方、背後へ振り返る。そこには——。

「ボス戦なんだから……てか、なんで魔王がここにいるのよぉ？」

「キャワワワアアアアン！」

（なんで我がそこにいるのだあああああ！）

黒い魔力の靄によって巨大な狼を象った存在が、メロディ達を睥睨していた。

《メロディの前に魔王ガルムが現れた――魔王からは逃げられない》

メイド魔法奥義『銀清結界』

「ウオオオオオオオオオオオオオオオオオオオオオオオオオオオオオオオンッ！」

巨大な狼は耳をつんざくような雄たけびを上げた。思わず耳を塞ぐ面々。

メロディは狼を見上げた。形こそ狼のようだが、生物としての狼とは思えない。それはまるで、メロディがビー玉サイズに固めた黒い魔力が狼の形に固められたようなもので、その形状もかなり不安定だ。

体全体から煙が立つように黒い靄がところどころから溢れ出している。まるでこのまま放っておけば消えてなくなりそうにも見えるが、メロディの強化した瞳はあふれた魔力がゆるやかに狼の元へ戻っていく光景を捉えていた。

（でも、循環効率は悪そう。あれなら、少しずつ弱っていくかも……？）

狼から溢れ出る魔力はあたりに散らばるものの方が多く、およそ半分程度しか戻っていない。これなら逃げ回っているうちに形を維持できずに瓦解するかも。

メロディがそう考えた時だった。狼は大きく息を吸い始めたのだ。

（何をするつもり？）

「ダークネスシャウト！　ブレスが来ます！」

メロディの後ろからマイカが叫んだ。メロディは刹那に考える。ブレス？　息？　つまり――。

（何かを吐き出す！　そしてこいつが吐き出すものは黒い魔力！）

「魔力の息吹よ吹き荒れろ『銀の風』！」

メロディの前方に巨大な風が一瞬にして生み出された。上昇気流のようなそれは、全てを上空に巻き上げ立ち上る突風。グルジュ村で使用した時とは異なる激しい大気の奔流を生み出した。

「ガアアアアアアアアアアアアアアアアアアアアアアアアアアアアアアア！」

「「「「――――っ⁉」」」」

鼓膜を直接打ちつけられたような激しい咆哮とともに黒い魔力の塊が狼の口から吐き出された。

最早吐き出すというよりは発射されたといっても過言でないだろう。それをメロディの突風が受け止める。吐息と風。正直、その言葉で表現するにはスケールの大きな力だが、魔力を含んだ大気のぶつかり合いが狼とメロディ達の間で炸裂した。

腕の動きで『銀の風』の流れを精密に制御しながら狼の咆哮を受け止めるメロディ。その余波を受け止めきれず吹き飛ばされそうになったマイカとルシアナをリュークが両腕を広げて支える。

「ゴオオオオオオアアアアアアアアアアアアアアアアアアアアアアアアアアアアアアアアア！」

「お嬢様も、皆も、誰も傷つけさせない！」

なおも続く咆哮。だが、メロディも負けてはいない。魔力の風は全く衰えず、メロディの精密操作によって確実に攻撃をいなしていく。

やがて咆哮も終わりを迎え、攻撃が止む――その時だった。

「受けきった！　ここから反撃に――」


――お願い。どうか、嫌いにならないで。


「えっ？　あ――」

狼を睨みつけるメロディだったが突然脳裏に響いた声に気を取られ、黒い咆哮が完全に消えきる前にメロディの『銀の風』は霧散してしまった。

ほとんどの力は受け流せたが、最後の最後に残った人間一人を押し流せるほどの黒い奔流をメロディは防ぐことができなかった。悲鳴すら上げることができず、メロディは狼のブレスに飲み込まれてしまう。

「ちいっ！」

「「きゃあああっ！」」

ルシアナとマイカを抱えたリュークが咄嗟に横へ飛んで迫りくる黒い咆哮をギリギリで避ける。

一瞬呼吸が止まるルシアナ。反射的に大きく息を吐いた彼女はハッと我に返って叫んだ。

「メロディ！」

視線の先、自分達を守ってくれていた少女は――ピクリとも動かず倒れ伏していた。

「う、うそ、メロディ先輩……」

「メロディイイイイイイイイッ！」

我も忘れて駆け寄るルシアナ。膝をつき、メロディを抱き起す。ぐったりとして肌も青白い。

「メロディ！　起きて、メロディ！」

……返事がない。まるで――。

「メロディ！　メロディってば！」

メロディを呼び続けるルシアナ。リュークも膝をつき、メロディの口もとに指を近づけた。

「ルシアナお嬢様……メロディはもう、息をしていない」

「――っ！　う、うそ！　うそよそんなの！　だってメロディは最強の守りの魔法をドレスに掛けてるのよ。舞踏会会場が木っ端みじんになっても無傷でいられる魔法なのよ！　そんなはず……」

ルシアナの全身が震え、ポロポロと涙が零れだす。もっと何か言いたいのに言葉にならない。

「お嬢様……メロディ先輩……」

グレイルを強く抱きしめたまま、マイカはメロディを見た。青白い肌。リュークが言う通り呼吸が止まっているせいか確かに胸が動いていない。

（ステータスカンストのヒロインちゃんが、魔王の一発でやられる？　こんなことゲームだったら

ありえない。ゲームだったら……分かってる、これは、現実なんだって……でも、だからって！）

——メロディ先輩はヒロインちゃんだけど……ただのメイドだったのに！

マイカの胸元の魔法道具『魔法使いの卵』が激しく振動した。マイカの心に同調し、成長をしているのだ。メロディがこうなっても、卵は今も働き続ける。

だが、いつまでも感傷に浸ってはいられない。巨大な狼はメロディが戦闘不能に陥ったことを理解したのか悠然と歩きだした。涙を流すルシアナを目標として、前足を振り上げる。

それに最初に気付いたのはマイカだった。咄嗟に声を上げようとしたが間に合わない！

（ルシアナお嬢様！）

「ざけんじゃ——」

ルシアナは扇子を取り出した。手首のスナップを利かせながらバックスイングで勢いよく扇を開いた。

「——ないわよおおおおおおおおおおおおおお！」

振り下ろされた狼の前足に非殺傷型拷問具『聖なるハリセン』の一撃が炸裂した。

「ガワアアアアアアアアアアアアアアアアアアアアアアアッ！」

「うっそおおおっ⁉」

マイカは思わず叫んだ。巨大狼の振り下ろされた前足に対抗するのは、ツッコミ用としか思えない、実際対象を傷つけることのできないメロディ作の魔法のハリセン。彼我の戦力差は一目瞭然で確実にハリセンが撃ち負けるはずだったのに、結果は狼の前足が消し飛ぶという意味不明な事態。

思わず後ろに飛び跳ねる狼。消えた前足は魔力で修復できるのか既に治っているが、明らかにルシアナのハリセンを警戒する動きを見せた。

ルシアナは立ち上がり、涙を拭う。一度だけメロディを見ると、彼女はキリッと瞳を細めてハリセンを大きく鳴らした。

「……メロディが作ってくれた誕生日プレゼント。そう、あなた、これが怖いの」

ルシアナはトントンと軽くステップを踏んだ。まるで運動前の準備運動のように。

「だったら、いくらでも私がツッコんであげるわよ。お前なんて死ねばいいのにってね！」

ルシアナは駆け出した。メロディの指導によって培ったダンスのステップを活用して軽やかに狼のもとへと走り寄る。狼は巨体ゆえかルシアナの動きに翻弄されて手をこまねいた。そして――。

「お前なんて死ねばいいのよ！」

スパアアアアアアン！

「ガアアアアアアアアアアアアアアアアアアアアア⁉」

打ち据えられたハリセンによって後ろ足が爆散した。すぐに回復を始めるが、かなりの痛みが走ったようだ。咄嗟に振り返って咆哮を放つがルシアナはそれを軽やかに躱す。まるで一人で踊っているかのようだ。

「……そうよ、私にはメロディからもらったものがたくさんあるんだ。ダンスもお勉強も美味しい食事も家だって！　なのに、こんな、何にもお返ししてないのに……お前が！」

狼への怒り、自分への怒りがルシアナの限界をたやすく貫いていく。狼の攻撃を鮮やかなステップで躱しながらハリセンで狼を打ち据えていく。

「絶対にあんたを許さないんだから！」

覚醒したルシアナに翻弄される狼をマイカは驚愕の瞳で見つめていた。

「お嬢様、凄い……」

「マイカ、俺も行ってくる」

ハッと我に返るマイカ。リュークは既に立ち上がっており、腰に佩いていた剣を抜いていた。

「リューク……」

「……なぜだろう。あの狼を見ていると怒りがこみ上がってくるんだ」

剣を握るリュークの手からギリリと音がした。拳を握っていたら流血していたかもしれない。

「リューク、もしかして記憶が……」

リュークは首を振って否定した。別に記憶を思い出したわけではない。だが……。

「……理不尽が嫌だ。不条理が嫌だ。誰かに貶められるのが嫌だ。自由を奪われるのが嫌だ。命は本人のものであって、誰かに好き勝手されていいものじゃや、ないんだ……！」

記憶を失っても、忘れられないものがあった。何を失くしても忘れたくないものが。

「……マイカ、メロディを頼む」

マイカの返事を聞かず、リュークは狼へ向けて走り出した。魔力を体内に流す。肉体は強化され徐々に歩幅が広がり、リュークは高く高く跳んだ。

「ガワアアウッ！」

それに気付いた狼がこちらを向くが、リュークはそれを待っていた。

「我が背を押すは疾風の御手『女神の息吹《レスピデーア》』」

瞬間、滞空していたリュークの背中を風が押し出した。空中で急激に角度が変わり、狼は対処に遅れる。魔力を込められたリュークの剣が、狼の右目を貫いた。

「ガアアアアアアアアアアアアアアアアアアアアアアアアアアアアアアア！」

絶叫する狼。前足で応戦しようとするが、リュークは先程と同じ魔法で一気に後方へ下がる。危なげなく着地したリュークは剣の切っ先を狼に向けた。

「……記憶はまだ戻らない。だが、思い出したよ。魔法の使い方を」

狼の右目の眼球から魔力が溢れ出す。しかし、それもやがて止まり、狼の右目は修復された。

「いいぞ、何度でも潰してやるよ。お前が死ぬまで付き合ってやる」

戦い方など知らないルシアナ、戦い方を忘れてしまったリューク。しかし二人はアイコンタクトを取り、連携をし始める。

唐突に覚醒した二人が狼――魔王ガルムに抗い始めた。

そんな二人の様子をマイカは呆然と見つめることしかできない。

「二人とも凄い……私なんて、何もできないのに」

メロディの隣でグレイルを抱いたままへたり込むマイカ。リュークに頼むと言われたけれど、ただそこに寄り添うことくらいしかできない自分が嫌になる。

（ゲーム知識、全然役に立たないじゃない……何のための転生者なの？　メロディ先輩はヒロインちゃんなのに、どうして、なんでこんなことになってるの？）

怖くて言葉にできない。『こんな』とか『あんな』とかしか表現できない。今もなお『魔法使いの卵』が細かく振動を続けているが、そんなことに気が回らない。

「う、うう、メロディ先輩……」

一人になり耐え切れなくなったマイカの瞳から大粒の涙が零れる。グレイルからも手が離れスカートを握りしめて、マイカはせめて嗚咽を漏らすことだけは我慢した。

自由になったグレイルはクンクンと鼻を鳴らしてメロディに近づく。そして、彼女の閉じられた右手へ顔を寄せた。うりうりと鼻を寄せれば思いのほか簡単に手の平は開き、コロンと黒い玉が零れ落ちた。マイカに黒い玉を見せて以来、タイミングを逃してずっと持っていたのだ。

グレイルはそれをじっと見つめ、そして大きな狼――ガルムを見やる。

（なんだあいつ、ずっとずっと、うるさいくらい言いおって……何が『還りたい』だ）

グレイルは地面に転がる黒い玉をパクリと飲み込んだ。喉からゴクリと音が鳴る。

（ふん、還りたいなら勝手に還ればよかろう。我はいずれ力を溜め、魔王に返り咲くのだ。そして聖女も倒し、世界を闇で埋め尽くすのだ！　……だから、倒すべき聖女がいなくては困るのだ）

グレイルの尻尾。先っぽだけ黒かった尻尾の色が全身黒色に染まっていく。グレイルはトコトコとメロディの上にのぼり、彼女の胸の上で丸くなると目を閉じた。

「……グレイル？」

マイカはグレイルの突然の行動を訝しがるが、メロディの変化に気付かずに甘えていると思ったのか、それを見て涙ぐむのだった。

◆◆◆

――お願い。どうか、嫌いにならないで。

声が聞こえる。縋るようなその声は、懇願していると同時に叶わぬ夢のように諦めてもいた。

（ああ、またあの夢……）

暗闇の中で聞こえるその声は、誰何しても答えは返ってこない。

――お願い。どうか、嫌いにならないで。

（あなたは誰。どこにいるの……？）

――お願い。どうか、嫌いにならないで。

（大丈夫よ。だから出てきて。顔を見せてお話しましょう）

――お願い。どうか、嫌いにならないで。

ああ、そうか。メロディは思った。自分は声を出せていない。相手に伝わっていないのだと。暗闇の中でずっと囁く誰かは、ここにメロディがいることにすら気付いていないのかもしれない。メロディでさえ自分自身の存在すらどこにあるのか分からないのだ。他人のことが分かるはずもない。

――お願い。どうか、嫌いにならないで。

（ああ、一体どうすれば……）

――闇の盃は哀れな魂の受け皿である。

ドロリと、何かが体から抜け落ちた気がした。体の周りを覆っていたものが消え去り、とても軽くなったような気がする。

「今のは一体……あれ？　私の声、それに体も見える」

暗闇の中でメロディは自分を見ることができた。明るくなったわけでもないのに、なぜか自分を見ることができる不思議。これは一体どういうことだろう……？

自分の両手を見つめながら何気なく一歩下がった瞬間だった。

ポフンと、フサフサで柔らかいものがメロディの全身を包み込んだ。

「え？　何……ええっ⁉」

メロディの後ろに巨大な白銀の狼が立って、いや、座っていた。どうやらメロディは狼の胸にポンと触れてしまったらしい。よく見るとこの狼、前足と片耳がない……と思ったら先っぽが黒いせいで闇に紛れてしまっているらしい。よく見ると尻尾は全部黒いので全く見えない。

「なんか、うちのグレイルみたいな模様ね。尻尾は違うけど」

彼女がそう言った途端、銀色の狼は突然喉を鳴らし始めた。まるで嘔吐するように。

「え、ちょ、こんなところでやだ！　やめてー！」

「おえええええっ！」

だが、狼が吐き出したのはよく見えなかったが黒色の何かだった。子犬くらいの大きさはあっただろうか。何を吐き出したのだろう？

「ひっく、ひっく。お願い。どうか、嫌いにならないで」

「えっ？」

「うえん、うえん、お願い。どうか、嫌いにならないで」

「まさかこの子が……？」

メロディは狼が吐いたものの元へ歩み寄った。よーく見るとそれが分かる。全身真っ黒な子犬が泣いているのだ。

「どうして泣いているの？」

メロディは子犬に問い掛けた。子犬は振り返り涙ながらに訴える。

「ひっく、ひっく、お願い。どうか、嫌いにならないで……還りたい、還りたいんだ」

「帰る？　おうちに帰るの？　おうちはどこ？　連れて行ってあげるわ」

「うぇぇぇ、還りたい、還りたいよぉ」

黒い子犬を抱き上げてあやしてやる。メロディに抱き着いた子犬はずっと『還りたい』と言って泣き続ける。

「……帰るところがあるのに帰れないのは、つらいわね。……帰してあげたいな」

「本当に？　還してくれるの？」

子犬が泣き止んでメロディを見つめた。メロディは優しく微笑み、そっと頭を撫でてやる。

「ええ、帰りましょう。あなたが帰るべき場所へ。一緒に行きましょうか」

「……そっかぁ。ぼく、還れるんだぁ」

安心したのか子犬はメロディの腕の中でスヤスヤと眠りだす。メロディが子犬の背中をポンポンと優しく叩いてやると、突然子犬の体が光を灯し始める。

白い光に包まれて、子犬の毛色が黒から白へと変貌していく。そしてメロディは唐突に悟った。

――この子は『還る』のだと。

（どうか忘れないで。あなたのその心を……悲しみに寄り添う慈しみの心を）

「え……？」

メロディは声のした方へ振り返った。しかし、そこには誰もいなかった。銀の狼さえも。

だがメロディは、その声をどこかで聞いたことがあるような気がした。

白くなった子犬は形を失い天へと昇っていく。その先に道があるのだと示すように。

――還ろう！

メロディはそう言われた気がした。

綺麗な光だと思った。まるでそう、何もかもを洗い流すような純白の光が――。

◆◆◆

暗闇の結界の中、狼とルシアナ達の戦闘は激化の一途を辿っていた。

ダンスのステップを応用した軽やかな動きで狼を翻弄するルシアナ。魔法の記憶を取り戻し、多彩な攻撃で狼に迫るリューク。

二人はこれまで見事なまでに狼の攻撃を躱し、無傷のまま敵をなぶり続けたわけだが、戦局が優位とはとても言えなかった。

「もう！　こいつ、いつになったら倒れるのよ！」

「いくら攻撃してもすぐに治る。いずれ限界が来ると思ったがしぶといな」

そう、二人の攻撃を食らっても狼はすぐに体を修復し襲ってくる。この繰り返しなのだ。対してルシアナ達はまだ戦えるものの、そろそろ体力的、魔力的限界が近い。

何か突破口がなければこのままではジリ貧になって負けてしまう。そんなことになったら……。

「絶対にそんなの認められない！　だってこいつはメロディを、メロディの……！」

それ以上は言葉にできない。受け入れられない。それを口にしたらルシアナはもう戦えない。

「……だが、何か戦術を見直さなければこのままではまずい。少し奴とは距離を取っ――――！」

二人が少し躊躇したタイミングを狙って狼が大きく後方に跳んだ。宙に浮いた狼は大きく息を吸い、口内から黒い光が漏れ出す。

（あれは、あいつまた……！）

狼は出会いがしらに放ったあの咆哮をまた打ち込むつもりなのだ。メロディが全力で防いでそれでも抑えきれなかったあの咆哮を。あんなものに届したくないが回避の一手しかない。

そう思いルシアナとリュークが左右に分かれて跳んだ時だった。狼の口があらぬ方を向いた。

「何？　――まさか！」

「マイカ！」

「……え？」

狼は攻撃対象をルシアナでもリュークでもなく……マイカへと定めた。

（もしかしたらハリセンなら弾き返せるかも！　でも、宙に浮いてたら動けない！）

（『女神の息吹』で！　だがこれは、距離があり過ぎる！　届かない!?）

それはあまりにも絶妙な位置関係であった。ルシアナとリュークのカバー範囲外。狼は狙ってこの状況を作ったのだ。戦っている二人ではなく、マイカを狙ってしまおうと。

「「マイカアアアアアアアアアアアアアア！」」

「あ――」

狼の大きな口がマイカへ向けられる。マイカは咄嗟にメロディとグレイルの上に被さった。守れるなんて思っていない。でも、咄嗟にそう動いたのだ。

（私、何もできなかったな。でも私、私は……）

「ゴオオオオオアアアアアアアアアアアアアアアアアアアアアアア！」

マイカ曰く『ダークネスシャウト』。魔王ヴァナルガンドの必殺技。それとよく似た咆哮がマイカに向かって放たれた。

――清らかなる息吹の調べ『白銀の風《アルジェント・ビアブレッザ》』

闇の咆哮があたりを黒く染めた。ルシアナは膝をつき呆然としている。リュークは歯を食いしばり、剣を握っていない方の拳から血が流れ落ちた。

やがて咆哮が終わった頃、マイカ達のいた場所は、いた場所は……。

「「え？」」

「ガウッ？」

「……あれ？」

……何ともなっていなかった。

「え？　あれ？　私、死んでない？」

マイカは起き上がり、周囲を見回した。怪我一つしていない。どこも壊れていない。

「うえっふ」

「あ、グレイル。起きたの、ってあ！　あんた何食べて……て、何で白いの？」

起き上がったグレイルが口から玉を吐き出した。てっきりメロディが作ったという黒い玉かと思ったらなぜか真っ白な玉である。大きさは同じくらいだが別物だろうか？

グレイルはメロディから降りると不機嫌そうに彼女から顔をそむけた。

「……急にどうしちゃったの、グレイル。メロディ先輩は……あれ？」

マイカは首を傾げた。メロディの様子がどこかおかしい。何が違う……あっ！

「先輩、肌に赤みが差してるような……」

メロディに触れようとしたその時、狼の咆哮が鳴り響いた。慌てて振り返るマイカ。狼が全速力でこちらへ駆け寄ってくる姿が！

「きゃあああああああああ！　助かったと思ったのにまた来るの⁉」

「『マイカ！』」

出遅れたルシアナとリュークでは間に合わない。今度こそ万事休すかと思われた時だった。

「大丈夫よ、マイカちゃん。――――捕らえて『白銀の風』」

「……え？」

マイカの視界をキラキラと光る銀の煌めきが通り過ぎた。それはまるで可視化された銀色の風。

白銀の魔力が瞬く風が真っ黒な狼の全身に巻き付いて動きを封じていく。

「グゴアアアアアアアアアアア⁉」

「……大丈夫、安心して。この風はあなたを傷つけるものじゃない」

「あ、ああ……メロディせんぱああああああい！」

ゆっくりと起き上がるメロディにマイカは思わず抱き着いた。

「えっと、心配かけてごめんね」

「うわーん！　せんぱーい！」

「「メロディ！　マイカ！」」

白銀の風に捕らわれ動きを封じられた狼を背に、全員が集まるのだった。

◆◆◆

「それで、こいつはどうするの？」

ルシアナが鋭い目つきで狼を睨みながら問う。メロディの魔法の威力は絶大で『白銀の風』に捕らえられた狼は動くことも口を開くこともできなくなっていた。

「お嬢様、そんな怖い顔になって。淑女のしていい顔じゃありませんよ」

「だって！　だってこいつが！　こいつはメロディを！」

「お嬢様、よく見てください。私、全然元気ですよ？　ね？」

「うう、メロディ！」

ルシアナはメロディの胸に抱き着いた。メロディはそれを微笑ましそうに見つめて抱きしめた。

「……実際、こいつは本当にどうするんだ？」

リュークが問うとメロディはニコリと微笑む。

「大丈夫。ちゃんと考えてあるから」

どこから来たのか分からないメロディの自信にリュークは首を傾げた。

ルシアナ達を後ろに下げ、メロディは狼と対峙する。

「私、あなたは敵だと思ったの。お嬢様の領地の皆を困らせて、それを改善させてもまた同じことの繰り返しで。あなたは皆を困らせたいと思っているんじゃないかって、そう思っていたの」

「…………」

狼はじっとメロディを見つめる。メロディもまた狼を見つめ返す。

「でも、声が聞こえた。『お願い。どうか、嫌いにならないで』……あれはあなたの言葉だったのね。だってこの子はあなたの一部だもの」

メロディは手の平に置いた白い玉を狼に向けて見せた。狼の瞳はギョッと見開かれ、白い玉を凝視している。

「この子は言ったわ。『還りたい』と。だから私に伝えていたのよね。嫌いにならないで……優しい心で見送ってほしいって」

狼の瞳から涙が零れる。それは肯定の意味なのだろうか。きっとそう。メロディはそう信じる。

メロディは白い玉を握りしめ、そっと胸元へ寄せた。指の隙間から白い光が溢れ出す。

「大丈夫。もう私、分かったから。あなた達に必要なことが何か分かったから」

メロディの言葉を後ろから聞いていたマイカは胸の鼓動を抑えきれない。

（この神聖な雰囲気。まさかメロディ先輩、いいえ、ヒロインちゃん、いいえ！　聖女様！　とうとう覚醒しちゃうんですね。魔王を前に真の聖女に目覚めちゃうんですね！　ああ、私。ゲームにはなかったヒロインちゃん超覚醒イベントに立ち会っているんだわ。異世界転生ありがとう！）

危険がなくなったと思ったらこれである。マイカの乙女ゲージャンキーっぷりの度し難いこと。

「私は今、すごく感じている。私の中に新しい魔法の力が生まれたことを」

（いやー！　すごーい！　いつも新しい魔法をポイポイ出してるけどそれとはまた違う雰囲気！）

「きっとこれは私にとっての最終奥義。この魔法ならきっとあなたを救えるはず」

（最終奥義？　もしかしてそれって『銀聖結界』のこと？　でもあれって確か――）

乙女ゲーム『銀の聖女と五つの誓い』のヒロイン最終奥義『銀聖結界』。ゲーム内ではステータスの爆上げ、攻撃無効化＆倍返しなどというクソゲー仕様の無敵モード。

どちらかというと戦闘特化な必殺技であったが、それともこちらの世界ではもっと違う力として存在しているのだろうか。今身に着けているメイド服が廉価版『銀聖結界』とは思い浮かばないマイカである。

メロディはそっと目を閉じ俯く。やがて拳から漏れる白い光は収まり、あたりを静寂が包み込む。

そしてメロディは神聖なる言の葉を紡いだ。

「私は母に誓った。『世界一素敵なメイド』になると。そして私は目覚めた、魔法の力に。その時声が聞こえたの。『聖なる乙女に白銀の祝福を』。それが誰だったのか今でも分からない。でも、私にははっきりと聞こえた。私には白銀の祝福があるのだと」

マイカはドキリとした。やっぱりメロディはヒロインちゃんで間違いないのだと。あのセリフはゲームにおけるヒロインちゃんの覚醒イベントなのだから。

（……その覚醒イベントがなんでメイドになるって誓いでゲームより前に起こってるのかっていう疑問は大いにあるけど）

「だから私に任せてちょうだい。きっとあなたを救ってみせる。あなたが『還る』ためにはその黒い力が邪魔になる。私がそれを取り除いてみせるわ。そう、だって私には――」

（ああ、ヒロインちゃん、聖女様！　これが本物のヒロイン、セシリア・レギンバール）

「――銀（イオン）の洗浄力がついているのだから！」

「「「……は？」」」

この時、狼は声が出せない代わりに必死で首を傾げたのであった。

メロディの拳の中で再び白い玉が光を放った。指の隙間から漏れ出た光が糸のようにメロディへ絡みつく。メロディは白い玉を握る腕を勢いよく天へ掲げた。

「白銀の祝福を受けし、清らかなる世界よ今ここに！　メイド魔法奥義『銀清結界』！」

（なんかアクセントがちょっと違った気がするー！）

その瞬間、目の前で信じられない光景が広がった。

「きゃあああ！　リューク見ちゃだめええええええええ！」

「うおっ⁉　な、なんだ⁉」

……魔法少女の変身シーンは、男の子は見てはいけないのである。

魔法を発動させた瞬間、メロディの着ていたメイド服が一気に糸に戻ったのだ。そして今まさにメロディに相応しい衣へと変貌を遂げている最中である。

そんな中をクルクルと踊るように回り続けるメロディ。大事なところから隠せばいいのに手先やら足元から変身していくところなど如何にも魔法少女っぽい。

ルシアナはそんなメロディの姿を見つめながらポツリと呟いた。

「相変わらず肝心なところはバッチリ見えないわね……」

「何気持ち悪いこと言ってるんですかルシアナお嬢様！　変態はいってますよ！」

「そ、そんなことないもん！」

「……何が起こっているんだ」

「「絶対にリュークは見ちゃダメ！」」

「うーむ……」

やがて全ての変身が終わると、メロディはゆっくりと降り立った。

銀を基調としたドレスに純白のエプロン。ブーツも白く、ふわりと下ろされた白銀の髪の頭には小さなキャップがのっている。その手に持つのは銀の装飾をあしらった箱型の鞄。中には銀の装飾をあしらった清掃用品の数々。使うことが躊躇われそうな高級品に見える。

狼の前で閉じていた瞳をゆっくりと開く。その瞳の色は黒ではなく瑠璃色。本来の髪と瞳の色を取り戻したメロディの真なる姿がここにあった。

神々しい。大変神聖な雰囲気なのだが……そのシルエットは、メイドである。

メロディは狼を前にゆっくり膝を折り、優雅に微笑んだ。

「メイド魔法奥義『銀清結界』タイプ・ハウスメイドです。白銀の祝福の名のもとにあなたの汚れを徹底洗浄して差し上げます」

メロディは箱型の鞄から石鹸を取り出した。わざわざ彫刻のような造形が施されたお高そうな石鹸である。それを掲げると石鹸はなぜか白銀の輝きを放った。

「さあ、白銀の石鹸よ。メイドの愛と慈しみの心を以ってこの狼さんを徹底洗浄して差し上げて！」

石鹸を狼の真上に投げるメロディ。すると石鹸は光を放ちながら大量の泡を生み出した。狼は泡に包まれ、『白銀の風』の流れに沿って泡が動き出す。さながらそれは――。

「うわぁ、あれって……洗濯機？」

泡とともに『白銀の風』に振り回されていく狼。まるで洗濯機で適当に洗われる狼の毛皮のようだ。

「ゴボグボゴボボボボボボッ！」

「なんか溺れてるような声が聞こえるような……」

「き、気のせいじゃないかしら？　たぶん」

ルシアナは目を逸らした。そしてリュークが言ってはいけないことを言う。

「……あれは洗濯しているように見えるんだが、その場合ハウスメイドじゃなくてランドリ」

「「お前は黙ってろ！」」

「むぐっ！」

リュークは口を押さえられた。無敵モードに入っているメイドジャンキー相手にメイドの解釈違

いとか指摘したらどうなるか。恐ろしくて考えたくもないマイカとルシアナである。

「さあ、次はブラシさんの出番ですよ。狼さんの体をしっかり洗ってあげてくださいい！」

箱型の鞄から数個のブラシが飛び出した。泡まみれの狼さんをゴシゴシと洗い始める。

「ほ、ほら、あれなら確かにハウスメイドよ。ブラシで洗っているもの」

「そ、そうですね！　ブラシを使っているならハウスメイドですよ！」

「……いや、汚れの酷いところは衣類でもブラシを使うこともあ」

「「マジ黙れや」」

「……」

静かになった観客を無視して狼の洗浄は続いた。やがて泡が薄れ、ブラシも鞄へ帰っていく。そして目の前に現れたのは――ぐったりと力尽きる白銀の狼であった。

「「「うわぁ」」」

「綺麗になってよかったですね！」

メロディは満足そうに笑うのであった。

『……あ、ありがとう……君のおかげで……僕は『還る』ことができそう、だよ……ぐふっ』

「いいえ、お役に立ててよかったです。だって私、メイドですから」

『そうか。メイドは……すごいんだな、ぐふっ』

「……あいつ『ぐふっ』って言っているが大丈夫なのか？」

「虫の息って感じです」

「い、いいのよ。メロディが満足してるんだから」

ちょっとだけ何か納得のいかない三人である。

「そろそろ『還る』ことはできそうですか？」

『……うん。大丈夫そう。だから、その前に彼らにも謝らせてもらえないかな？』

狼に呼ばれルシアナ達もそばに近寄った。

『迷惑をかけたね。本当に申し訳なかったよ……』

「えっと、あの、もう過ぎたことですし」

「私は許さないからね！　……メロディが気にしてなさそうだから何もしないであげるけど」

「……もう好きにするといい」

『ありがとう。最期に君達のような優しい人間に見送ってもらえるなんて嬉しいよ』

ぐったり寝そべっている白銀の狼は、ルシアナ達から離れたところにいるグレイルを見た。優しげに目を細め、その瞳は喜びに満ち溢れている。

『ああ、嬉しいな。とうとう聖杯は完成したんだね。世界は救われる……聖杯と聖女がいればきっとこの世界は……』

その時だった。マイカの胸元のペンダントが光りだした。

「えっ!?　何？　『魔法使いの卵』？」

ペンダントの卵が光りだし、独りでに服の下から姿を現す。混乱する一同。ただ、白銀の狼だけは「おや？」と軽く目を見開き、そしてクスリと笑った。

『……どうやら僕が『還る』のはもう少し先らしい』

「え？　それはどういう」

メロディが聞き返そうとした時、マイカの卵は口を開くように上下に分かれだした。すると、掃除機というかブラックホールでもあるように卵に向かって空気の流れが生まれた。

「何これえええええええええええ⁉」

その流れに反応したのはぐったりと横たわっていた白銀の狼。その体が白銀の粒子になって溶けだし、どんどんと卵に吸い寄せられていく。そして最後には狼の全てが卵の中に消えてしまった。

「「「「……」」」」

しばし無言が続く世界。しかし、それはほんの数秒。

「なんじゃこりゃあああああああああああああああああああ！」

既に暗闇の空間は消え去り、マイカの絶叫がルトルバーグ伯爵邸跡地に木霊した。

エピローグ

八月十五日。メロディがメイド魔法『銀清結界』に目覚めた翌日。

王城のクリストファーの自室にて侯爵令嬢アンネマリーと王太子クリストファーは今後のシナリオ対策について協議を重ねていた。そんな中、アンネマリーは大きなため息をつく。

「何だよアンナ、気分下がりそうなため息吐いて」

「……うん、ちょっと」

「ちょっとじゃ分かんねぇよ」

「……夏休み、もう二週間過ぎちゃったなって思ったら我慢できなくて」

「あー、まー、分からんでもないけど」

「昼間は面倒臭い社交に付き合わされ、合間を縫ってあんたと会議、夜は二学期に向けてガリ勉してという二週間……乙女の夏休みとは思えない色艶のない日々！」

「俺も似たようなもんだけどな」

「せめてルシアナちゃんとメロディが王都にいてくれたら。ルシアナちゃんをお茶会に誘ったり、平民アンナとしてメロディとアイスクリームデートとか楽しめたのに二人ともいないし……」

「お前、もうちょっと他に友達いねぇの？」

「だって、あんなに何の柵もなく話ができる子なんてそうそういるわけないじゃない！」

ちょっと疲れているのだろうか。アンネマリーは両手で顔を覆っておいおい泣き始めた。

「まあ、確かにルトルバーグ伯爵とか宰相府でも家の利益とか全く考えないで普通に真面目に仕事してるみたいだもんな。同僚や上司に対して特に懇意になろうとかの動きもないし」

「そうよ。宰相様がルシアナちゃんに『英雄姫』なんて通り名をわざわざ作ったにもかかわらず全く話題に上げないし、今回のマクスウェル様の舞踏会の打診についてすら一切尋ねてないみたい」

「舞踏会の襲撃事件での反応から娘に興味がないなんてことはなさそうだし、多分単純に野心とかがないんだろうな。娘を利用して伸し上がってやるぜって気概が全く感じられない。ゲームでは悪事を働いて家が取り潰しになるような人だったのに」

「あれはルシアナちゃんの周りの環境が悪すぎたのよ。元々そういったことに向いている人ではなかったから簡単に捕まっちゃったんでしょうし。第一、ルトルバーグ伯爵がそんな人だったら私が伯爵家を潰してルシアナちゃんを引き取っているところだわ。……ルシアナ・ヴィクティリウム。あら、なかなかいいんじゃない？　素敵な姉妹が誕生したときっと皆祝福してくれるわ。ふふふ」

「……お前、一回休んだ方がいいんじゃないか？」

割と本気で心配するクリストファーである。だが、アンネマリーはキッと彼を睨みつける。

「この資料を読んだらそんなことできるわけないって分かるでしょう」

「まあな。ホントにどうしてこうなったって言いたいわ」

「そうよね。まさか第二皇子じゃなくて第二皇女が留学してくるだなんて」

乙女ゲーム『銀の聖女と五つの誓い』において学園の二学期から登場する留学生は、第五攻略対象者シュレーディン・ヴァン・ロードピアのはずであった。テオラス王国の仮想敵国、ロードピア帝国の第二皇子で留学と称しながら王国侵略の下準備のために送られてきた、冷徹な切れ者皇子。

「……のはずだったのに蓋を開けてみれば第二皇女。つまり美少女。やったわ！　……じゃなくて男ですらないなら攻略対象でさえないってことじゃない！　運営、責任者だせや！」

「アンネマリー、お前やっぱり疲れてるんだな。あとお前の中で第二皇女は美少女確定なのね」

「だってあの第二皇子と血の繋がった妹なのよ。美人じゃなかったら何になるっていうのよ」

「父親だけだろ？」

資料によると第二皇女は第三側妃の娘で、母親の実家はあまり身分が高くないらしい。王国へ留学の打診があったのはつい最近のこと。おそらく第二皇子の留学が本格的に難しくなり急遽留学するよう命じられたのだろう。

「この子もきっと第二皇子と同じ命令を与えられているんでしょうね」

「代わりに一学年上の第一皇子が来るかと思ったけど、同学年を優先したのかこの子だもんな」

「……とりあえず同性ってことだから私が中心になって見張るってことでいいわね」

「おう、頼むわ」

アンネマリーは真剣な表情で頷いた。そして再びため息をついた。

「何だよ、またため息なんてついて」

「いえ、第二皇女が留学してくるってことは第二皇子のイベント、スチルは完全に断たれちゃったことを意味するでしょ。……見たかったなぁ」

「ホント、お前のゲーム好きも筋金入りだな。危険な男だっていうのに」

「分かってはいるんだけど……彼とヒロインちゃんの二人乗り乗馬イベントはかなりいい絵だったのよ。いいわよね、イケメンの腰に手を回して馬に乗る美少女の図って」

「何っ！　つまりそれは『背中に柔らかいものが当たってる！　いや、当ててんねん』というイベントか！　俺にはないのかそんな素敵イベントは！」

「男目線だと最低なイベントに聞こえるからやめて。とにかく、ゲームでは王太子と懇意にしている伯爵令嬢のヒロインちゃんを落として情報ゲットだぜ！　って感じで第二皇子がヒロインちゃんを乗馬に誘うイベントなのよ。ただ、初めての乗馬に感動したヒロインちゃんの姿に逆に第二皇子がときめいちゃって大変！　というシナリオね。えっと内容は確か――」

『どうだ、初めて馬に乗った感想は』

『はい。なんだか不思議です。いつもより少し高いところから見ているだけなのに、別の世界を見ているみたいで……ずっと見ていたくなります』

頬を赤らめて第二皇子に微笑みかけるヒロインちゃん。思わず皇子はドキリとしてしまう。

『ふ、ふん！　では、折角だからもう少し堪能させてやろう』

『え？　きゃっ』

突然駆け出す馬の揺れは激しく、ヒロインちゃんは皇子の腰にギュッとしがみついた。

「みたいな感じね」

「何それ俺が体験したいわ。俺、筆頭攻略対象者なのに恋愛フラグなさすぎだろ。羨ましい」

その時、部屋をノックする音が。マクスウェルがやって来た。二人は彼に席を勧める。

「やあ、知らせたいことがあると聞いてきたんだけど何かな？」

「ああ、実はな――」

クリストファーは第二皇女の留学の件を説明した。

「ふむ。第二皇子ではなく第二皇女が……君達の見た夢、『第二』の部分は当たっていたね」

「皇子と皇女では全然違いますけどね」

「冗談だよ。重要なのは帝国から留学生が来るという事実さ。誰が来るよりもそちらの方が問題だ。帝国が本格的に我が国を狙っている可能性がぐっと上がったことになるからね。しかし、なぜ第二皇女なんだろうね。そもそも君達が夢に見た通り第二皇子が来ていた方が帝国も楽だったろうに」

「あー、それについてはまだ不確定だけど情報があるぞ。現在、帝城に第二皇子はいないらしい」

「いない？　では今はどこに？」

「そのあたりの情報が全然出てこないんだよな。考えられるのは、外遊、視察、まさかの療養……あとは家出？」

「「さすがにそれはないでしょう」」

候補を指折るクリストファーにアンネマリーとマクスウェルは苦笑しながら首を振った。

「まあ、さすがにな。皇子が家出とかしゃれにならんからな」

「とにかく二学期は忙しそうだね。本当に、君達の学年は目を離せないよ」

「そういえばマクスウェル様。あれからルシアナさんから連絡などはありましたか？　パートナーの件の返事などは来ましてて？」

「……いや、特に何もないかな」

「へー、お前から舞踏会のパートナーの打診を受けて、二週間経っても何の連絡もなしとはなぁ」

少しばかり驚きに目を瞠るクリストファー。ほんの一瞬、マクスウェルの眉がピクリと動いた。

「もしかしたらすっかり忘れてるのかもな」

「さすがにそれはないでしょう。リクレントス侯爵家嫡男からの打診ですのよ、殿下」

マクスウェルは出された紅茶を一口飲んだ。何だか少し渋みが強いような気がした。

「彼女が王都に戻ってくれれば分かることさ、気長に待つよ」

「それもそうだな」

◆◆◆

同日の同じ頃。ルトルバーグ伯爵領の小屋敷、ルシアナの自室にて。

「へっくしゅん！」

「まあ、お嬢様、風邪ですか？」

「ううん、大丈夫。きっと誰かが私の噂でもしたんでしょ」

「ああ、妖精姫ですね」

「英雄姫ですよ、メロディ先輩」

「もう！　そんな話はしないでちょうだい！」

顔を赤くして叫ぶルシアナにメロディとマイカはクスクスと笑った。

「そんなことより昨日の件だけど、叔父様にどう説明したらいいかしら？」

「うーん、正直なところ説明は難しいと思います」

「物的証拠とか何もないですもんね」

伯爵邸の地下深くに埋められていた謎の球体。その中から現れた謎の狼と、突発的に始まった生死を懸けた戦い。幸い生き残ることはできたがいつ死んでもおかしくない戦いであった。

そんな事件が発生したことを代官であるヒューバートに報告すべきとルシアナは考えたのだが、あの戦いが終わった後気付けば謎の空間は消え去り、唯一の証拠であったバスケットボールサイズの球体はまるで風化したかのように砂となって風に流されてしまった。

メロディが見たところ領地に蔓延っていた大地の魔力も既に消えてなくなっており、実質的な問題として『あれ？　これ、報告の必要ある？』という状態であった。

「まあ、そもそも分からないことだらけだったものね。多少知っていそうだったのがあの白くなった狼だったんだけど……」

ルシアナはマイカを見た。正確にはマイカの胸元にあるペンダント『魔法使いの卵』を。

「マイカがねぇ」

「マイカちゃん」

「ちょっと！　私は無実です！　ってかこれメロディ先輩が作ったやつじゃないですかー！」

「でも私、あんな変な設定を組み込んだ覚えがないのよね。マイカちゃんと同調しているうちに性質が変わったとしか思えなくて」

メロディは不思議そうに首を傾げた。

「マイカ、お願いだから私達を食べたりしないでね」

「食べませんよ!?　怖いこと言わないでくださいよー！」

慌てるマイカを見てメロディとルシアナはクスクスと笑った。マイカは拗ねて顔を背けた。

「そういえばあの狼、変なことを言っていたわね。聖杯と聖女がどうとか……聖女」

「……聖女」

ルシアナとマイカの視線がメロディへ向けられる。メロディは首を傾げた。

「あの狼、間違いなくメロディのことを聖女って言ってたと思うのよね」

「そうですね。でも聖杯って何でしょう？」

「私が聖女？　お二人とも冗談ばっかりなんだから、ふふふ」

口元を押さえて品よく笑うメロディ。これは、全く信じていない顔である。

「それに二人とも、私は聖女なんかじゃありません。だって私は、ルトルバーグ伯爵家にお仕えするオールワークスメイドですから！」

「すっごい自慢げですね、ルシアナお嬢様」

「ホントね、マイカ」

「「昨日はハウスメイドだったのに」」

「そ、それは言わない約束でしょう⁉」

「あらやだメロディ。どこでそんな言葉遣いを覚えてきたの？」

女三人寄れば姦しい。ルシアナの部屋は笑いに包まれていた。

「ところで私、何か大切なことを忘れているような気がするんだけど何だっけ？」

「「さあ？」」

◆◆◆

やっぱり同日、同じ頃。ルトルバーグ伯爵領の小屋敷にある厩舎にて。

リュークは馬の世話をしていた。そしてその傍らにはなぜかグレイルがいる。何をするでもなくちょうどよい日陰に寝転がりながらリュークの作業を眺めていた。

（やはりこいつのそばは静かでいいな。女どもは煩くてかなわん……）

のんべんだらりと過ごすグレイル。何もすることがないとついつい考えてしまうことがある。

（……我はなぜ、あの娘を、聖女を助けてしまったのだろうな）

改めて考えてみれば不思議でしょうがない。あの時、あのまま放っておけばおそらくあの聖女は死んでいたはずだ。一人では『還って』これなかったに違いない。

そうすれば、自身はいずれ自力で魔力を回復し、魔王として復活することも容易だっただろうに。

（聖女を倒すのは魔王である我だ！　……なんて、以前の我は考えただろうか）

きっとそうは思わなかっただろう。『無様な女だ』とでも言ってそのまま見捨てたに違いない。

自分の中で何かが変わってきている。漠然とそう感じる。だが、その変化が……。

（我にとって悪いものであるように思えないのは、なぜなのだろうか……？　それに変わったことといえばもうひとつ。もう、あの娘を見ても体が震えない……）

あの白い玉を吐き出して以降、今まで感じていたのが嘘のようにグレイルは聖女――メロディに対する恐怖心を感じなくなっていた。たぶんもう抱っこされても震えたりしないだろう、たぶん。

（分からない。何が変わったのか、なぜ変わったのか……いや、他にも分からないことはある。あ奴はなぜ我の名を知っていたのだろうか……なぜ我のことを聖杯と呼ぶのだろうか。既に失われた過去の記憶に答えがあるのだろうか？）

グレイルはとても長く存在していた魔王だが、その記憶は曖昧で現在はせいぜい先代聖女の頃の記憶までしか残っていない。それまでに何百、何千年と生きてきた記憶は、今はもうどこにもない。

それで別に構わないと思っていたが、あの狼はその頃関わった何かなのかもしれない。

（もしあのような存在がまだどこかに眠っているとしたら……我、魔王復活の糧として美味しくいただいてやろうではないか。クックック……クック……ク……）

子犬らしくない笑い声を零しながら、グレイルは夢の世界へ旅立つのであった。


「クックック……クック……ク………」

（変な笑い方をする犬だな）

「ほら、洗ってやるぞ。『水気生成』」

左手から魔法で水を生み出しシャワーのようにかけてやる。反対の手にブラシを持って、リュークは馬の体を洗ってやった。

記憶の代わりに魔法の使い方を思い出したリューク。その内容を確認すると、記憶がなくてもある程度理解できる。自分は戦いに身を置いた人間だったのだと。

過去の自分と現在の自分はどれくらい気性が違うのだろう。戦う人間だったのならもっと直情的で喧嘩っ早かったのだろうか。それとも今と同じであまり感情が動かない人間だったのだろうか。

益体もないことを考えながら、馬の体にブラシをかける自分を俯瞰して見てみる。……こんなにまったりゆっくり暮らしていて本当によかったのだろうか。そう思う時もある。

先日激しい戦闘を行ったばかりではあるが、それ以外は何てことのないのんきな使用人生活だ。過去の自分が見たらふざけるなと怒るかもしれない。早く記憶を取り戻せと叫ぶかもしれない。

（でも……）

脳裏を過る、今の自分が知る者達。マイカ、メロディ、ルシアナ……そうやって知り合った人達のことを思い浮かべると、もう少しくらいいいかと思ってしまう。

魔法の使い方を思い出したように、きっといつか自分は全てを思い出す日がくるだろう。その日が来るまでは多少ゆったりこうやって馬の体を洗ってやる日々を過ごしても罰は当たるまい。

リュークの口元が少しだけ綻んだ。

「あっれー、リューク、魔法が使えたんすか？」

振り返るとシュウが立っていた。いつもの使用人服に手袋をはめて雑草がこんもり入った木桶を手に提げている。

「雑草取りか」

「そうっす。夏はすぐ雑草が生えるんで大変っすね！　って、そんなことより魔法っすよ魔法！

リュークは魔法が使えたんすね」

「まあ、少しな」

「いいなぁ、俺も魔法使いたいっす」

リュークは瞳に魔力を集めた。アンネマリーの魔法『凝視解析』と同じような方法でシュウが魔力を保持しているかを確認する。

「ふむ……魔力はそれなりにあるようだな」

「えっ、見ただけで分かるんすか⁉　すげー！　何か魔法のコツってないっすかね？」

「鍛錬あるのみだな」

「それは無理っすね！」

あんまりな即答に思わずズッコケそうになったリューク。シュウは『じゃ、仕事の続きがあるんで』と言って厩舎を後にするのだった。

（俺もあれくらい能天気な方がいいのだろうか……？）

楽しげなステップを踏んで歩くシュウの後姿をリュークはポカンと見つめていた。

◆◆◆

「ふへー、暑かったぁ」

リュークのもとを去ったシュウは、雑草取りの仕事を終えると一旦自室に戻ってきた。汗だくでとても屋敷の中をうろつける状態ではなかったからだ。

ベストを脱ぎ、ネクタイを外して半袖シャツのボタンを器用に片手で外していく。バサリと服をベッドの上に放り投げ、タオルで体を拭きながらシュウは壁に掛けられた鏡の前に歩を進めた。

「はぁ、服脱ぐだけですっずしー。各部屋に鏡が置いてあるとかリッチな気分〜♪」

体の汗を拭いながら鏡に映った自分を見た。

鏡の前でニヘラッと笑うシュウ。だが次の瞬間――彼の相貌から表情が消えた。

短く切られた煌めく金色の髪。締まりのない笑顔が消えたことではっきりする、驚くほどに均整の取れた顔立ちと鋭く怜悧な金の瞳。夏の暑い空の下にあっても、その瞳で睨まれたら極寒の厳しさを肌で感じそうなほどの冷たい視線。

鏡の前に晒された上半身は見事なまでに鍛え上げられた体躯。まるで彫刻のように作り上げられた肉体には一切の無駄が感じられない。美しい小麦色の肢体である。

自身の肉体を鏡で見つめるシュウは思う。

（……少し、顔と体の色が合わなくなっているな。近いうちにまた全身を日焼けさせないと）

もしこの体が、白磁のように透き通る白い肌をしていたら、もし彼が一日中締まりのない笑みを浮かべて陽気な雰囲気など纏わず、今のような冷たい表情をしていたら。

マイカは気付いたかもしれない。彼が、シュウが、本当は――。

ニヘラッ。

「……やっぱり俺はこっちの方が合ってるな。無表情とかキャラじゃないキャラじゃない。世界はこんなに面白いのに無感動でいるなんてアホのすることだもんな！」

汗を拭き終えるとシュウは新しい服に着替えて自室の扉を開けた。扉が閉まり、彼の足音が遠ざかっていく。

「あ、メロディちゃん！　君も暑いから服を着替えにきたの？　だったら俺が背中の汗を拭いてあげよ、ルシアナお嬢様こんにちは！　ちょっと俺大事な用事を思い出したんで失礼しまごめんなさいごめんなさいちょっとした出来心だったんですハリセンはもうやめ……」

扉の向こうに聞こえた声は遠ざかっていき、やがて聞こえなくなった。

「ぎゃああああああああああああああああああああああああ！」

扉から随分離れたところから、男の悲鳴が殊の外よく響いた。

レギンバース伯爵の憂鬱

八月十日の午前。王都パルテシアにあるレギンバース伯爵邸にて、二人の人物が向かい合っていた。執務室の机に腰掛けているのは銀髪の偉丈夫、クラウド・レギンバース伯爵。言わずと知れた（？）メロディ・ウェーブことセレスティ・マクマーデンの実父である。

クラウドの前に立ち、微笑を浮かべているのはライザック・フロード子爵。つまりはレクティアス・フロードの兄であった。レクトと同じ赤い髪と金の瞳を持ち、髪はレクトより少し長い。騎士としてキリリとした顔つきのレクトとは対照的に、ライザックは柔和な印象の男性であった。


「お久しぶりでございます、伯爵様」

「うむ。よく来てくれた。そちらに掛けなさい」

「ありがとうございます」

仕事を中断し、二人は執務室に設置されたソファーに向かい合う。執事が淹れた紅茶で一息入れると会話が始まった。

「本当に久しぶりだな。もう半年ぶりだったか」

「そうですね、春の舞踏会を欠席しておりますのでそれくらいかと」

「ふむ、なかなか領地に帰って来れずすまないな。お前には頼りっぱなしだ」

「私など一文官に過ぎません。代官殿に比べればまだまだ楽な方ですよ」

「はは、確かにそうだな」

気の置けない会話をする二人。執務室に和やかな空気が漂う。フロード子爵家は代々レビンバース伯爵家で文官を務める法服貴族の家系である。筆頭文官などではないが、子爵を初めそこそこの役職を与えられており、現在も宰相補佐を務めているクラウドを一族で支え続けている。元来文官気質な家系で、騎士としてレギンバース伯爵家に仕えることになったレクトはかなりレアケースのようだ。また、クラウドは三十三歳、ライザックが三十一歳と年も近く、王立学園在学時も先輩と後輩の間柄でもあったため、この二人は割と気心の知れた関係であった。

「伯爵様、領地より各種資料および直近で必要な決裁書類をお持ちしました」

「ああ、もらおう」

ライザックの後ろに控えていた侍従が持っていた書類がクラウドの執事を経由して渡される。クラウドはその紙束をパラパラとめくって中身を確認した。

「ふむ、とりあえず緊急のものはないようだな」

「後ほどご確認いただければ十分かと。本日は到着のご挨拶に伺っただけですので、詳細な報告は後日させていただきます」

「ああ、よろしく頼む」

少し見ただけで書類の概要を把握できるあたり、レギンバース伯爵の有能さが窺える。ライザックがそれに驚いた様子もなく、これが普段通りの光景であることが理解できる。

一通り仕事の話を終えると、ライザックは話題を変えた。

「そういえば、最近のレクティアスは如何でしょう。伯爵様のお役に立てているでしょうか」

「ああ、とても役に立ってくれているよ」

そう言いながら、クラウドは苦笑いを浮かべていた。ライザックは首を傾げる。

「何かございますか？」

「いや、まあ、最近は文官の仕事を手伝ってもらうことも多くてな。騎士と文官の仕事を半々でやってもらっているのだ。正直凄く助かっている」

「そういうことですか。確かに、あの子は文武両道でしたからね。騎士の才能がなかったとしても領地で十分文官を務められたことでしょう」

「そうなのだ。今、宰相府は突然重要案件が舞い降りてきたせいで忙しくてな。私の手が回らない分、屋敷の執務の一部をレクトにも担ってもらっているのだ。この後も午後からは王城へ出仕せねばならん」

「おや、今日は一日屋敷の執務をなさる日のはずですが……何かございましたか」

「来月から王立学園にロードピア帝国の第二皇女が留学することが急遽きまったのだ」

「なんと。帝国から皇女が留学ですか……それはまたどうして」

「両国は百年前の戦争以来微妙な関係が続いていたが、そろそろ関係改善を目指すべきだろうという書簡が帝国から届いたのだ。その足掛かりとして急ではあるが、シエスティーナ・ヴァン・ロードピア第二皇女を王立学園に留学させたいという要望が来たんだ」

「まさか夏季休暇明けからですか。それはまた随分と急なことですね」

「それについては陛下も同意見だ。あまりにも急な打診を訝しんでらっしゃるが、ロードピア帝国が本当に関係改善を望んでいるのなら、我が国としてもこの機会は利用したい」

「ですが、そのような言葉、本当なのでしょうか」

「……見極めるしかあるまい。既に許諾の返事を送り、現在は全力で受け入れ準備を進めている段階だ。夏の舞踏会にも参加される予定だから本当に急がねばならん」

「確かに、夏の舞踏会はお披露目に丁度良さそうですが、皇女様を受け入れるにはあまりにも日がありませんね」

「ああ。レクトには悪いが、しばらく文官のつもりで働いてもらわねばならんやもしれんな」

「ええ、こき使ってやってください」

クラウドとライザックはハハハと可笑しそうに笑い合うのであった。

「時に伯爵様。レクティアスですが、何でも春の舞踏会にパートナーを伴っていたとか」

ライザックの言葉に紅茶に口を付けていたクラウドの動きがピタリと止まった。

「……伯爵様？」

突然フリーズしたクラウドを訝しみライザックは首を傾げる。

「あ、いや、何でもない。確かに、レクトはとある女性を連れて春の舞踏会に参加したな」

「ほうほう、それはそれは。学生時代から浮いた話の一つもなかったあの子が、ようやくパートナーを連れてきましたか。よきことです」

「そ、そうか？」

「ええ、こちらから縁談を紹介しても『仕事が忙しいので』とか言って断られ続けていましたからね。自分でパートナーを見繕えるようになったことは兄として喜ばしいことです」

（……私が相手を連れてくるよう命じたからなんだがな）

ライザックはレクトに男の甲斐性がようやく芽生えたかと喜んでいるが、実際にはクラウドがパートナー同伴を命じた結果であり、レクトに甲斐性など多分育っていない事実を伝えるべきかどうか、ちょっとだけ遠い目になるクラウドである。

「それで旦那様、相手の女性はどんな方でしたか？　一応クリスティーナ様よりいただいた手紙である程度は把握しているのですが、できれば直接お会いした旦那様のご意見も伺ってみたいものでして。結婚の意志などはありましたでしょうか」

「え、あ、結婚はしなさそうでしたか」

「結婚しないっ」

少し怒気を含んでいるような張りのあるクラウドの声音に、ライザックは思わず身を引いた。クラウド本人も目をパチクリさせて、今自分が発した言葉に驚いてしまう。

（私は、なぜ……）

「あ、いや、すまない。多分、結婚の雰囲気はなかったと思うぞ」

コホンと気を取りなすように咳払いをして、クラウドはそう告げた。

「は、はぁ、左様ですか。クリスティーナ様の手紙では『結婚は秒読みよ』と随分楽しそうな筆跡で書かれていたのですが」

（姉上は何をしているのだ……）

「……それは近々本人にでも聞いてみるといい」

「ええ、そういたします。まあ、本人から連絡が来ていない時点である程度予想はついてしまうんですけどね」

ライザックは眉尻を下げて苦笑するのであった。どうやらレクトの甲斐性について説明する必要はなさそうである。

◆◆◆

ライザックが執務室を後にすると、クラウドは仕事を再開した。真剣な表情で書類と格闘しペンを走らせる音が室内に響く。だが、しばらくすると執務室に沈黙が訪れる。

ペンを止めたクラウドの口からため息が零れた。そして彼は窓の向こうの空を見上げる。

（……さっき私は、なぜあんなことを口走ってしまったのだろう。『結婚しないっ』などと）

クラウドの脳裏に、春の舞踏会で一度だけ顔を合わせた少女――セシリアの姿が浮かぶ。春の舞踏会でレクトがパートナーとして連れてきた平民の少女。セレナが死に、娘がいると知った後で、いつか送ろうと考えていたものと偶然にも同じ名前だったあの娘。

金の髪と赤い瞳の少女は、茶色の髪と瑠璃色の瞳を持つ愛するセレナとは似ても似つかない。だというのにクラウドは、初めてセシリアの姿を目にした時、彼女にセレナの面影を見てしまった。だからだろうか。彼女がレクトと結婚する可能性を示唆された際、思わず否定の言葉を口にしてしまった。

(私は彼女の父親でも何でもないのに……)

実父である。純然たるパパである。が、そんな事実を知らないクラウドは戸惑うばかりだ。見ず知らずの少女の婚姻が気になるなんて、それはつまり……。

(まさか私は……彼女に、セシリア嬢に恋でもしてしまったというのか……！)

実父、ヤバいのである。実の娘に恋の予感。かなり危険な状況にあるといえるだろう。

(……いや、違う。断言できる。これは、恋ではない)

実父、ギリギリセーフであった。危ないところであった。危機は回避されたのである。

クラウドは執務机の引き出しから小さな額縁を取り出した。愛するセレナの肖像画を見つめながら、彼の胸がトクントクンと心地よいリズムを刻む。クラウドはホッと安堵した。

この心臓の響きこそ恋の旋律。セシリアへ向ける感情は恋ではないと確認する。

(では一体、何だと言うのか……？)

春の舞踏会で出会って以来、気が付くと少女の相貌が脳裏に浮かぶのだ。仕事に支障をきたすようなことはないが、それでもふと思い浮かぶたびにペンが止まってしまう。

たった一度、挨拶のために言葉を交わしただけなのに数ヶ月経った今でもセシリアの姿が忘れられない。自分へ向けられた優しい微笑みを忘れることなどできなかった。

(恋ではない、ないのだが……では、この胸を締め付けるようなこの気持ちは何なのだ)

鍛え上げられた理性が、クラウドの鋭敏な直感を見事に抑え込んでいた。心は既に気付いているのに、これまで培ってきた論理的な思考力が直感を阻む壁となる。

目の前に現れた少女こそが自身の探していた愛するセレナとの娘であることに、クラウドはまだ気付いていない。ちなみにメロディの直感は完全に機能停止している模様……。

(できることならもう一度……)

——会いたい。

そんな感情が浮かびそうになって、しかし言葉になる前に頭を振ってかき消すクラウドであった。

◆◆◆

屋敷での午前の仕事を終えたクラウドは王城へ出仕した。テキパキと部下へ指示を出して夏の舞踏会、夏季休暇明けの王立学園に関する準備を進めていく。

実際に準備をするのは担当部署であったり学園の運営機関だったりするのだが、前例のない帝国第二皇女の留学となれば宰相府による取りまとめは必要不可欠であり、さすがにこの時ばかりは忙しさのあまり脳裏にセシリアが浮かぶことはなかった。

仕事を終えた同日の夕方。貴族区画を馬車が走る。屋敷へ帰る途中のクラウドだ。忙しくはあったものの幸いなことに日が暮れる前に仕事を終えることができたらしい。

馬車に揺られながら、窓に映る貴族区画の街並みをクラウドはボーっと眺めていた。

結局のところ、クラウドがセシリアに心揺さぶられた原因は分かっていた。彼女にセレナの面影があったからだ。そう、クラウドはただ――。

（セレナ……そういえばこの道、君と二人で歩いたことがあったっけ）

――愛する女性が恋しかっただけなのである。

買い出しに出かけたセレナを、偶然を装って初めて一緒に並んで歩いた日のことが思い出される。お互いに緊張して、結局会話らしい会話もできずに終わった初めての日。

当時十八歳だったクラウドと十七歳だったセレナ。ともに初恋で、二人が愛し合えた時間は本当に短くて、ようやく探し当てた頃には時すでに遅く。

たった一人、十五年間思い続けた愛するセレナ。もう会えない君。

二人の関係が前当主、クラウドの父に知られたことであっさりと破局を迎えた。探したくても父親の妨害にあい、思うようにはいかなかった。

しばらくは王都の実家に帰っていたようだが数ヶ月後には飛び出してしまったらしい。彼女があのまま実家に残ってくれていれば。そう思う時もあるが、きっと何か理由がったのだろう。

その理由が判明したのはつい最近のことだった。そう、セレナの死を知った時、同じく告げられた娘の存在。きっと妊娠が発覚したからこそ、彼女は実家を飛び出したのだ。

二人の関係を知られただけで解雇されてしまったセレナの妊娠が判明したらどうなっていただろうか。悪い想像が浮かんだに違いない。引き離されて伯爵家に引き取られるだけならまだしも、もし伯爵が平民との子供を認めないといって二人の子を――。

クラウドは思わず拳をギュッと強く握りしめた。父親がそこまでする人間とは思いたくはないが、当時のセレナの心境を考えれば可能性の一つとして危機感を抱いていても仕方がなかっただろう。

父親に邪魔されてクラウドにはそれ以降の足取りが掴めなくなってしまう。爵位を譲り受けようやく自由にセレナの捜索が可能になった頃には、最早取り返しのつかない事態となっていた。

流行り病による死。その報告を受けた時のクラウドの感情はどんなものだったか。二人の間に残された娘がいるという報告がなかったら、今の彼はきっといなかったに違いない。

娘の存在という希望によって繋ぎ止められたクラウドの心は、しかし、セレナの喪失を埋め切ることはできない。

もう、セレナはいない。この世界から旅立ってしまった。

(セレナ、君は俺を、恨んでいただろうか……?)

再会が叶うなら罵声を浴びせられたってよかった。これまでの苦労を叫んでくれたって構わなかった。嫌いだと告げられたってめげたりしない。だから――。

(生きてさえいてくれれば、それだけでよかったのに……)

握る拳の力がどんどん強くなっていく。黄昏時の虚ろな空気のせいだろうか、悔恨ばかりが心を占める。もう少し、あとほんの少し早ければ、あともう少し、あとほんのちょっとだけでも父親に抗えていたら……そんな感情ばかりが脳裏を渦巻いていく。

だがしかし、有能な男クラウドはここで大きく息を吐いた。それと同時に拳の力が緩んでいく。やがてクラウドは気落ちしていた感情を理性によって復活させた。

（セレナ、愛するセレナ。君に会えなくて寂しい、恋しい。でも、だからこそ、私は君を愛するがゆえに君が残してくれた私達の娘のためにもこんな気持ちのままではいけないんだ）

セレナが残した忘れ形見がいるというのに、絶望に囚われてばかりもいられない。そんな感情を優先させて、また取り返しのつかないことになったら今度こそもう生きていけない。

母の死をきっかけに傷心旅行と言って隣国へ渡ったという娘。

（名前は確か……セレスティ。セレスティ・マクマーデン）

騎士セブレを筆頭に数名の人員を派遣して、現在も捜索中だがなかなかどうしていまだ発見には至っていない。離れ離れになって十五年も経ってからようやく存在を知ったクラウドの娘。

運命は彼を嘲笑うかのように、彼女との邂逅を易々とは許してくれないらしい。

クラウドは自嘲気味に笑った。これは、愛する者を守れなかった、何もかも遅すぎた男に与えられた罰なのかもしれない。

（それでも、次こそはきっと探し出して見せる。セレナ、君が残してくれた私達の宝を）

後悔も、自責の念もある。それでも娘のために前に進まなければならない。

そう決意して窓から視線を外した時だった。

彼の視界の端、走る馬車の窓にそれは映った——愛するセレナの姿が。

「と、止めてくれ！」

思わず大声で叫んでいた。怒鳴るようなクラウドの声に慌てて御者が馬車を止める。力いっぱいに扉を開けて馬車から飛び降りると、クラウドはギョッと目を見開いて馬車の後ろの歩道へ振り返った。

「セレ……ナ……？」

馬車の後ろは交差点になっていて人の姿はなかった。太陽が沈み、屋敷の影が道路を暗く染めていく。訝しむ御者の視線を背中に受けながら、クラウドは呆然と道路を眺めた。

（見間違い、だったんだろうか。だが、確かに……）

目にしたのは一瞬だったが、あれは確かにセレナであった。メイド服姿の、最後に別れた頃の十七歳当時のセレナにそっくりだった。自分がよく知る彼女そのものであった。

まさかと思い交差点まで走り左右を見やるが、やはりそこに人の姿はない。

彼女を恋焦がれるあまりに見てしまった幻覚だったのだろうか。幻でもいい。会えるものなら会いたかった。だが現実は非情だ。全ては単なる気のせいであり、ただただクラウドの恋心を燻ぶらせる結果にしかならないのであった。

「あ、あの、旦那様」

「……ああ、すまなかった。出してくれ」

不安そうな御者に呼ばれたクラウドは、意気消沈の面持ちで馬車へと乗り込んだ。

◆◆◆

セレナを見間違えてから二日後の八月十二日。王都パルテシアにあるレギンバース伯爵邸にて、二人の人物が向かい合っていた。執務室の机に腰掛けているのは銀髪の偉丈夫、クラウド・レギンバース伯爵。言わずと知れた（？）メロディ・ウェーブことセレスティ・マクマーデンの実父である。

クラウドの前に立ち、キリリとした眼差しを向けているのは伯爵家の騎士、レクティアス・フロード騎士爵である。

「閣下、お呼びとのことですがどういったご用件でしょうか」

「う、うむ……」

今日も朝から屋敷で執務に従事していたクラウドは、執事に命じてレクトを呼び出していた。別室で文官業務に勤しんでいたレクトは疑問に思いながらも執務室へやって来たのだが、呼び出しておいてどうにもクラウドの様子がおかしい。

「閣下、どうかされましたか？」

「いや、その、だな……」

やはり歯切れが悪い。訝しむレクトの視線に執務途中の書類が目に入る。白紙だ。見る限り、作業が終わっている書類が見当たらない。午前の業務が始まってしばらく経つが、まさかあれはまだ一枚目の種類なのだろうか。

（伯爵閣下の業務に何か差し障りが？　問題が発生しているのだろうか）

そのために自分が呼ばれたのかと推測し、改めて背筋を伸ばすレクト。だがしかし、次に発したクラウドの言葉は全く想像していない内容であった。

「……レクトはその……夏の舞踏会には参加するのだろうか」

「……は？　な、夏の舞踏会ですか？」

クラウドはコクリと頷いた。この状況でなぜ夏の舞踏会の話になるのだろうか。目をパチクリさせて驚いてしまったレクトだが、戸惑いつつも彼は回答した。

「えっと、特に参加する予定はありませんが」

「ならん！　参加しなさい」

「ええ？　閣下、私はもう春の舞踏会に参加しましたので、今回は欠席しようと考えて……」

「ならんったらならん！　大体お前、前回の舞踏会ではセ、セシリア嬢としか踊っていないではないか。春の舞踏会の時もご婦人方からお前の参加を頼まれて命じたというのに、他の女性とダンスもしないでさっさと帰りおって。あれでは意味がないだろう」

「う、それは……」

確かに春の舞踏会の参加を命じられた時、そのような話があった気がする。そしてセシリア嬢ことメロディがさっさと帰ろうとするのに便乗して彼もパパッと舞踏会会場を後にしてしまったのである。

「というわけで、夏の舞踏会にも出席するように。ご婦人方ともダンスをしなさい」

「……」

「分かったな」

「……承知、しました」

騎士が不名誉な命令でも受けたかのように、ぐっと何かを堪えるように受諾したレクト。また面倒なことになったと嘆く彼に、追い打ちのような言葉が告げられる。

「それでだな、レクト……その、セシリア嬢にまたパートナーをしてもらいなさい」

「え？　セシリア嬢をですか？　しかし、彼女は平民で、前回限りの協力という話になっておりまして」

「……レクト、パートナーなしで参加したらどうなるか分かっているのだろうな」

「それは……」

宰相補佐レギンバース伯爵の覚えめでたい将来有望なイケメン貴族、二十一歳、独身。現在は一代限りの騎士爵だが、将来的には男爵か子爵あたりの爵位をいただく可能性あり。

……絵に描いたような優良物件である。

「春の舞踏会の時も行ったが、パートナーなしで出席すれば年若いご婦人方が雪崩れ込むようにお前とのダンスの順番待ちになりかねないぞ」

「うっ」

「セシリア嬢以外にパートナーをしてもらえそうな女性に心当たりはあるのか」

「……いえ。しかし、彼女は現在王都にはおらず、今から打診の手紙を送ったところでとても間に合うとは」

「居場所を知っているのなら誠意をもって、パートナーをお願いしてきなさい」

「え？　今からですか？」

「当たり前だ。もう八月も後半に入るのだぞ。ゆっくりしていては間に合うまい。どれほどの道のりなのだ」

レクトは考えた。現在、セシリアことメロディはルシアナに連れ立ってルトルバーグ伯爵領へ赴いている。脳内で広げた地図で距離と時間を確認してみると……。

「馬を使って片道で五日ほどかかるかもしれません」

「では本当に急がねばならないな。私の話は終わりだ。すぐにでも出発しなさい」

「しかし、今作業中の業務が」

「構わん。そちらは私が手配するゆえ、さっさと帰って準備をして出立するように」

あまりに唐突なクラウドの命令に、レクトは驚きを隠すことができない。しかし、クラウドの瞳が、それが嘘偽りでないことを告げていた。こうなってはもう、レクトにはどうすることもできない。

「……ご命令、承知しました。失礼いたします」

レクトはキリッと一礼すると、執務室を後にするのだった。

執務室がクラウド一人となってしばらく……彼は大きく息を吐いた。

「ああ、やってしまった……」

だらしなく机に突っ伏してしまうクラウド。後悔とも自己嫌悪ともいえる微妙な表情を浮かべながら、先程の件を思い出す。

「いくらセレナが恋しくて恋しくて、少しでも面影に触れたかったからといって、本当にレクトにあんなことを命じてしまうなんて……穴があったら入りたい……」

（でも、セレナに会いたい）

今のクラウドにとって、セシリアという少女はセレナを感じさせてくれる唯一の女性であった。

セシリア自信に恋愛感情等は抱いていない。これは間違いない。

では、どんな感情なのだろうか。それはまるで、そう――。

（まるで、セシリア嬢と向かい合ったらその隣でセレナが微笑んで立っているような……）

――セシリアこそが、セレナの娘であるかのよ――。

「旦那様、失礼いたします」

クラウドは慌てて起き上がった。キリリと伯爵らしい表情を取り戻し、何事もなかったように入室した執事に視線を向ける。

「どうした、何かあったか？」

「はい。パプフィントス様より書状が届いております」

「パプフィントス……ああ、セブレか」

セブレ・パプフィントス。レクトと一緒にセレナ捜索を行い、傷心旅行と銘打って故郷を旅立った（という設定の）セレナの娘、セレスティことメロディを追って単身隣国へ向かった騎士である。

隣国へ向かって以来、セブレはクラウド宛てに定期連絡を欠かさなかった。大体二週間に一回のペースで届く手紙だが、その内容は大抵『お嬢様はまだ発見できておりません』という内容だ。時折、それらしい情報があればその旨も記載されるが、いまだ娘セレスティ発見には至っていない。

先程のレクトの件もあってか、今日のクラウドはどうしても成果のない手紙を読む気分になれなかった。小さく嘆息すると執事に手紙を手渡す。

「すまんが、私は執務で忙しい。内容を確認しておいてくれ」

「……畏まりました」

執事が手紙の封を切る音を耳で捉えながら、白紙の書類に視線を落とす。さて、何と書こうかと考えていたら執事から言葉にならない掠れた声が漏れ出した。

「あ、ああ、だ、旦那様！」

「ん、どうした？」

普段とは違う執事の声にクラウドは思わず顔を上げた。戸惑ったような、驚愕したような不思議な表情の執事を訝しんでいると、彼はよく分からないことをクラウドへ告げる。

「お、お嬢様が……見つかったそう、です」

「そうか。……ん？　何だって？」

「で、ですから、お探しのお嬢様が見つかったと、セブレ様の手紙に！」

「ほう。『お嬢様が見つかった』か。それはよかったな。お嬢様が見つか……え？」

ポカンとするクラウド。カラン、と執務机に転がったペンの音がやけに室内で響いた。

◆◆◆

時間は遡って八月十日の夕方。セレーナは貴族区画を一人歩いていた。うっかり買い忘れてしまったものがあったため、買い出しに行った帰りである。

メロディにより生み出された魔法の人形メイドとはいえ、人間のような人格を持つ以上『ついうっかり』なんてこともたまには起きる。今日はそんな日であった。

「旦那様もそろそろお帰りになるでしょうし、早く帰らないと」

ここのところ宰相府は忙しいようで、ルトルバーグ伯爵ヒューズは普段より疲れた様子で帰宅している。ヒューズが帰ったらすぐに食事ができるようにしておきたい。

走りたい気持ちを堪えて、貴族区画の歩道を優雅に歩くセレーナ。貴族に仕えるメイドである以上、みっともなく走る姿を見られてしまうことは主の品位に関わる重大事。急いでいてもセレーナは優雅さと気品を忘れたりはしなかった。

実際、夕方になって貴族区画の人通りはほとんどなくなってきているが、帰宅途中に一台の馬車とすれ違っている。

ちょうど交差点になっていて、馬車とすれ違った直後に左折した後は特に誰の目に触れることもなかったが、いつ何時誰が見ているか分からない以上振る舞いには十分気を付けなければならない。

(急ぐなら一応私にも『通用口』が使えるんですけど、お姉様が魔法自重中だっていうのに私が魔法を使っては意味がないですものね。やはりここは優雅な超速早歩きで、あら?)

背後から馬の嘶《いなな》きと馬車が急停車する音が聞こえた気がしてセレーナは後ろを振り返った。しかし、背後に馬車の姿はない。何か事故でも起きたのかと思ったが気のせいだったようだ。

しばし首を傾げるセレーナだったが、ハッと本来の用事を思い出し、慌てて優雅な超速早歩きで屋敷へと帰路に就くのであった。

そしてあっという間にその姿は見えなくなってしまったのである。

書き下ろし番外編

夏はやっぱりアイスクリーム

「それじゃあ、そろそろ俺は帰るとするよ」

「私も帰りますわ。ごきげんよう、殿下」

「ああ、また何かあったらよろしく頼む」

八月十五日。ロードピア帝国の留学生に関する話し合いを終えたマクスウェルとアンネマリーは、揃ってクリストファーの私室を後にした。

マクスウェルとも別れると、アンネマリーは王城に用意された彼女の部屋に入る。婚約者候補に過ぎない彼女に専用の部屋が宛《あて》がわれていることは正直贔屓《ひいき》が過ぎると言わざるを得ないが、それが罷《まか》り通っているという事実に、周囲の人間が如何にアンネマリーとクリストファーをくっつけたがっているかが窺えるというものだ。

彼女は室内を見回す。誰もいない。本来であれば侍女のクラリスあたりがいてもおかしくないのだが、アンネマリーは王城へ一人で来ているので部屋が無人なのは当然のことだ。幼い頃に頑張って両親を説得した賜物である。

王城へクラリスを連れて行けばクリストファーと内緒の相談ができなくなってしまうため必死に訴えたのだ。

『クリストファー様と二人きりで大事なお話があるの！　だからクラリスは来ないで！』

その言葉に両親どころかクラリスまで微笑ましそうな表情を浮かべたことは……。

（……嫌な思い出ね）

あの言葉がきっかけになったのか、あっという間に婚約者候補として名があがってしまったのだ。

何とか奔走して今でも候補に留まっているがそれもいつまで持つことやら。

「――って、そんな場合じゃないわね。さっさと準備して行かなくちゃ」

そう呟くとアンネマリーは予め用意しておいた服に着替え始めた。胸にさらしを巻いて平民の普段着風ドレスに身を包む。お手製の染料を使って真紅の髪を赤銅色に染め、ポニーテールにまとめる。妖艶とは程遠い可愛らしくてボーイッシュなナチュラルメイクに仕上げたうえで眼鏡をかけて切れ長の瞳を隠せば――。

「じゃーん！　平民アンナちゃんの完成！」

姿見にポニーテールをふわりと掻き揚げる少女の姿が映り込む。アンネマリー改めアンナは鏡に映る自身の姿に満足すると、クリストファーの寝室に繋がる隠し通路に向かって歩き出した。

ちなみにこの隠し通路、アンネマリーとクリストファーが魔法を使ってこっそり作ったものなので、二人以外に存在が知られていないというかなりヤバい代物だったりする。

だから隠し通路の出入り口がどこにあるかは、二人だけのトップシークレットなのだ。

クリストファーの寝室に入ったアンナは彼のベッドに腰掛けた、と思ったらゴロンと寝転がってしまった。しばらくそのままボーっとしていると寝室の扉を叩く音がする。

「どうぞー」

抑揚のない声で答えるアンナ。扉が開くと入って来たのは予想通りクリストファーであった。彼もまた平民の普段着姿をしている。

「おつかれー」

「おう、お疲れ」

ベッドに寝転がるアンナの姿にクリストファーは呆れた視線を向けるが、特に何も言わない。いつものことなので。

一見すると彼氏のベッドを気兼ねなく占領する彼女の図という甘い光景にしか見えないのだが、もちろん当の本人達には全くその気はないという現実。

前世でも今世でも幼馴染という近すぎる関係性が、アンナからクリストファーに対する遠慮とか慎みとかいう感覚を完全に奪い取ってしまった結果であった。

「そっちの準備はできた？」

「おう。近侍《きんじ》にはしばらく休むから誰も部屋に近づけないよう言っておいた。夕方までに帰れば問題ねえよ」

「そう、よかった。私達もたまには息抜きしないとね」

「お前は俺よりも全然外出してるけどな」

「それはそれ、これはこれよ。一人で出掛けるばかりじゃ楽しくないじゃない」

「……女って自由だなぁ」

「何か言ったかしら？」

「いいえ何も！」

「そう。ところでクリス、あなたその恰好で行くの？　大丈夫？」

学園が夏季休暇に入ってからというもの、アンネマリーもクリストファーも社交やら公務やらゲーム関連の相談やらと全く『夏休み』を満喫することができない日々であった。

既に夏季休暇も後半に突入しようという今、二人は少しくらい息抜きがしたいとこっそり城下へ出掛けることにしたのだ。

そのためアンネマリーは平民アンナの恰好に扮し、クリストファーも平民風の恰好に変装する必要があるのだが、彼は平民服を身に纏っているだけで顔は普段のままだった。

「いや、問題ない。ちゃんと準備している」

クリストファーはアンナに背を向けると何やらゴソゴソと動き出した。訝しげにそれを見ていると、クリストファーが振り返る。アンネマリーの感想は……。

「うわぁ、暑苦しそう」

「他に感想ないわけ？」

クリストファーは茶髪のかつらを被っていた。髪型は普段通りだ。それに加えてもみあげから顎、口回りにかけてフサフサの付け髭を装着している。

「付け髭があれば顔の輪郭とか年齢を誤魔化せるだろ。まさにグッドアイデアだぜ！」

「確かにそうだけど……まぁ、自己責任ってことで任せるわ」

クリストファー改めクリスはアンナへ自慢げにサムズアップをするのだった。

◆◆◆

「……あじぃ」

「でしょうね」

王城をこっそりと抜け出して平民区画へ足を運んだ二人。まだまだ夏の日差しが照りつける町の中、かつらを被り顔面を付け髭で覆われたクリスの素直な感想が零れ落ちる。

「言っておくけど今更それ、外そうとか思わないでね」

「分かってるよ。でも暑い……お？　なあ、あそこ寄ろうぜ」

クリスが指差した先はおしゃれな外観のカフェであった。看板にはコーンにのったアイスクリームのマークが描かれている。

「アイスを食べて涼みてぇ」

「いいわよ。私も少し歩いて体が火照ってきたし冷たいものが食べたいわ」

「おう！　行こう！」

クリスはアンナの手を引いてカフェへと急いだ。

夏ということもあってカフェは大変な盛況であった。増えた客数に対応するためか店の前に臨時のテラス席が設けられ、アンナ達はギリギリその席に着くことができた。

丸いテーブルの真ん中にパラソルがささっており、幸いなことにテラス席はパラソルの影のおかげで思いのほか涼しい。安堵の息を漏らしながらクリスは席に腰掛けた。

「もう、引っ張らないでよ」

「しょうがないだろう。急がなきゃ席がなかったんだから」

息を切らせて文句を告げるアンナに肩を竦めるクリス。実際、自分達の後に来た客は満席のため列を作り始めていた。急なことで驚いたがクリスが正しかったようだ。

「まあいいけど。その代わり今日はクリスの奢《おご》りだからね」

「はいはい、分かりましたよ」

アンナの言葉を軽く受け流しつつ、クリスは注文のために従業員を呼び寄せる。その仕草はとても自然で洗練されており、テラス席の女性達の視線がチラチラと向けられる。

付け髭で顔を隠してもそのスラリとした体躯や王城仕込みの姿勢、髭で隠れていない部分の整った顔立ちまで誤魔化すことはできず、目敏い女性達から注目されつつあった。

対するアンナも、男性客から視線を集め始める。甘いアイスクリームを食べられるカフェだけあって女性客が多いが、付き添いで来る男性客もそれなりにいるのだ。連れの女性がクリスに視線を向けるので何事かと見れば、クリスの対面に座っているのが美少女という謎トラップ。侯爵令嬢アンネマリーには見えない扮装のアンナだが、元がいいだけにどう変装しても美少女であることに変わりはなかった。

「いらっしゃいませ。ご注文をお受けします」

従業員に差し出されたメニューを見つめる二人。クリスはすぐに決まった。

「アイスティーとバニラアイス大盛りで。アンナは？」

「うーん、どうしようかしら……」

メニューとにらめっこするアンナ。奇をてらった味よりもスタンダードなものが好みなクリスはすぐに決まったが、アンナはどれにしようか迷っているようだ。

「バニラ、チョコミント、ストロベリーに紅茶味、それに夏の新作オレンジソルベ。どうしたらいいのかしら、悩ましいわ」

(女ってこういう時面倒なんだよなぁ)

クリスは考えてはいけないことを心の中で呟いたが、幸いなことに言葉にしなかった。

「……よし、決めた。すみません、この『全部のせメガカップ』をお願いします」

アンナは満面の笑みを浮かべて注文する。従業員は「畏まりました」と笑顔で告げると厨房の方へ去って行った。

クリスは改めてメニューを見る。『全部のせメガカップ』とはカフェで扱っている五種類全てのアイスに加え、ホイップクリームと一口サイズにカットされた各種フルーツ、舌の冷やしすぎを防ぐためのビスケット類をトッピングしたパフェのようなスイーツらしい。

つまり、何が言いたいかというと――。

「……太るぞ?」

超高カロリースイーツなのであった。クリスは一応善意のつもりでそう忠告した。

アンナはニコリと微笑む。もちろん目は笑っていない。

「大丈夫よ。この後あなたと嫌ってほど運動するんですもの。このくらい全然平気だわ」

「……バ、バカ言ってんじゃねえよ」

クリスはアンナから顔を逸らした。その姿は傍目には恥ずかしそうに顔を背けたようにも見え、そして彼らのやり取りを見ていた一部の面々はなぜか少し顔を赤らめた。

「ほ、程々に頼みます……」

「あら、どうぞ全力で応えてくださいな。あなたのために私、たくさん練習したんだから」

ますます顔を赤らめる面々。一体どんな想像を膨らませているのだろうか。対照的にクリスの表情はどんどん青くなって冷や汗までかいているのだが、付け髭のおかげか周囲がそれを知ることはなかった。

（やべぇよ！　アイス食べたらこいつ、俺のこと殺《や》る気じゃん！　というか俺をど突くための練習って何⁉　なんでそんな練習してんだよ、アンナの短気め！）

内心で毒づきつつ、アンナに目を合わせることができずしばし沈黙するクリス。顔を伏せる姿は羞恥のあまり視線を上げることができないようにも見え、周囲の妄想を掻き立てた。

だが、思わずといった様子でおかしそうに笑い始めるアンナによって、テラス席に漂い始めた妙な雰囲気は霧散してしまう。

「冗談よ冗談。今日のところは許してあげるから顔をあげてちょうだい」

「……ほ、本当に許してくれるのか」

「仕方ないから許してあげるわよ。せっかくアイスを食べて涼もうっていうのに運動なんてしたくないもの。でもね、デリカシーって言葉はよく覚えておいてちょうだい」

「うっ。す、すまん」

「次に同じこと言ったら今度こそ全力で張り倒すからね。逃げたって全力で追いかけてやるんだから。覚悟しなさい」

「肝に銘じます……」

クリスはペコリと頭を下げた。本人は善意のつもりだったが確かに女性に向けて言っていい言葉ではなかったかもしれない。クリスは反省した。

そして周囲で二人のやり取りを見ていた一部の面々も反省した。羞恥で顔を真っ赤にしている。若い二人を相手に一体何を妄想していたのだろうか……？

「お待たせいたしました。アイスティーとバニラアイス大盛り、全部のせメガカップです」

「わぁっ！」

クリスが謝罪してすぐ、注文したアイスクリームがやってきた。アンナが歓声を上げる。

クリスの前に大盛りのバニラアイスが置かれた。日本で市販されていたカップアイスの二倍はありそうなボリュームだ。これは食べ応えがありそうである。

アンナの前に全部のせメガカップが置かれた。それを見たクリスは言葉が出ない。

そのボリュームはクリスの比ではなかった。五種類のアイスに大量のホイップクリームと各種フルーツとビスケットというのは、想像していた以上の大きさである。

（……いや、太るだろそれ）

クリスは思ったが、言葉にしない。絶対に言ったら怒られるから。彼は反省したのだ。

巨大なカップに盛り付けられたアイスにスプーンを差し込むアンナ。パクリと口に入れると感動したように身を震わせて笑顔を浮かべた。

「おいっしー！」

新作オレンジソルベはお気に召したらしい。綺麗な所作を維持しつつパクパクとアイスを食べ始めた。もうクリスのことなど眼中になさそうである。アイスに夢中だ。

クリスは気付かれないように息を吐き、自身もバニラアイスに意識を向けた。暑さで既に表面が少し溶け始めているアイスにスプーンを差す。一口食べればまろやかで冷たいバニラの風味が口いっぱいに広がって、全身の熱がアイスとともに溶け出すかのようだ。

「……うま」

それから二人は特に会話もなくアイスを食べ続けた。だが、アイスの味を堪能する二人の間にギクシャクした空気はなく、終始穏やかな時間が流れていくのだった。

「私、夏休みの間は毎日アイスを食べることにするわ！　息抜きは必要だもの」

その日の終わり、余程お気に召したのかアンナはそう告げた。クリスは何も言わなかったが夏の舞踏会直前、ドレスを試着したアンネマリーは悲鳴を上げたとか上げたとか……。

（アンネマリーの奴、夏を堪能してるなぁ）

クリストファーはそう思ったが、もちろん反省していたので口に出すことはなかった。

あとがき

このたびは『ヒロイン？　聖女？　いいえ、オールワークスメイドです（誇）！』を手に取っていただき、誠にありがとうございます。

第二巻の発行からなんと二年六ヶ月以上も経ってしまった、作者のあてきちです。

本当にこんなにお待たせするつもりはなかったのですが、時間の流れとは恐ろしいものです。

そして、二巻のあとがきと同じセリフを口にせねばなりません。

書くのが遅くて申し訳ございませんでした！

今年の初めに出版社の方と協議し、嘗てないほどに打ち合わせをしていただいて、それを嘲笑うかのようにあっさりと締め切りを過ぎ、さらに待っていただいて、ようやく読者の皆様のお手元に届く形に整えることができました！

ご尽力くださった皆様、ありがとうございます。そして、二年以上続きがなかったにもかかわらず書籍をご購入くださった皆様にもお礼申し上げます。

というわけで、作品についてお話しましょう。今回は暦についてです。

第三巻からはっきりと○月○日という日付を入れるようにしました。これは、本当は第一巻から入れるかどうか迷い、結局入れずに始めたのですが、第三巻を書くにあたってやはり日付を入れて物語を書こうと考えを改めました。

一応、私の頭の中にカレンダーがあって○月○日にメロディがどんな行動をするとかを決めるようにしていたのですが、ファンタジーな世界で日本の暦を使用するのは雰囲気を壊してしまうかなと思い、第二巻までは時間設定について割とふわふわした感じで書いています。

ただ、書籍を読み返してみて思ったんです……『めっちゃ分かりにくい』と。そして書いている私にとっても大変分かりにくいと！　これは、何とかしなくては！

というわけで、今回から日時を入れて書いてみようと暦を使うことにしました。乙女ゲーム世界なのでカレンダーは日本仕様と考えていただいて結構です。

そう、乙女ゲームの世界だから○月○日という表記があっても何の問題もなかったんです！

……ということにしておいていただければ幸いです。

さすがに曜日は入れない所存です。


改めまして、この本を手に取っていただき誠にありがとうございます。それではまた四巻でお会いしましょう。忘れられないうちに次巻を出せるよう頑張りますね！

二〇二三年七月　　あてきち

ヒロイン？聖女？
いいえ、オールワークスメイドです（誇）！3

2023年10月1日　第1刷発行

著　者　あてきち

発行者　本田武市

発行所　TOブックス
〒150-0002
東京都渋谷区渋谷三丁目1番1号　PMO渋谷Ⅱ　11階
TEL 0120-933-772（営業フリーダイヤル）
FAX 050-3156-0508

印刷・製本　中央精版印刷株式会社

ISBN978-4-86699-950-0